Elogios as obras de Heather Gudenkauf

"Perfeitamente realizado, o livro prende a atenção do início ao fim e causa um suspense agoniante... a jornada hipnotiza."

— *The New York Times*

"Inteligente, instigante... Se existe um 'suspense para fazer pensar', é este."

— Sandra Brown, autora best-seller nº1 do *New York Times* de *Out of Nowhere*

"Heather Gudenkauf é uma mestra do suspense."

— Liv Constantine, autora best-seller de *A Outra Sra. Parrish*

"Heather Gudenkauf prova ser a mestra do thriller inteligente e cheio de suspense que se passa em uma cidadezinha."

— Gilly Macmillan, autora best-seller do *New York Times* de *What She Knew*

"Magistral, terrível e absolutamente viciante... tenso, conciso e de provocar arrepios."

— *Kirkus Reviews*

"Uma história tão assustadoramente real que poderia ter vindo diretamente das últimas manchetes."

— *Publishers Weekly*

Obras de Heather Gudenkauf pela Alta Novel

O Hóspede Noturno

Outras obras da autora

O Peso do Silêncio

Essas Coisas Ocultas

Teia de Mentiras

One Breath Away

Little Mercies

Not a Sound

Before She Was Found

This Is How I Lied

TODOS ESTÃO DE OLHO

QUEM SERÁ O ÚLTIMO JOGADOR DE SORTE?

HEATHER GUDENKAUF

Tradução de **Ellen Andrade**

ALTA BOOKS
GRUPO EDITORIAL
Rio de Janeiro, 2025

Todos Estão de Olho

Copyright © 2025 ALTA NOVEL

ALTA NOVEL é um selo da EDITORA ALTA BOOKS do Grupo Editorial Alta Books (Starlin Alta Editora e Consultoria Ltda.)

Copyright © 2024 HEATHER GUDENKAUF

ISBN: 978-85-508-2475-8

Translated from original Everyone Is Watching. Copyright © 2024 by Heather Gudenkauf. ISBN 978-0-7783-1079-2. This translation is published and sold by arrangement with the author. All rights reserved. PORTUGUESE language edition published by Starlin Alta Editora e Consultoria Ltda., Copyright © 2025 by Starlin Alta Editora e Consultoria Ltda.

Impresso no Brasil — 1ª Edição, 2025 — Edição revisada conforme o Acordo Ortográfico da Língua Portuguesa de 2009

Dados Internacionais de Catalogação na Publicação (CIP)
(BENITEZ Catalogação Ass. Editorial, MS, Brasil)

G956t
1.ed. Gudenkauf, Heather
Todos estão de olho / Heather Gudenkauf ; tradução Ellen Andrade. – 1.ed. – Rio de Janeiro : Alta Books, 2025.
304 p.; 13,5 x 21 cm.

ISBN 978-85-508-2475-8

1. Ficção de suspense. I. Andrade, Ellen. II. Título.

10-2024/263 CDD B869.3

Índice para catálogo sistemático:
1. Ficção de suspense : Literatura brasileira B869.3
Aline Graziele Benitez - Bibliotecária - CRB-1/3129

Produção Editorial: Grupo Editorial Alta Books
Diretor Editorial: Anderson Vieira
Vendas Governamentais: Cristiane Mutüs
Gerência Comercial: Claudio Lima

Coordenadora Editorial: Illysabelle Trajano
Produtora Editorial: Beatriz de Assis
Tradução: Ellen Andrade
Copidesque: Andresa Vidal
Revisão: Fernanda Lutfi
Diagramação: Rita Motta

ALTA BOOKS
GRUPO EDITORIAL

Rua Viúva Cláudio, 291 — Bairro Industrial do Jacaré
CEP: 20.970-031 — Rio de Janeiro (RJ)
Tels.: (21) 3278-8069 / 3278-8419
www.altabooks.com.br — altabooks@altabooks.com.br
Ouvidoria: ouvidoria@altabooks.com.br

Editora
afiliada à:

À memória do meu pai,
Milton T. Schmida

TODOS ESTÃO DE OLHO

Prólogo

MatthewNadaPedalaCorre estava no sofá assistindo a um programa em seu notebook: *Um Ganhador de Sorte*, um reality-show sobre o qual seus colegas de trabalho não paravam de falar. Ele os ouviu tagarelar incessantemente sobre o assunto nos últimos quatro dias. Pelo que conseguiu entender, os participantes estavam competindo por dez milhões de dólares. Curioso, decidiu assistir.

Na tela, um grupo de quatro pessoas, vestidas com as mesmas roupas brancas como se fizessem parte de um culto, estava sentado em um pátio elegante, bebericando vinho. Então surgiu uma mulher, vestindo uma regata de gola alta branca, e que parecia presidir uma espécie de reunião. Fascinante. Ele olhou para a seção de comentários no lado direito da tela.

Eles estão indo longe demais.

Você acha que isso é real? Nada na TV é.

Você não tá acompanhando? É pra valer! E, se não tomarem cuidado, alguém vai morrer.

Isso chamou a atenção de Matthew. Alguém poderia morrer? Como? Por quê? Que tipo de programa era esse? *Round 6*?

Colocou o notebook na mesinha de centro à sua frente, inclinou--se com os cotovelos apoiados nos joelhos, e examinou os competidores com mais cautela. Baseado nos rostos machucados e furiosos que via, supôs que alguma coisa estava acontecendo. Uma das mulheres escondia o rosto com as mãos, e um dos homens bateu na mesa com os punhos cerrados, fazendo as taças de vinho chacoalharem. Matthew também se sobressaltou com o som repentino.

— Fala ou atira? — perguntou calmamente a mulher de gola alta. — A escolha é sua.

O homem não respondeu de imediato. Apenas encarou a mulher, o músculo de sua mandíbula pulsando.

Espera aí, Matthew pensou. Conhecia essa mulher. Conhecia a apresentadora do reality, embora não conseguisse lembrar seu nome. Moraram cerca de um ano no mesmo prédio, em Nova York. Se não lhe falhava a memória, ela era estagiária em algum programa de TV famoso. *Uau*, pensou. *Ela acabou fazendo sucesso mesmo. Impressionante.*

Então, Matthew a viu. Bem no centro da mesa, sobre a toalha de linho branco, brilhando à luz das velas com seu cano longo.

É uma arma?, Matthew digitou.

Você é novo por aqui, né?, alguém respondeu.

Era uma arma. Uma Ruger com punho de madeira e cano de 190mm feito de aço inoxidável acetinado. Era uma piada, certo? Por que havia uma arma no meio da mesa ao alcance deles?

Alguém deveria ligar pra polícia. Isso tá saindo do controle.

Não!, responderam depressa.

Tá tudo bem. É só parte do jogo.

Não sei, não...

Ela está dando um jeito naquele idiota.

Pois é, não estraga o programa ligando pra polícia.

Matthew precisava concordar. Estava vidrado.

Vamos esperar para ver o que acontece, acrescentou ele.

Aquilo no pescoço dela é um hematoma?, uma pessoa perguntou.

Acho que é uma sombra, outra respondeu.

— Fala ou atira? A escolha é sua — repetiu a mulher de gola alta.

O homem pegou a arma e a levantou. Matthew arquejou de maneira involuntária.

— Escolho atirar — respondeu o homem, calmamente pondo-se de pé e pressionando a arma contra a própria têmpora.

MDS! Não faz isso!

Alguém chama a polícia.

Alguém FAZ alguma coisa!

Parem! Não acham mesmo que isso é real, né?

Claro que é real!

Matthew revirou os olhos. A discussão se transformou em palavrões e xingamentos. *Hilário*, pensou ele. Todos esses "guerreiros" entediados atrás das telas ameaçando trocar socos uns com os outros.

Tinha que concordar com os críticos. Todo mundo sabia que nada era real em reality-shows. Ele olhou com mais atenção para o homem que segurava a arma contra a própria cabeça e então arregalou os olhos. Conhecia esse homem. Quais eram as chances de ele conhecer *duas* pessoas naquele programa?

Esse não é... Matthew começou a digitar, mas se deteve quando o homem tirou a mira da arma da própria cabeça e estendeu o braço. Matthew se viu encarando o cano da arma pela tela do notebook. O homem estava apontando a arma diretamente para ele.

Três rápidos estampidos preencheram o ar e a transmissão ficou preta e silenciosa. Estava carregada. A arma estava mesmo carregada. Matthew cobriu a boca com a mão, o coração martelando com força contra o peito.

Estava silencioso. Silencioso demais.

Por fim, os comentários começaram a chegar.

O que aconteceu?

Alguém levou um tiro?

A imagem da transmissão tremulou e voltou. Mostrava o pátio, desta vez por outro ângulo. Tudo o que se via era uma cadeira caída no chão de pedra. Ainda não havia som, e não era possível ver a mulher de regata nem os demais participantes.

O que é aquilo?, alguém questionou.

Ai, meu Deus.

Matthew olhou, boquiaberto, enquanto um fluxo lento de líquido vermelho escorria pela pedra branca e se acumulava em uma poça carmesim.

Acho que é sangue.

Matthew concordou. Realmente parecia sangue. Mais uma vez, a transmissão foi interrompida.

O homem havia atirado em alguém. Mas em quem? E por quê? Matthew se sentiu enjoado. Ele queria fechar o notebook, mas não conseguia tirar os olhos da tela, meio torcendo para que a transmissão voltasse, mas ao mesmo tempo torcendo para que não. Que tipo de jogo era *Um Ganhador de Sorte* e por que valia a pena matar por ele?

1

A Melhor Amiga

Maire Hennessy semicerrou os olhos por causa do sol de outubro enquanto dirigia pela estrada tranquila do condado em Iowa. Os campos estavam repletos dos restos da colheita de outono e de gralhas com bicos pesados e melros de olhos redondos que se alimentavam das sobras antes que o clima esfriasse. Isso a entristeceu um pouco. Em breve, o inverno chegaria, implacável e impiedoso.

Naquela manhã, arrumara suas filhas e Kryngle, o sheltie de 4 anos da família, para deixá-los na casa de sua ex-sogra. Maire, que não havia viajado mais do que cento e sessenta quilômetros para longe de Calico desde que abandonara a faculdade de repente, há vinte anos, agora embarcava em uma aventura que poderia mudar o rumo de suas vidas para sempre. Dani, de 10 anos, chutava o encosto do banco de Maire no ritmo da batida que vinha dos fones de ouvido da irmã mais velha, Keely. Esta, uma cópia de 12 anos de Maire, estava com o capuz do moletom puxado sobre a cabeça, os cachos ruivos brotando em torno do rosto taciturno, enquanto fingia ler um livro em silêncio.

Maire tamborilava os dedos no volante, ansiosa.

— Vocês ficarão bem — disse, entrando na rodovia que levaria suas filhas à casa da ex-sogra.

Shar era decente. Exceto por fumar como uma chaminé e por ter dado à luz um filho de merda, Maire sabia que ela cuidaria bem das meninas enquanto estivesse fora.

— Não quero ir — murmurou Dani. — Gosto da minha cama. A casa da vovó é esquisita.

As meninas temiam as duas semanas que passariam com a avó, uma mulher entediante e imperturbável, de cabelos grisalhos e ombros caídos. Não haveria noites do filme, nem passeios especiais, nem grandes aventuras, mas estariam bem cuidadas e seguras. E isso era tudo o que Maire queria.

— Achei que você gostasse da vovó Hennessy — comentou Maire. — Vocês vão assar biscoitos e ela vai ensinar crochê pra vocês. Será muito divertido.

— Por que você vai ficar longe por tanto tempo? — perguntou Dani, olhando para Maire pelo espelho retrovisor, os olhos cheios de mágoa. Uma tosse carregada retumbou em seu peito, e ela cobriu a boca com o cotovelo.

A nuvem familiar de preocupação que se materializava sempre que Dani tinha um acesso de tosse pairou sobre Maire.

— São apenas duas semanas. Eu não queria ter que ficar longe — disse ela. — Você sabe disso. Estaria com vocês todos os dias, se pudesse. É uma coisa do trabalho e não posso deixar essa oportunidade escapar.

— Você trabalha de casa — disse Keely, puxando brevemente um dos fones de ouvido.

Maire não se importava de mentir para Shar, mas mentir para suas filhas era outra história. Ela conseguiu uma oportunidade única e, de certa forma, *era* relacionada ao trabalho. Envolvia dinheiro. Muito.

— É uma espécie de concurso — explicou Maire. — E se eu ganhar, ora, seria legal. Mas, mesmo que eu não ganhe, muitas pessoas conhecerão minhas semijoias da Calico Rose e poderão se interessar em vendê-las.

— Tipo a loja Claire's do shopping? — perguntou Dani.

— Sim, Claire's, Target, quem sabe?

As mentiras saíram com facilidade. Os chutes de Dani no encosto do banco de Maire diminuíram enquanto ela refletia sobre o assunto.

— Sinto muito — disse Maire. — Sei que é difícil.

Sua voz falhou na última palavra. Difícil não chegava nem perto de descrever como as coisas foram durante o ano passado. Aterrorizante, humilhante, devastador e esmagador seriam termos mais apropriados.

Bobby nunca foi um marido ou pai exemplar, mas o plano de saúde dele era a tábua de salvação de Dani. Quando ele perdeu o emprego em um silo da cidade e foi embora com a garçonete de 19 anos do Café Raio de Sol, o plano de saúde e qualquer esperança de uma pensão alimentícia também se foram. Quando a primeira cobrança de três mil dólares para as nebulizações de Dani chegou, Maire correu até o banheiro e vomitou. Era impossível. Era muito caro.

Entre a implosão de seu casamento, o impacto que isso teve nas filhas, sua conta bancária que estava perigosamente perto do zero, as dívidas médicas, as semijoias que fazia para sua loja na Etsy e a procura por um emprego com um plano de saúde decente, Maire estava exausta.

As coisas não poderiam continuar assim.

— Tudo vai se acertar — prometeu ela.

Maire relanceou Keely e notou seu olhar acusatório. De toda a família, a garota foi a mais afetada pelo divórcio. Apesar de todos os defeitos dele, Keely era a filhinha do papai e sofria com a ausência de Bobby.

A lista de preocupações não acabava nunca. A saúde de Dani ocupava o topo. A fibrose cística estava sob controle no momento, mas ela estava frágil. A última infecção que teve fez com ela ficasse internada por duas semanas, um cateter e diversos antibióticos, tratamentos e nebulizações. Era tanta coisa que Maire até criou uma pasta para Shar, cheia de instruções detalhadas sobre os cuidados com Dani. Além disso, esperava não estar cometendo um grande erro ao se ausentar. Uma gripe, ou outro tipo de infecção pulmonar que costuma ser simples para a maioria das crianças, pode ser mortal para Dani. E pobrezinha da Keely. A quieta e tímida Keely estava se perdendo na confusão, tornando-se mais distante e isolada. Outra preocupação.

Há um mês, quando recebeu o e-mail sobre o programa, quase o mandou para a lixeira. Maire estava lendo artigos relacionados às novas pesquisas sobre fibrose cística quando ouviu a notificação. Grata por arrumar uma desculpa para desviar os olhos de palavras como *FGL2* e *criomicroscopia eletrônica*, ela clicou no ícone de e-mail em seu celular.

PARABÉNS! VOCÊ FOI INDICADA, era o assunto. Ela leu o resto do e-mail. A viagem da sua vida, um novo reality-show inovador, dez milhões de dólares. *Golpe*, pensou Maire e voltou a ler sobre ensaios clínicos e terapia de RNA. Porém, uma hora depois, ela ainda estava pensando naqueles dez milhões de dólares. Reabriu o e-mail para lê-lo com mais atenção.

> Parabéns, você foi indicada para participar do mais novo e inovador reality-show: *Um Ganhador de Sorte*! No coração da região vinícola, você e os outros competidores batalharão pelos dez milhões de dólares em uma série de desafios que os testarão física, mental e emocionalmente. Os participantes passarão quatorze dias no exclusivo Resort & SPA Diletta, no belíssimo Napa Valley. Quando não estiver competindo, poderá relaxar em seu chalé particular luxuosamente decorado, nadar na piscina de quarenta metros ou ir ao spa para nossos tratamentos exclusivos à base de vinoterapia — massagens, *body wraps* e esfoliações feitas com as uvas cultivadas no vinhedo Bella Luce. Como um mimo especial, cada competidor receberá uma garrafa do mundialmente famoso Cabernet Sauvignon Bella Luce com um rótulo elaborado exclusivamente para você!

Maire bufou em desdém. Só podia ser uma piada. Uma enganação. Ela fechou o e-mail e até o enviou para a lixeira, mas, uma hora depois, ela o abriu novamente. Dez milhões de dólares. Maire estava a um mês de não conseguir pagar a parcela do financiamento da casa, nem as contas do carro. Não conseguiria mandar dinheiro para o lanche das filhas na escola ou até mesmo pagar a próxima dose do medicamento de Dani.

Ela provavelmente deveria simplesmente vender a casa, arcar com o prejuízo, recomeçar do zero... mas aquela era a casa dela, a casa das crianças. De jeito nenhum desistiria sem lutar. Nem de perto ela precisava de dez milhões para salvar sua casa — mesmo que o lar fosse muito valioso para ela — , mas aquela quantia mudaria a vida dela, a vida de todas elas.

Quem a teria indicado? E como aquela coisa toda realmente funcionava? *Ei, conheço alguém que faria bom proveito de dez milhões de dólares.* Só podia ser uma farsa. O e-mail foi assinado por uma tal de Fern Espa, cujo cargo era Assistente de Produção de *Um Ganhador de Sorte*.

Qualquer um poderia enviar um e-mail. Maire deletou a mensagem outra vez.

Então, nos três dias seguintes, o carro começou a vazar óleo. Kryngle comeu uma meia e precisou fazer uma cirurgia de emergência, e as despesas médicas de Dani chegaram. Seus cartões de crédito estavam estourados e ela havia desistido de qualquer tipo de ajuda do ex. Maire precisava de dinheiro, e rápido. Engolindo o sentimento de humilhação, ligou para os pais e pediu um empréstimo. Não foi o bastante.

Maire desligou, foi até a garagem e se sentou em seu carro quebrado para que as crianças não a ouvissem chorar.

Talvez esse fosse o e-mail que estivera esperando. O sinal de que precisava para finalmente assumir o controle da própria vida. Porém, Maire não era boba. Ela havia feito a lição de casa. Enquanto esperava no consultório veterinário, pesquisou sobre *Um Ganhador de Sorte* e encontrou um site e uma página na IMDb — ambos com poucas informações, mas o programa claramente existia. Ela pesquisou o nome Fern Espa e achou um perfil no LinkedIn que parecia verdadeiro. E o Resort Diletta parecia incrível.

Agora, sob o pretexto de uma viagem a trabalho, aqui estava, prestes a deixar as filhas na casa da ex-sogra por duas semanas, para embarcar em um avião para Napa e participar de um reality-show ao estilo *Survivor* por uma ínfima chance de ganhar dez milhões de dólares. Era algo extremamente ridículo, talvez até irresponsável, mas que acendeu uma centelha de esperança que ela não sentia há muito tempo.

— Vocês vão ficar bem — garantiu Maire às crianças ao fazer a curva na rua de concreto rachado de Shar.

Shar esperava por elas na varanda decadente, com um cigarro entre os dedos ossudos. Com o revestimento de alumínio branco sujo e amassado, e um quintal coberto por grama que precisava ser aparada, o lar no qual seu ex-marido cresceu estava sombrio e deprimente. Mas Shar era gentil e amava as netas. Maire esquadrinhou a rua. Todas as casas estavam naquele mesmo estado de desordem e negligência. Uma onda de medo a invadiu. Se ela não desse um jeito nas coisas, logo elas morariam em um lugar como este, ou até em um pior.

Meu Deus, pensou Maire. *Estou cometendo um erro gigantesco.* Ela lutou contra a vontade de não parar o carro. Em vez disso, lançou às filhas seu sorriso mais encorajador.

— Tá tudo bem. Nós ficaremos bem.

Dez milhões de dólares resolveriam tudo.

2

A Assistente

Recostando-se no corrimão de ferro, Fern Espa olhou para o grande salão abaixo. O piso de mármore branco e brilhante cintilava, o cheiro de lustra-móveis e flores preenchia o ar. Todas as estátuas de mármore estavam em seus devidos lugares, os móveis imaculados, as janelas limpas.

Tudo estava perfeito. Sua chefe não esperaria menos. Bem, na verdade, quase tudo estava perfeito. Ela evitou olhar para a parte do salão onde grandes andaimes se erguiam até o teto abobadado como o de uma catedral. Esperavam terminar os reparos na cúpula junto com a restauração do afresco, mas, apesar dos protestos e delírios da chefe, a reforma estava longe de terminar. Fern poderia ter dito a ela que não havia como uma restauração multimilionária ser concluída em menos de um ano, mas era impossível contrariar Catalina James. Ela gritou com os empreiteiros, jogou mais dinheiro para tapar o buraco, ameaçou processar, tudo em vão.

Ainda assim, a propriedade era linda. Os competidores sequer notariam as rachaduras nos tetos ou os afrescos desbotados. Os cômodos que não foram reformados ficariam com as portas trancadas. Não queriam que nenhum dos convidados se machucasse por causa de tábuas apodrecidas ou paredes de pedra decrépitas. E, é claro, todos os detalhes desfavoráveis ficariam fora do alcance das câmeras.

A equipe de produção se movia de um lado para o outro com eficiência, checando câmeras, microfones e iluminação. O diretor,

Alfonso Solomon, lia as anotações que Cat havia feito para ele. Solomon era especialista em reality-shows, já tinha ganhado até mesmo um Emmy e um Globo de Ouro.

— Fern — gritou Alfonso, observando-a por trás dos óculos de leitura. — Você viu a Cat? Tenho algumas perguntas para ela.

— Já tentou mandar uma mensagem para ela? — perguntou Fern.

Cat estava por perto, mas queria permanecer nos bastidores durante a produção. Um dos muitos trabalhos de Fern era fazer o meio de campo.

— Sim, já tentei mandar mensagens e ligar — respondeu Alfonso, impaciente. — Você pode passar o recado de que preciso falar com ela?

— Claro — concordou Fern alegremente, sem diminuir o ritmo. Se tivesse a chance, ele recitaria sua lista de exigências e se certificaria de que Fern anotasse uma por uma. Ela não tinha tempo para isso. Seria melhor se a própria Cat falasse com Alfonso. Fern foi até a cozinha. Bom. Os fornecedores estavam desempacotando a comida para o coquetel. Tudo estava tomando forma.

Ela ouviu seu nome sendo chamado de algum lugar. Cat havia sido bem clara ao dizer a Fern que precisava dela por perto. Era um grande dia. O maior deles.

— Fern! — gritou Cat. Ela parecia um pouco transtornada.

Fern suspirou. Ela ainda precisava garantir que os motoristas estivessem no aeroporto, prontos para buscar os participantes quando seus voos aterrissassem, além de descobrir por que a apresentadora do programa ainda não tinha dado as caras. Seu celular vibrou. Uma mensagem de Cat.

Cadê o batom vermelho Ruby Nights? Preciso dele!

Fern se afastou do corrimão e o sentiu bambear um pouco. Precisaria lembrar aos convidados de não se apoiarem nele, e de que alguém deveria consertá-lo o quanto antes. Não seria legal se alguém caísse no chão de mármore dez metros abaixo.

Seu celular vibrou novamente. Fern não entendia muito bem o motivo de Cat estar deixando a live para a última hora. Ela poderia ter deixado pré-gravada, mas suas seguidoras a aguardavam. Durante todas as segundas e quintas à noite dos últimos quatro anos, Cat abria lives no Instagram e filosofava sobre tudo — das últimas tendências em Milão ao último livro que leu ou filme que assistiu — enquanto habilmente fazia sua maquiagem. Ela não falhou uma vez sequer, nem mesmo quando o marido a abandonou. Naquela noite, Cat se manteve firme, com Fern ao seu lado. Só depois perdeu a cabeça, andando pela casa, jogando objetos e quebrando garrafas de vinho no chão de mármore.

Um caco de vidro acabou parando em uma das bochechas de Fern — ela ainda tinha uma discreta cicatriz. Cat se sentiu péssima. Fern quase tinha se demitido naquele dia. Sua terapeuta lhe dissera que ela nunca, jamais, deveria tolerar tal comportamento. Fern concordava, em teoria, mas, no fim das contas, perdoou Cat. Entendia a raiva. A chefe tinha acabado de perder o marido. Quinze anos de casamento jogados fora... O motivo? Cat nunca contou, mas Fern se perguntava se envolvia outra mulher. Seja lá o que fosse, Cat ficou desolada.

Porém, Fern estava ao lado dela, como sempre, pegando os cacos de vidro, servindo um copo de bourbon para Cat, garantindo que tudo ficaria bem.

Fern caminhou até a grande sala que Cat usava como estúdio de gravação e ficou parada à porta. Observou enquanto sua chefe, com calças de linho cor de marfim e uma camiseta sem mangas combinando, se preparava para promover *Um Ganhador de Sorte*. Uma mesa de canto branca e desgastada fora posicionada ao lado de uma cama king size coberta com um edredom de plumas, mantas de cashmere e pilhas de travesseiros — tudo em um tom claro como a neve que feria os olhos de Fern se ela os encarasse por muito tempo. Hoje, durante a preparação para a live, ela havia colocado um vaso de hortênsias brancas na mesa de cabeceira, o conjunto das flores, volumoso e delicado ao mesmo tempo, lembrava-lhe de algodão-doce.

Com esforço, Fern empurrou a mesa com tampo de mármore pelo tapete branco até o local marcado com um X de fita adesiva. Era ali que Cat guardava seu notebook, seu microfone e sua *ring light*. Se ela posicionasse as rodas dianteiras esquerdas da mesa sobre o X, a câmera captaria o ângulo perfeito da cama, da mesa e das flores.

Não havia a menor chance de Catalina permitir que milhões de seguidoras vissem seu quarto de verdade. Era algo muito intrusivo, mas seus “Amorecos”, como Cat as chamava, gostavam de pensar que davam uma olhada em seu mundo particular, luxuoso e lindo. Porém, ninguém nunca dormiu na cama deste quarto, os colchões provavelmente nem estavam cobertos por lençóis, e os livros na mesinha de cabeceira nunca sequer tinham sido abertos.

Também havia um closet cheio de suas roupas, sapatos e acessórios mais caros. Apesar de seu impecável cabelo chanel loiro-claro e de suas roupas não terem um vinco sequer, Catalina James não era uma pessoa organizada. Seu closet de verdade era uma bagunça: as blusas de seda penduradas de qualquer jeito, os suéteres amontoados nas prateleiras e os sapatos espalhados pelo chão. Todas as semanas, uma equipe de limpeza se certificava de que todos os outros cômodos da casa dela estivessem prontos para aparecer nas câmeras.

Em cima da mesa com tampo de mármore, Fern havia organizado com cuidado tudo o que Cat precisaria para se preparar para a live: pincéis, corretivo, bronzer, blush, delineador e uma quantidade atordoante de outros produtos de beleza. Confiante de que tudo estava nos conformes, Fern desceu as escadas. Tinha muito o que fazer antes da chegada dos convidados. Catalina gostava que tudo acontecesse com perfeição.

— Fern! — gritou Catalina. — Onde diabos está o meu batom?

Faltavam cinco minutos para a live.

— Um segundinho — disse Fern, abrindo uma das gavetas da mesa de trabalho.

Fern aprendeu com o tempo que manter a calma influenciava Cat. Ela tirou um punhado de batons vermelhos de uma das gavetas. *Hot Mama, Door, Naughty,* mas nada do *Ruby Nights.*

Fern procurou pelo chão.

— Achei — disse, abaixando-se para recuperar a embalagem fujona.

Cat arrancou o batom da mão de Fern.

— A Philippa já chegou?

Philippa era a apresentadora e supermodelo de *Um Ganhador de Sorte*. Com seu corpo gracioso de um metro e oitenta, cabelo preto longo e sotaque italiano, ela era o belo rosto que representava o programa.

Fern balançou a cabeça.

— Ainda não. Tentei ligar e mandar mensagem, mas não tive resposta. Ela deve estar presa no trânsito.

— Droga — disse Cat, encaixando o celular no suporte e ajustando a iluminação e os refletores. — Precisamos dela aqui, pra ontem. Como diabos vamos começar o programa sem a nossa apresentadora?

— Ela vai chegar — garantiu Fern à chefe.

— Ela não perderia essa oportunidade. A menos que... — Cat parou, deixando a última palavra pairar entre elas.

— Ah, meu Deus — disse Fern. — Ela está indo para noitadas de novo? Pensei que tivesse parado com isso. Ela prometeu.

Frustrada, Cat fechou a gaveta com força.

— Deixe-me pensar. — Coçou a testa.

— Ela provavelmente aparecerá em cima da hora — falou Fern.

— Não. — Cat balançou a cabeça. — Philippa teve a chance dela. Se ela aparecer no portão, não a deixe entrar.

— Quem, então? — perguntou Fern.

Seria praticamente impossível encontrar alguém para preencher o lugar de Philippa em tão pouco tempo.

— Nevaeh? — perguntou Cat.

— Ela está em Paris naquele projeto com Yamamoto — explicou Fern.

— Chance Leopold, então — disse Cat. — Usaremos um apresentador desta vez.

— Infelizmente, ele está na reabilitação — contou Fern, procurando alguma alternativa em seu celular.

Cat se sentou em uma cadeira reclinável, pensou por um momento e balançou a cabeça.

— Não temos opções. Não vamos conseguir treinar alguém tão rápido. Estamos ferradas.

Fern mordeu o lábio, esperando. Por fim, Cat voltou seu olhar para ela.

— Tem que ser você — disse Cat com relutância. — Você conhece o programa, os competidores. Não é o ideal, mas vai ter que servir. Não estrague tudo — acrescentou antes de se levantar e se posicionar em frente à câmera.

Fern não conseguiu responder, não conseguiu acreditar no que tinha ouvido. Cat queria que ela, Fern, fosse a apresentadora?

— Meu Deus, Fern — disse Cat. — Juro por Deus que se você me fizer passar vergonha...

— Não vou, juro — disse Fern, rezando para que fosse verdade.

— Vou escrever ao Alfonso sobre a mudança— disse Cat. — Você ainda consegue cumprir suas outras funções, certo?

Fern assentiu, embora não soubesse muito bem como esperavam que ela cuidasse de toda a logística dos bastidores e ainda substituísse uma supermodelo em frente às câmeras. Mas precisava fazer isso. Era sua chance.

— E certifique-se de retirar do set todos os membros da equipe não essenciais antes da chegada dos competidores — instruiu Cat, passando uma faixa de cabelo sobre a testa para afastar os fios platinados do rosto. — E, pelo amor de Deus, mantenha todo mundo longe de mim. — Fitou Fern com severidade. — Se alguém vier me procurar, não estou aqui.

— Entendido — disse Fern.

Pouca gente sabia que Cat James era o cérebro por trás de *Um Ganhador de Sorte*, e ela queria continuar assim. Acordos de confidencialidade foram assinados, ameaças foram feitas caso alguém revelasse o envolvimento dela. Sim, ela faria propaganda para gerar burburinho em torno do reality-show, mas não queria que soubessem de seu envolvimento até o lançamento do episódio final de cair o queixo. Devido ao sigilo do projeto, Cat insistiu em gravarem em um set fechado. Havia grandes chances de imagens serem vazadas, então teriam, sim, uma equipe, mas seria reduzida a poucos e excelentes profissionais. Fazia sentido para Fern. *Um Ganhador de Sorte* era totalmente único e o primeiro *game show* desse tipo a dar um prêmio tão alto. Dez milhões de dólares! Impressionante. E, com os desafios extremos, as pessoas falariam sobre ele durante anos. Falariam sobre ela. Finalmente.

Cat suspirou, examinando o próprio rosto na tela. Fern sabia que este era o momento do tutorial que Cat mais odiava: quando as pessoas a viam sem maquiagem. A pele pálida, os cílios pequenos, as bolsas escuras sob seus olhos, as pequenas linhas que se estendiam ao redor dos lábios, algumas mais profundas cobrindo sua testa... tudo em uma vitrine para o mundo todo ver.

Entretanto, era isto que seu público queria: ver a incrível transformação do simples em magnífico, do desinteressante em encantador. Demorou até Cat permitir que outros a vissem em sua forma mais vulnerável, mas foi justamente isso que atraiu seu grande público. Fern achava a chefe linda com ou sem maquiagem.

Cat acenou impaciente, afastando Fern para o lado, que deu alguns passos para longe, saindo do enquadramento da câmera. Cat apertou o botão para iniciar a live.

— Boa noite, Amorecos. Sou a Cat James e estou muito feliz que estejamos juntas aqui. — Ela mostrou a embalagem incrustada de cristais. — Sabiam que as mulheres usam batom vermelho há milhares de anos? Cleópatra, Rainha Vitória, as sufragistas, Marilyn, Audrey, Rihanna, Salma, Jennifer, Gaga. Todas dominaram a arte dos lábios vermelhos. Esta noite, faremos o mesmo. Estão preparadas para se tornarem suas versões mais belas e poderosas? — Cat ergueu o queixo e lançou um sorriso ardiloso para a câmera. — E precisamos discutir o novo fenômeno cultural. Já viram as propagandas? Estão se sentindo sortudas?

Com o coração martelando contra suas costelas, Fern deixou Cat em sua live e desceu a escadaria principal, acenando de modo entorpecido para o diretor e sua assistente. Fern agora seria a cara de *Um Ganhador de Sorte*. Finalmente poderia provar a Cat que era muito mais do que uma simples e fiel assistente.

Fern se viu à porta da biblioteca. Era um espaço lindo — não era seu cômodo favorito na propriedade (o posto pertencia à cozinha), mas a madeira escura, as estantes que iam do chão ao teto, além da aura silenciosa e antiga, colocavam o lugar entre os cinco primeiros. O cômodo cheirava a um misto de desinfetante de limão com um aroma inebriante de vinho e rosas vermelhas.

Fern colocou o cabelo preto e grosso atrás das orelhas e conferiu o delicado relógio prateado em seu pulso. Eram quase nove horas.

Os participantes chegariam em breve. Todos os meses de trabalho duro, e o esforço *dela* nos bastidores, começavam a valer a pena. *Um Ganhador de Sorte* estava finalmente se tornando uma realidade. Mas agora esse poderia ser o projeto que alavancaria Fern no âmbito profissional.

Durante os últimos seis meses, ela havia trabalhado em todos os mínimos detalhes. Foi a responsável por contatar os participantes, respondendo às suas perguntas, organizando as viagens, fazendo com que se sentissem como as estrelas daquele programa, que em breve seriam. Cuidou da empresa que instalou centenas de câmeras por toda a propriedade, lidou com os paisagistas, o serviço de limpeza, os carpinteiros e os empreiteiros, conseguindo milagrosamente dar vida à ideia de *Um Ganhador de Sorte*.

Na maior parte do tempo, Cat estava lá, analisando, exigindo e criticando. Por mais que tentasse, Fern não conseguia evitar se ressentir da chefe. Ela devia muito a Cat, mas quando a dívida seria paga? Pelo visto, nunca.

Há dez anos, as duas trabalharam na mesma empresa. Cat era uma das gestoras, enquanto Fern era uma simples estagiária do poderoso CEO. Ele era especialmente mão-boba, e destruiu Fern, que, aos 22 anos, iniciou em seu primeiro emprego com o olhar cheio de encanto.

O CEO era bonito, charmoso e sabia como fazer Fern se sentir única. Especial. Ela ignorou a maneira como ele tratava a maioria dos outros colegas; com indiferença e até mesmo com desdém. É claro que eles não estavam dando duro nem se dedicando o bastante. Mas Fern estava. Ela se dedicou de corpo e alma ao trabalho ridiculamente mal-remunerado. A princípio, a mão na parte inferior das costas e os leves toques nos seios pareciam acidentais. Apenas dois colegas que estavam debruçados próximos um do outro, olhando a agenda do dia.

Então, Fern começou a ficar sozinha com o CEO no escritório dele. A porta fechada. Os toques acidentais e inocentes persistiram, transformando-se em outra coisa. Fern nunca quis nada daquilo. Sabia muito bem que não deveria se envolver com o chefe. Ela o achava impressionante, brilhante no que fazia, mas nunca dormiria com ele. Isso nunca sequer lhe passou pela cabeça. Ela evitou ficar sozinha com ele, mas isso se mostrou impossível. Quando o chefe te chamava até o escritório dele, você ia.

Fern fez de tudo para evitar suas investidas, mas percebeu que ele estava ficando impaciente. Mas a quem ela poderia contar? À mulher sentada na mesa ao lado dela? Será que poderia contar a Cat James, a glamourosa gerente de mídias sociais da empresa? Não, Cat mal notava a existência de Fern, a menos que fosse com impaciência ou desdém. Fern estava sozinha.

Certa tarde, o CEO convocou Fern até seu escritório. O medo a preencheu. Será que tinha feito algo errado? Ela quebrou a cabeça em busca de uma resposta. Vinha tentando ser muito meticulosa em seu trabalho. Não, ela não havia cometido erros notáveis. Nada que justificasse uma convocação tão sem cerimônias. Ele fechou a porta e Fern teve a certeza de que seria demitida. Mas por quê? Foi o som da fechadura que fez seu estômago revirar.

Ela reagiu, ou pelo menos tentou, mas o CEO era mais forte e contava com o elemento surpresa. Fern conseguiu escapar de suas garras, correndo até a porta e girando a fechadura antes de ser arrastada para trás e empurrada contra uma parede. Ela queria gritar, mas não conseguiu. *Estranho*, pensou, como a vida seguia normalmente do lado de fora. Reuniões e telefonemas eram realizados enquanto Fern vivia um pesadelo ali dentro. Mesmo assim, continuou lutando até que o CEO pegou algo em sua mesa. Um abridor de cartas, afiado como um punhal, e segurou-o contra o pescoço dela.

— Chega de brigar — sussurrou ele em seu ouvido. — Vamos brincar.

Ele deslizou o abridor de cartas pelo peito dela, pela barriga e o passou por baixo da saia. Fern sentiu a lâmina na pele de sua coxa, e sua calcinha caiu no chão.

De repente, Cat James apareceu.

Ela falou um monte para o CEO e ameaçou processá-lo. Ele riu, argumentando que ninguém acreditaria nelas. Cat conduziu uma Fern desgrenhada para fora do escritório. Seguranças as esperavam assim que chegaram à mesa de Fern. Foram demitidas e conduzidas para fora do prédio. Cat lhe pediu para não se preocupar — fora despedida logo no começo da carreira de jornalista.

Demitida por tentar fazer a coisa certa. O mundo era assim e deveriam carregar esse fardo.

Cat lhe disse que o CEO estava certo em um ponto: ninguém acreditaria nelas. Disse que chefes iguais a ele eram como baratas, quase impossíveis de esmagar. Mas, se Fern quisesse ir às autoridades, ela a apoiaria. Ou poderia tentar esquecer o acontecido e seguir em frente. Fern poderia trabalhar para Cat porque ela construiria algo grande. Algo especial. E ela o fez.

Cat deu a volta por cima depressa. Usando seu conhecimento em redes sociais, tornou-se uma das influenciadoras de estilo de vida mais populares do YouTube, do Instagram e do TikTok. Ela também comprou a bela propriedade e vinícola em que estavam no momento. Assim que pôde, contratou Fern como sua assistente pessoal. As horas como assistente da chefe eram longas e exigiam muito dela, mas, na maioria dos dias, Fern não se importava. Se Cat não a tivesse defendido e ficado ao seu lado, vai saber onde estaria agora.

Nos últimos tempos, Fern vinha repensando isso. As expectativas irreais de Cat, o salário péssimo, os comentários depreciativos, as horas em excesso, tudo beirava o abuso. Fern andava de um lado para o outro pela biblioteca. Quanto uma pessoa poderia suportar sem surtar? Era abusivo e ela sabia que não poderia continuar assim para sempre, mas agora todos esses anos estavam valendo a pena. Cat finalmente estava permitindo que Fern assumisse a liderança em alguma coisa, mesmo que fosse por falta de opções.

Fern estava preparada. Era o momento pelo qual vinha esperando. Era um trabalho importante. Relevante.

Tentou controlar os nervos. Não poderia se afobar agora. Consultou sua prancheta. Os fornecedores estavam preparando as entradas e as sobremesas. E o vinho. Hoje haveria vinho em abundância.

Colocaram para gelar várias garrafas com os novos rótulos que Cat havia pessoalmente desenhado. Eles eram tão diferentes das elegantes videiras que antes enfeitavam as garrafas de Bella Luce. Eram horríveis, na verdade. Exibiam uma pintura assustadoramente realista que Fern reconheceu como sendo três deusas gregas. Três deusas furiosas, parcialmente vestidas, com cobras em vez de cabelos. A imagem convergia para um homem aterrorizado e uma mulher com uma adaga cravada no peito. Fern só sabia que aquele era o vinho deles porque no rótulo se lia *Bella Luce* em letras elegantes. Ela não se incomodou em perguntar por que a chefe fez a mudança. Cat sempre tinha seus motivos.

Incluindo o motivo pelo qual insistiu em ficar nos bastidores do programa. *Serei uma distração,* argumentara. *Quero toda a atenção voltada para o conceito brilhante que criei. Isso mudará os reality-shows para sempre.*

Fern teve a coragem de perguntar o porquê de o programa ter apenas cinco participantes. Cat explicou de imediato: *Os espectadores ficarão mais engajados e vidrados para ver o que acontecerá com seu personagem favorito.*

Só que não eram personagens. Eram pessoas reais que Cat havia estudado com cautela. Fern folheou os dossiês com as fotos dos competidores em sua prancheta.

Audrey Abreo de Boston, Massachusetts. 29 anos, dona de um restaurante, casada, um filho. Engraçada e extravagante, sua língua afiada manteria todos atentos.

Samuel Rafferty de Atlanta, Geórgia. 42 anos, promotor público, solteiro, sem filhos. Bonito como uma estrela de cinema e inteligente, Samuel era, ao mesmo tempo, contido e belo. No pior dos cenários, os espectadores assistiriam apenas para ver seu tanquinho.

Richard Crowley de Dripping Springs, Texas. 68 anos, ex-senador dos Estados Unidos, casado, quatro filhos. Mesmo já tendo certa idade, o senador Crowley parecia estar em boa forma. Era bem-humorado e exalava uma vibe mais modesta. Metade do público o amaria por sua política, metade o odiaria.

Camille Tamerlane de São Francisco, Califórnia. 38 anos, psiquiatra, conselheira matrimonial e apresentadora de podcast, divorciada, sem filhos. Camille era um toco de gente, mas tinha a aura de uma líder. Analítica e empática, ela levaria os jogos mentais para o programa.

Maire Hennessy de Calico, Iowa. 40 anos, artista, divorciada, duas filhas. Maire traria o Fator Mãe para o programa. Era alguém identificável e, com uma criança doente, com certeza traria comoção ao reality. Ela também parecia a encarnação viva de uma princesa da Disney com uma juba de fios ruivos encaracolados, pele clara e sardas no nariz.

Sim, um elenco e tanto. Cada arquivo continha as histórias mais interessantes, incluindo até alguns segredinhos. Um programa imperdível.

O celular de Fern tocou, alertando-a de que havia alguém no portão. Ela respirou fundo. Hora de conhecer os participantes.

3

A Melhor Amiga

Quando Maire pousou em São Francisco, avistou o motorista que a levaria ao resort. Sentiu um calafrio ao vê-lo parado na esteira de bagagens, com seu terno preto e seu boné de trabalho, segurando uma plaquinha com os dizeres *Hennessy* em letras garrafais. Ela gostou dos olhares que a acompanharam enquanto cumprimentava o motorista com simpatia. Sentiu-se alguém importante, especial. Mas, assim que o homem corpulento e de olhos caídos pegou a bolsa dela e, rispidamente, mandou que o seguisse, a animação dela foi substituída por desconforto.

Ao se acomodar no carro, ela tentou afastar a preocupação e apreciar a vista. Atravessaram a Golden Gate e as águas cintilantes da baía abaixo da ponte. Maire ficou impressionada com tal beleza, mas o sentimento foi passageiro. Algo parecia errado. Ela vasculhou sua bolsa em busca do celular. Não o achou, então usou a lanterna do chaveiro para iluminar o interior da bolsa, encontrou-o e entrou em contato com Dani e Keely. Elas garantiram que estava tudo bem, mas Maire tinha certeza de ter ouvido um chiado na voz de Dani, o que dobrou sua preocupação.

Do lado de fora, a paisagem mudava rapidamente — planícies varridas pelo vento, colinas, vinhedos com o verde do verão —, Maire, todavia, não conseguia apreciá-la. Lutou contra a vontade de ligar para as meninas outra vez. Se pudesse contar a elas sobre o programa, sobre a possibilidade de ganhar milhões de dólares...

então elas entenderiam, ficariam entusiasmadas, mas as regras do reality eram explícitas. Maire não poderia contar a ninguém sobre o verdadeiro motivo de sua partida ou seria desclassificada. Seria diferente quando o jogo de fato começasse. Elas a veriam competindo e ficariam muito orgulhosas. Ou apavoradas.

O sol começou a se pôr e uma neblina densa se aproximou, envolvendo o carro em uma nuvem aveludada. A estrada à frente desapareceu, mas o motorista não reduziu a velocidade. Ele fazia curvas às cegas na estrada enevoada.

Maire se agarrou ao banco à sua frente.

— Deve ter algo errado — disse ela. — Acho que você deveria ter feito a curva lá atrás.

O sentimento de desconfiança agitou seu estômago. Ela estava no meio do nada com um homem estranho, em um lugar desconhecido. Provavelmente acabaria sendo morta ou sequestrada, ou beberia um White Claw em um hotelzinho qualquer de beira de estrada. Essa viagem era boa demais para ser verdade.

— Só estou seguindo ordens — respondeu o motorista, fazendo uma curva fechada à esquerda. — A propriedade fica por aqui.

— Mas você deveria me levar ao resort — disse Maire.

Sua mão foi até a maçaneta da porta e ela checou o celular, aliviada por perceber que ainda havia sinal. À frente, surgiu um portão ladeado por um muro alto de pedra. A neblina se enrolava nas barras de ferro forjado, tornando impossível ver algo além delas. Ela tentou calar a vozinha que a incentivava a pedir ao motorista para dar meia-volta.

Em vez disso, Maire permaneceu em silêncio enquanto ele parava ao lado do interfone do portão, baixava a janela e apertava um botão.

— Boa noite. — Veio a voz de uma mulher. — Bem-vindos à Bella Luce.

— Aham — disse o motorista, mexendo no papel que tinha em mãos numa tentativa de aproveitar ao máximo a luz fraca proveniente das lanternas no topo do muro. — Estou com uma tal de Maire Hennessy aqui — informou rispidamente.

— Bem-vindos. Por favor, sigam em frente — respondeu a voz, e o portão de ferro rangeu ao se abrir.

O motorista atravessou o portão lentamente. O caminho longo e sinuoso era ladeado por dezenas de sobreiros imponentes, com troncos robustos e galhos retorcidos que se assomavam graciosamente acima deles.

Maire olhou através do para-brisa dianteiro, na esperança de enxergar o que estava por vir. Não precisou esperar muito. Luzes enevoadas pela densa neblina revelavam os contornos do que parecia ser uma pequena vila italiana.

— O que é isso? — perguntou ela. — Parece algo saído de um filme.

O motorista a ignorou, mantendo os olhos no caminho de pedra à frente.

— Uau — comentou Maire, surpresa ao perceber que o que ela pensava serem diversos edifícios de pedra era, na verdade, uma única construção com coberturas variadas em telhas vermelhas e, surpreendentemente, um campanário. Uma parte da propriedade parecia estar em ruínas, com vigas expostas rodeadas por pilhas de pedras irregulares.

Gárgulas de bocas arreganhadas os encararam com desconfiança quando o motorista parou em frente à enorme casa. Era uma propriedade linda, mas também agourenta, distante e fria como uma antiga fortaleza toscana construída para manter inimigos e servos afastados.

Mais de duas dúzias de degraus de pedra, ladeados por um terraço também dividido em degraus, levavam a uma entrada em arco guardada por um par de grandes portas de madeira. Em cada lado da porta havia uma lanterna preta que lançava uma luz fantasmagórica pelo chão.

Maire olhou pela janela de novo e uma inquietação tomou conta de seu peito. Encarou seu cardigã e sua calça cargo. Não estava vestida para nenhum tipo de encontro e, sendo sincera, estava ansiosa por uma boa noite de descanso antes do início da competição. Pretendia usar o serviço de quarto do hotel e assistir a *Ame-a ou Deixe-a*. Queria checar mais uma vez se as filhas estavam bem.

O motorista saiu do carro e abriu a porta de Maire, a luz interna acendendo.

— Você não vai simplesmente me largar aqui, vai? — perguntou ela.

O motorista lhe lançou um sorriso sinistro, seus dentes brilhando no escuro.

— Por quê? Está querendo companhia?

Antes que ela pudesse reagir, ele agarrou sua mão. Sua pele estava fria e úmida, seus dedos acariciando a palma dela. Maire tentou se soltar e ele riu com malícia antes de libertá-la. Ela permaneceu parada, congelada.

— Presta atenção, dona — disse ele. — Diga o que você quer fazer. Ficar aqui? Ir embora? Não dou a mínima, mas preciso voltar para o aeroporto.

Maire não queria entrar naquela casa esquisita, porém, mais do que isso, não queria voltar para o carro com o motorista. Ele deu batidinhas no relógio. Ela poderia entrar nesta bela propriedade e ganhar dez milhões de dólares ou voltar para o carro com o motorista horripilante.

— Vou ficar — respondeu Maire, afastando-se do carro.

Ela olhou para o espetáculo que se assomava diante dela. Nunca tinha visto uma casa assim. Uma cortina em uma das janelas do andar de cima se moveu e Maire viu alguém recuar para as sombras.

Ela começou a subir a escada íngreme até a casa, a bagagem batendo nos degraus de pedra. Colocou a bolsa no ombro e olhou ansiosa para o motorista, que já estava dando ré para sair. Através do brilho nebuloso que iluminava sua subida, Maire pôde ver que o jardim da frente estava coberto por uma vegetação acinzentada e prateada. Sentiu um cheiro de algo como mel tentando se sobressair ao aroma pungente de alecrim. Ouviu o gorgolejar suave de uma fonte em algum lugar próximo.

No topo da escadaria, Maire parou, soltou a bagagem e olhou para a casa. Imaginou que seria encantadora à luz do dia, mas agora era absolutamente imponente, erguendo-se das sombras como uma vila medieval.

De ambos os lados do par de portas em arco havia molduras de janelas — sem vidros nem telas. Ela espiou por uma das aberturas. O que Maire pensava ser a porta da frente era, na verdade, a entrada para um pátio. Procurou uma campainha, mas não a encontrou.

Sentindo-se boba, Maire abriu as pesadas portas e adentrou o pátio. Agora estava sob o campanário. Quem tinha uma torre de sinos em casa? Ela seguiu a fileira de lanternas onde insetos se chocavam contra os filamentos de luz, e desceu pela colunata arqueada, seus passos ecoando pelo pavimento.

No fim do percurso havia outro par de pesadas portas de madeira, mais uma vez fazendo Maire pensar em uma fortaleza. Com um lampejo de inquietação, ela se perguntou se as portas foram feitas para manter as pessoas do lado de dentro ou de fora. Pensou em Keely e Dani e remexeu na bolsa em busca do celular. Ligaria para elas uma última vez.

O telefone tocou sem resposta. *Por favor, atenda*, ela implorou. Finalmente, ouviu a voz áspera de Shar do outro lado da linha.

— Alô? — atendeu ela com a voz rouca.

— Shar, sou eu. Sei que é tarde, mas posso falar com a Dani de novo? — perguntou Maire em tom de desculpas. — Só estou preocupada com ela.

— Eu entendo — disse Shar. — Mas ela está bem.

Ao fundo, pode-se ouvir o chiado agudo de uma tosse. Maire ficou tensa. Reconheceria aquele som em qualquer lugar.

— Dani está tossindo? Por que você não me ligou?

— Está tudo sob controle, Maire — disse Shar suavemente. — Ela está bem.

— Você usou o nebulizador? Aferiu a temperatura dela? Colocou o colete nela?

O colete em questão vibrava contra a parede torácica de Dani para auxiliar na liberação do muco de seus pulmões.

— Sim, sim e sim — respondeu Shar. — O que ela realmente precisa agora é de descanso. Ligo se alguma coisa mudar. Prometo.

Mais tosse. Um fluxo interminável de chiados e arquejos. Era uma tosse do tipo *vamos ao hospital*? Maire não sabia dizer. Ela precisava ver Dani, colocar a mão em sua testa e em seu peito.

A porta em frente à Maire começou a abrir.

— Tenho que ir — disse apressada. — Mas, por favor, me ligue se ela piorar.

— Certo — falou Shar com gentileza. — Mas vamos ficar bem. Garanto.

Então, fim da ligação. Maire não teve escolha senão confiar nela. Confiar suas filhas, a vida de Dani, a Shar.

Maire piscou para afastar as lágrimas quando uma jovem apareceu à porta. Ela estava completamente vestida de preto, com uma blusa transparente, calça flare de cintura alta e tênis Converse. Seu cabelo escuro na altura dos ombros era sedoso, a franja desfiada. Ela não usava maquiagem, nem precisava. Era naturalmente deslumbrante, com lábios carnudos e olhos escuros atrás dos óculos grossos de armação preta. Tinha uma pequena cicatriz em forma de V em uma das proeminentes maçãs do rosto.

— Olá — cumprimentou a mulher, a voz baixa e rouca. — Bem-vinda à Bella Luce. Você é a Sra. Hennessy, correto?

— Isso — disse Maire, tentando espiar o átrio atrás da mulher.

Dentro havia uma fonte com uma estátua em tamanho real de uma bela mulher segurando uma máscara com o rosto de um homem, seus olhos selvagens e uma careta retorcida. Da abertura cavernosa da boca da máscara, jorrava água. Maire foi dominada por uma onda de pavor e precisou se forçar a desviar o olhar da estátua.

— Me chamo Fern Espa, conversamos ao telefone. Seja bem-vinda.

A mulher estendeu a mão e Maire a pegou. O aperto de Fern era firme, mas escorregadio de suor. Ela estava nervosa, e Maire ficou feliz por não ser a única.

— Sou a apresentadora do programa e aquela é Melpômene — informou Fern, indicando com a cabeça a fonte logo além da moldura de janela. — Uma das nove musas. Nós a chamamos de Mel. Por favor, entre.

— Desculpe — pediu Maire, balançando a cabeça. — Estou um pouco confusa. Eu achei que iria para um resort. Não sei onde estou ou por quê.

— Nosso coquetel é um mimo extra para os competidores — disse Fern, cutucando um fone de ouvido na orelha. — Achamos que seria bom todos os jogadores se conhecerem antes do início da competição. Agora, por favor, entre.

Hesitante, Maire passou pela porta da frente até o piso terracota com padrão de espinha de peixe. Sua mente ainda girava. Fern não era a assistente de produção com quem vinha se correspondendo? E agora ela estava dizendo ser a apresentadora do programa?

— É importado da Itália — disse Fern, confundindo a expressão inquisitiva de Maire com interesse pelo piso. — Por favor, desculpe o transtorno. O proprietário está restaurando a propriedade. Ela foi construída no fim dos anos 1800 e grande parte da estrutura da casa veio da região da Lombardia.

Maire assentiu. A entrada era mal iluminada por um lustre de cristal e ferro pendurado em um teto abobadado. À direita, havia um espelho de chão com moldura dourada, onde ela viu o próprio reflexo. Com seu cabelo ruivo rebelde, o cardigã largo, calça cargo amassada e mocassins forrados de lã, ela parecia tão amarrotada quanto se sentia. Seus ombros caíram. Não estava preparada para isso.

Perto do espelho havia uma mesa lateral com um vaso de cristal cheio de uma mistura graciosa de rosas, hortênsias e lisiantos. No lado oposto, uma base redonda de mármore com a escultura de uma mulher segurando uma lira.

— Calíope, outra musa — explicou Fern. — Então, temo que este seja o momento em que peço para me entregar seu celular. — Ela mordeu o lábio.

Maire semicerrou os olhos.

— Meu celular? Por quê?

— Por motivos de segurança — disse Fern, apontando para um cofre em um pilar com cerca de um metro de altura.

— Segurança? — ecoou Maire.

— Por causa do programa — explicou Fern. — Você nem imagina quantas pessoas gostariam de dar uma olhada no que está acontecendo aqui. Pode haver espiões por aí. Parte do chamariz do jogo é todo esse sigilo que o cerca. Todos no set precisarão abrir mão de seus celulares durante as gravações. Está no contrato.

Maire se lembrava de ter lido alguma cláusula sobre celulares e confidencialidade, mas pensou que isso significava que os jogadores não poderiam compartilhar fotos ou vídeos.

— Mas e se eu precisar entrar em contato com minhas filhas? — questionou Maire, o pânico ameaçando tomar conta dela. Não passava um dia sequer sem falar com as meninas. — Minha filha tem um problema crônico de saúde. Preciso me comunicar com ela e ser informada em caso de emergência.

— Sinto muito — Fern franziu a testa —, mas está nas regras. Tenho certeza de que você entende que, se detalhes importantes forem revelados, isso poderia acabar com o programa. Não podemos arriscar. Prometo que avisarei se tiver alguma emergência.

E se a tosse de Dani piorasse? E se ela estivesse sufocando no próprio muco agora mesmo? O arrependimento tomou conta de Maire. Por que ela estava fazendo isso? Quanto valia ficar longe das filhas durante duas semanas? *Dez milhões de dólares*, lembrou a si mesma.

Seu celular era a única coisa que a conectava a Keely e Dani, mas, com relutância, ela o entregou a Fern, que o deixou cair pela abertura estreita do cofre. Maire tentou afastar as meninas dos pensamentos. Precisava se concentrar, focar toda a sua energia em ganhar o dinheiro.

Fern rapidamente conduziu Maire por um grande salão com piso de pedra e teto abobadado. Um andaime imponente estava perto de uma das paredes. Maire esticou o pescoço para enxergar melhor os detalhes que adornavam a cúpula — as folhas bordô, as curvas barrocas e as vinhas.

— Qual é o tamanho deste lugar? — perguntou Maire, sua voz ecoando pelas paredes enquanto passavam pelo espaço semelhante a uma igreja, com sua mobília pesada e ornamentada e o aroma exótico de orquídeas.

Imediatamente, Fern começou a listar nos dedos:

— São sete quartos, a sala de música, a copa, o átrio, uma capelinha, a sala de jantar, a sala de estar formal (a apelidamos de sala branca), um solário que é usado como uma área para encontros mais casuais, a sala de cinema, uma piscina coberta e outra do lado de fora e, é claro, uma adega.

— E alguém mora aqui? — perguntou Maire, maravilhada com o tamanho de tudo.

Fern parou em frente a uma porta cheia de intricados entalhes de fauna e flora.

— Sim — respondeu ela —, mas o proprietário deseja permanecer anônimo por enquanto. E aqui é a biblioteca.

Fern girou a maçaneta e abriu a porta, revelando estantes que iam do chão ao teto feitas de nogueira escura e abarrotadas de livros com capa de couro. O teto de caixotões combinava com as prateleiras de madeira. Metade dos livros só poderia ser alcançada usando uma escada com rodas. E havia mais flores. Ali, os vasos eram preenchidos por centenas de botões-de-ouro cor de vinho, tão escuros que quase pareciam pretos no cômodo em penumbra.

Os olhos de Maire pousaram em um desconhecido que a encarava. Ele estava ao lado da escada, segurando uma taça de vinho. Parecia vagamente familiar. Talvez na casa dos setenta, vestia calça cáqui e uma camisa de golfe vermelha, tinha uma cabeça cheia de cabelos cor de areia e um rosto corado e enrugado que já deve ter sido bonito. Talvez um ex-jogador que não vingou. Ele ergueu o copo na direção dela e abriu um sorriso largo.

— Gostaria de beber algo? — perguntou Fern.

Maire tirou os olhos do homem.

— Qualquer coisa que já esteja aberta — disse Maire.

— Que tal um vinho Pinot? As uvas são cultivadas aqui — explicou Fern.

Maire assentiu. Fern foi até uma mesa com várias garrafas de vinho, escolheu uma e serviu uma taça enquanto Maire desviava sua atenção para uma segunda mesa cheia de travessas com comida. Embora ela estivesse faminta, o homem não tinha se servido de nada. Ela discretamente estudou suas feições. De onde o conhecia?

— Os outros chegarão logo? — perguntou ela. — Quantos participantes serão?

— Cinco no total — disse Fern, entregando a Maire um copo com um líquido claro.

Maire ficou surpresa. Presumira que haveria pelo menos uma dúzia de participantes. Essa parecia ser a média de jogadores em todos os reality-shows que assistiu no último mês.

Ela assentiu por cima do ombro de Maire.

— Estamos esperando mais duas pessoas — disse, olhando para o relógio. — E devem chegar a qualquer instante.

Duas? Ela não quis dizer três? Ela vasculhou o cômodo e seus olhos pararam em um homem alto, com bem mais de um metro e oitenta, cabelo curto e cavanhaque preto com fios grisalhos

Seus olhos escuros pousaram em Maire e ela quase derramou o vinho. Como isso era possível? Não era. Não podia ser.

Fazia vinte anos, mas ela conhecia aquele homem. Conhecia-o bem. O coração de Maire parou e voltou a bater, descompassado. Da última vez em que se viram, prometeram nunca mais se encontrar, trocar cartas nem e-mails ou falar um com o outro. Era perigoso demais, muito arriscado. E, até este momento, eles haviam cumprido a promessa.

Eles se encararam e os anos passaram. Uma noite fria e estrelada, um lago parcialmente congelado, o ruído de metal, os braços fortes dele segurando-a firmemente. Então corriam, corriam como se suas vidas dependessem disso.

4

A Confidente

Arrastando sua mala da Prada atrás de si, Camille Tamerlane seguiu Fern Espa pelos corredores reluzentes de mármore da propriedade, ainda sem acreditar que poderia estar a apenas duas semanas de conseguir dez milhões de dólares.

O e-mail que ela não sabia que estava esperando chegara há um mês. Normalmente ela o teria apagado sem sequer ler, mas o assunto chamou sua atenção: VOCÊ ESTÁ PREPARADA PARA A AVENTURA DA SUA VIDA? Por que não? Ela abriu a mensagem.

Um reality-show, Napa Valley, dez milhões de dólares. Ela gargalhou. *Tá bom, claro,* ela pensou, mas não parou de ler. O nome do programa era *Um Ganhador de Sorte* e aparentemente sua participação havia sido indicação de alguém. A pessoa a descreveu como "uma mulher que dedicou sua vida a ajudar os outros a se tornarem as melhores versões de si mesmos".

Uma onda de autossatisfação a percorreu. Ela era uma das principais psiquiatras de São Francisco e apresentava um podcast famoso chamado *Sua Melhor Fase com Camille.* Sua agenda era cheia e sua carteira de clientes incluía um congressista, uma pessoa que atingiu o estrelato ainda na infância, um violoncelista de renome mundial e um jogador profissional de beisebol. Não que ela fosse se rebaixar a citar nomes — Camille nunca faria isso. Seria antiético. Ela se perguntou quem a teria indicado e examinou todas as possibilidades: um de seus pacientes, um ouvinte de *Sua Melhor*

Fase com Camille, Parker (seu produtor). Certamente não foi o ex-marido.

Mas Camille estava mais interessada nos dez milhões de dólares. Ela precisava desse dinheiro. E rápido.

Era notório que havia se tornado gananciosa — o escritório vitoriano numa das partes mais privilegiadas de Marina District, os carros, as obras de arte, as roupas de grife, os investimentos infalíveis que fracassaram miseravelmente. O estômago dela doía só de pensar em seus cartões de crédito estourados, seu ex constantemente batendo à porta atrás da pensão alimentícia atrasada, toda a confusão envolvendo Travis Wingo (ou Wingo, como ele gostava de ser chamado), um ex-cliente problemático.

No fim do mês, assim que se consagrasse a *Ganhadora de Sorte*, pagaria suas dívidas e voltaria a viver como a médica sensata que era. Provavelmente.

Ela respondeu ao e-mail sem hesitação, achando que nunca mais ouviria nada sobre o programa.

Então, uma semana depois, Camille recebeu outro e-mail informando que era oficialmente uma participante. Tudo o que ela precisava fazer era assinar um formulário de direitos de imagem e jogar. Por que ela não poderia ser a ganhadora? Estava em boa forma e era inteligente. Sabia ler as pessoas. Esse era seu superpoder. Era uma especialista em observar e ler a linguagem corporal dos outros. Poderia se sentar diante de um cliente e permanecer em completo silêncio, sem que ninguém pronunciasse uma palavra sequer, durante uma sessão inteira, e ainda compreender muita coisa.

Por isso era uma psiquiatra tão eficaz.

E agora estava ali, nesta linda propriedade, a poucos minutos de conhecer seus concorrentes. Ela alisou a frente do vestido azul-marinho, passou as mãos pelos cabelos escuros e tentou ignorar como seu Louboutin machucava os dedos dos pés. Desejou não ter bebido tanto champanhe no percurso de carro. As primeiras impressões eram importantes. Mas era Dom Pérignon, afinal.

— Acredito que a viagem tenha sido boa — disse Fern, conduzindo-a por um corredor longo e escuro.

— Foi sim — respondeu Camille, desviando a atenção das obras de arte que deveriam ser avaliadas em centenas de milhares de dólares e analisando Fern.

A silhueta esguia de Fern, o cabelo escuro, o sorriso torto, os ombros quadrados — tudo parecia tão familiar. Mas era a voz dela... Será que Camille já tinha ouvido aquela voz? Elas se falaram ao telefone sobre o programa, mas era mais do que isso. Percorreram um corredor sombrio. Com certeza já havia se deparado com Fern Espa antes.

Ela tentou decifrar o mistério enquanto seguia Fern, mas se distraiu com a magnificência ao seu redor. Apesar dos postes de metal e das tábuas de madeira servindo como andaimes, era como se ela tivesse voltado ao passado, direto para uma pintura renascentista sombria com textura complexa.

— A biblioteca — disse Fern, abrindo uma porta e dando um passo para o lado para que Camille pudesse entrar.

Logo de cara, os olhos de Camille encontraram um homem largo, vestindo calça cáqui e botas de cowboy marrons, e exibindo um grande sorriso. Camille o reconheceu de imediato. Senador Richard Crowley. Interessante. Ela tinha visto as propagandas de Crowley na TV a cabo e não era uma apoiadora.

Camille respondeu com um sorriso sem graça, então voltou seu olhar para uma mulher com fios ruivos encaracolados e desgrenhados e uma constelação de sardas no nariz parada ao lado de uma lareira apagada. Ela não prestou atenção em Camille, em vez disso, bebericou o vinho enquanto observava disfarçadamente um homem alto, com cabelo escuro e bonito, perto de uma mesa cheia de aperitivos dispostos em travessas de prata.

O homem com cabelo escuro tinha um cavanhaque muito bem-cuidado e o físico esbelto e musculoso de um atleta. Ele pegou um prato e se serviu de uma tâmara com bacon, depois pegou uma porção do que parecia ser salada de lula fresca. O estômago de Camille revirou com a mistura, embora comer algo pudesse ser uma boa ideia. Ela precisava de algo para absorver todo o champanhe que consumiu no caminho até ali.

Observou enquanto o homem recuava para um canto do cômodo com seu prato, lançando seus próprios olhares para a ruiva com o vinho. Pela maneira como os dois trocavam olhares intercalados, Camille teve a sensação de que havia algo a mais nessa história. A mulher deu um tapinha no bolso do cardigã largo e uma expressão desolada cruzou seu rosto. Então ela estava sentindo tanta falta do celular quanto Camille. Abrir mão do aparelho foi difícil. Sem ele, estava isolada dos pacientes e do resto do mundo. Camille se sentia nua sem o peso do aparelho.

— Só estamos aguardando mais uma pessoa — informou Fern enquanto colocava uma taça de vinho na mão de Camille e se retraía para um canto da biblioteca.

Ela observou o rosto de Fern ser tomado por consternação conforme pressionava dois dedos na orelha. A mulher usava um fone de ouvido e conversava com alguém. O papo não parecia estar indo muito bem. Camille tentou entreouvir, mas estava muito longe.

Após um momento, Fern foi até o centro da sala e bateu na taça de vinho com uma colher.

— Como já sabem, meu nome é Fern Espa e sou a apresentadora de *Um Ganhador de Sorte*, o primeiro reality-show a oferecer o incrível prêmio de dez milhões de dólares. Tudo o que precisam fazer é superar os outros competidores.

Um arrepio de entusiasmo percorreu a espinha de Camille. Aquele dinheiro todo. Era quase bom demais para ser verdade.

— Infelizmente, nosso último participante ainda não chegou — disse Fern, o nervosismo transbordando em sua voz —, mas estará aqui em breve. Vou me retirar para verificar onde ele está. Enquanto isso, por favor, peço que se conheçam um pouco.

Fern se apressou para fora da biblioteca, a porta se fechando atrás dela com um clique alto.

Todos permaneceram em silêncio, olhando uns para os outros até que o senador Crowley deu um passo à frente e sorriu.

— Me chamo Richard Crowley, sou do Texas.

— Senador Richard Crowley. — Camille não conseguiu evitar. — Defensor da família tradicional, do governo enxuto, das armas e dos direitos estaduais.

Embora Camille considerasse Richard Crowley um dos políticos mais educados e menos radicais da atualidade, ele também era dissimulado e raso, mas por algum motivo seus eleitores continuavam a reelegê-lo. Recém-aposentado, havia rumores sobre ele concorrer à presidência.

— Ex-senador — esclareceu Richard. — E não consigo acreditar que estou comemorando minha aposentadoria participando de um reality-show. — Ele deu uma risadinha autodepreciativa.

Camille olhou para sua taça de vinho agora vazia. Como isso aconteceu? Ela foi até uma máquina de expresso ao lado das garrafas de vinho. Chega de álcool por hoje.

— E você seria...? — perguntou Richard, virando-se para Camille daquele jeito apelativo que ela o tinha visto fazer centenas de vezes nos noticiários.

O senador Crowley não era um grande defensor dos serviços relacionados à saúde mental. Isso lhe dava nos nervos.

— Dra. Camille Tamerlane — apresentou-se, pousando sua taça de vinho na primeira superfície que encontrou.

— E o que é que você faz, Dra. Tamerlane? — perguntou o senador, estendendo a mão para apertar a mão livre dela.

Seu aperto era forte. Apesar da pele envelhecida, da idade avançada e da maneira como a camisa de golfe espremia sua barriga, ele estava em ótima forma física. E por trás daquela fachada de bom moço havia um político implacável, acostumado a conseguir o que queria.

— Sou psiquiatra e terapeuta — disse ela, desvencilhando seus dedos do aperto do senador. — Trabalho perto daqui, em São Francisco.

— Que maravilha — disse Crowley. — É bom saber que alguém cuidará das nossas necessidades psicológicas enquanto estivermos aqui. — Ele riu e olhou em volta para ver quem poderia estar achando graça da piada.

Camille sorriu com paciência, então se virou para o homem alto de cavanhaque.

— E o seu nome? Por favor, não me diga que você também é um político.

— Bem — começou ele, com uma risadinha —, acho que isso depende de com quem você está falando. Sou Samuel Rafferty, um simples advogado de Atlanta.

— Não apenas um simples advogado — falou a ruiva suavemente.

A cabeça de Samuel se virou na direção da mulher, sua expressão indecifrável.

— Vi a notícia no aeroporto — disse ela. — Você foi o promotor no caso dos assassinatos cometidos por Ricky Lee Forrest, na Geórgia. — A mulher balançou a cabeça, estremecendo de leve. — O monstro que matou aqueles meninos. Você o condenou.

— O *júri* condenou Ricky Lee — esclareceu Samuel. — Eu apenas apresentei o caso.

— Eu vi como o irmão dele tentou ir para cima de você — disse ela, dando um gole do vinho. — Você permaneceu calmo, tão controlado.

Havia uma leve alteração na voz dela?, Camille se perguntou.

— Não é difícil quando você tem um oficial de justiça armado ao seu lado — disse Samuel, colocando o prato de lado, os olhos se estreitando. — Graças a Deus.

— Era você? — perguntou Camille. — Também vi a notícia na TV. Sempre fui fascinada pela mente criminosa.

— Bem, não sou psiquiatra, mas posso dizer que os motivos para os crimes geralmente se resumem a três coisas. — Samuel cerrou o punho e estendeu um dedo a cada afirmação. — Vingança, ganância e ciúme.

— E o medo? — perguntou Camille, dando um gole no café espresso. O líquido quente queimou sua garganta, mas ela agradeceu a sensação de sobriedade.

Samuel arqueou as sobrancelhas.

— Também. O medo pode levar as pessoas a fazerem coisas terríveis.

Ele tinha razão. De acordo com as experiências de Camille, o medo era o grande motivador.

Do seu lugar nas sombras, a ruiva pigarreou.

— Bem, sou uma ninguém. Quero dizer, comparada a vocês. Meu nome é Maire. Sou apenas uma mãe de Calico, Iowa. — Ela levantou as mãos como se dissesse *foi mal, mas isso é tudo*. — Ah, tenho uma lojinha na Etsy onde vendo semijoias. Chama-se Calico Rose.

Uma artista? À primeira vista, Camille não achou que a mulher poderia ser uma artesã. Talvez professora ou enfermeira. Isso que dá fazer suposições.

— Essa é uma de suas peças? Posso ver?

Maire tocou a delicada corrente de prata em seu pescoço e assentiu. Camille se aproximou e ergueu o pequeno pingente com uma minúscula flor azul.

— Que fofo — disse Camille, arrastando a palavra. Ela olhou nos olhos cinzentos de Maire. Sabia que estava sendo maldosa, mas valia tudo para entrar na mente dos concorrentes. — Um não-me-esqueças?

— Sim — respondeu Maire, dando um pequeno passo para trás, fazendo com que Camille soltasse a corrente. — Crio peças personalizadas para os clientes com uma ampla diversidade de flora.

— O que você sugeriria para mim? — perguntou Camille.

Maire inclinou a cabeça e mordeu o lábio, lançando um longo e severo olhar para Camille.

— Acho que lírio-do-vale — disse Maire, por fim. — Você é psiquiatra, certo? Ele simboliza discrição.

Camille assentiu.

— Faz sentido. Mas lírio-do-vale é tóxico, ou estou enganada?

Maire deu de ombros.

— Muitas coisas belas são.

Ai, pensou Camille. Aquela pode ser sua oponente mais formidável neste jogo. Aparentemente despretensiosa, dócil e meiga, mas não deveria ser subestimada.

Um silêncio constrangedor se estendeu até a apresentadora voltar para a biblioteca com um homem. *O último competidor?*, Camille se perguntou. Se Fern parecia ansiosa, o homem que a acompanhava aparentava exaustão.

— Pessoal — chamou Fern. — Gostaria que conhecessem o diretor de *Um Ganhador de Sorte*, Alfonso Solomon. O Sr. Solomon é um diretor de renome mundial e sei que estaremos em boas mãos com suas ideias e experiência.

Alfonso assentiu e acenou, o gesto perturbado.

— É bom tê-los aqui. Meu conselho: sejam vocês mesmos e finjam que as câmeras não estão aqui. A equipe interferirá o mínimo possível. Este programa é sobre vocês e a competição. Será intenso, até mesmo brutal. E nem preciso citar as altas expectativas acerca de *Um Ganhador de Sorte*.

Com isso, Alfonso se inclinou para sussurrar algo no ouvido de Fern e saiu do cômodo.

— Está tudo bem? — perguntou Camille quando ele se foi.

— Tudo certo — disse Fern, mas sua expressão tensa dizia o contrário. — Apenas o costumeiro início caótico de uma produção. Ainda estamos esperando a chegada do último competidor, mas ele deve aparecer em breve. Acredito que já tiveram a chance de se conhecer.

— Sim — disse o senador Crowley, bebendo o resto do vinho e pousando a taça na mesa. — Mas, Fern, estou curioso. Como isso — ele abriu os braços — vai funcionar?

Camille também estava curiosa. As informações que lhe foram enviadas sobre o formato da competição eram ricas em animação e pobres em detalhes.

— Fico feliz que tenha perguntado, senador — disse Fern, o tom firme. — Todos vocês já viram outros reality-shows por aí. Assim como eles, nossa competição terá tarefas físicas, corridas, resolução de problemas, trabalho em equipe, alianças, mas *Um Ganhador de Sorte* é diferente de tudo já que foi transmitido. — A fala dela parecia tão ensaiada, tão artificial, refletiu Camille. — Estamos acostumados a receber reality-shows em doses previsíveis, a mesma coisa de sempre, mas em *Um Ganhador de Sorte* fazemos as coisas de um jeito diferente. Ao redor do mundo, potenciais telespectadores receberão mensagens e links enigmáticos convidando-os a assistir a qualquer momento. Um alerta será emitido, incitando as pessoas a pararem o que estão fazendo para assistir ao vivo. Quando isso acontecer, e pode ser a qualquer hora do dia ou da noite, elas não conseguirão desviar o olhar.

Fern fez uma pausa para observá-los antes de continuar:

— Ao longo do programa, vocês completarão vários desafios que os levarão ao limite. O objetivo é terminá-los em primeiro lugar. Quem conseguir, ganhará o que chamamos de Super Pista, uma informação que, quando reunida com as outras Super Pistas, ajudará a pessoa a resolver o grande mistério de Bella Luce. Além disso, poderão encontrar um Modificador de Jogo. Ele pode ter várias formas, mas cada um virá com instruções muito específicas e importantes. O Modificador de Jogo pode estar acompanhado de uma *ferramenta* — ela estendeu a palavra — que, caso você decida usar, terá o potencial de virar o jogo a seu favor.

Uma onda de expectativa invadiu Camille. Essas Super Pistas e os Modificadores de Jogo seriam cruciais para ganhar o dinheiro.

— Os vencedores continuarão no programa e os perdedores serão mandados para casa. Exceto — Fern levantou um dedo — se o público votar para você ficar. Seu destino está nas mãos deles. Após quatorze dias, um ganhador de sorte será decidido e levará dez milhões de dólares.

Os olhos de Fern brilhavam de empolgação.

Camille encarou seus concorrentes. Samuel assentia, o senador esfregava as mãos e Maire mexia, ansiosa, no pingente de não-me-esqueças preso na corrente. Todos estavam concentrados na explicação de Fern. Todos estavam tão determinados quanto ela a ganhar aquele dinheiro.

Camille examinou a biblioteca. Ali, enfiada em uma estante entre alguns livros, estava o que ela procurava: uma luzinha vermelha. Uma câmera. Eles estavam ao vivo. O jogo já havia começado.

Ela olhou em volta em busca de mais luzes como aquela. Avistou uma em cada um dos cantos do teto de caixotões, e outra em um vaso de flores. Deveria haver mais espalhadas por aí.

— Uma perguntinha — disse Camille. — Onde vamos dormir? Achei que ficaríamos no Diletta.

— É verdade — concordou o senador. — Eu estava muito ansioso por uma sessão de vinoterapia antes de começarmos.

— Ah, o Diletta. — Fern assentiu. — Sei que esperavam ficar lá, mas precisávamos manter o local da competição em segredo o máximo possível. Na verdade, o Diletta serviu de faixada para que pudéssemos trabalhar em segredo aqui. Mas é o local perfeito. Acho que ficarão muito confortáveis.

— Tenho certeza de que sim — disse Camille.

Ela não se importava de verdade com o local no qual se hospedariam. Estava a quatorze dias de distância de dez milhões de dólares, e então ela poderia ficar onde quisesse.

— Como isto é um jogo — começou Fern —, existem regras. Número um, é proibido ter contato com o mundo exterior. Se por algum motivo você falar com alguém de fora, será convidado a fazer as malas e se retirar. Dois, se você sair da propriedade, independentemente do motivo, será eliminado. Três, se entrar em alguma parte restrita da propriedade, será mandado para casa. Dúvidas?

Camille ponderou sobre as regras. A ideia de não ter contato com seus pacientes não lhe agradava, mas as exigências pareciam justas. Notou a expressão de Maire. Ela tinha filhas. Não falar com elas deveria ser uma tortura. *Não se envolva,* Camille lembrou a si mesma. Ela não se envolveria emocionalmente com aquelas pessoas. Ela tinha um objetivo a alcançar.

— Beleza, então — disse Fern. — Há uma última coisa que quero lhes mostrar antes de se retirarem para seus aposentos. Sigam-me.

Uma pontada de entusiasmo percorreu Camille. Ela analisou seus rivais e, sendo sincera, eles não eram isso tudo. Samuel era claramente o mais apto fisicamente entre eles, e é claro que era inteligente, mas não tanto quanto Camille. O senador parecia um concorrente decente, mas ela sabia que era capaz de lidar com ele. Poderia ser impiedosa quando queria. E Maire, bem, Camille ainda não tinha certeza sobre ela. Tinha algum diferencial que ainda não era possível de se enxergar. Quanto ao quinto e último competidor, ainda não tinha dado as caras e era uma entidade desconhecida. No fim das contas, apenas um deles ganharia, e Camille com certeza garantiria que fosse ela.

5

A Assistente

Fern olhou para os competidores, seus rostos cheios de expectativa.

— Vou levá-los ao que gostamos de chamar de *O Cofre* — disse.

— O Cofre? — perguntou Samuel, arqueando as sobrancelhas. — Sinistro.

— Ele serve principalmente como adega — disse Fern. — É um espaço espetacular, se me permitem opinar, mas, em *Um Ganhador de Sorte*, vamos usá-lo para algo especial.

Ela começou a conduzi-los biblioteca afora. Camille se desequilibrou em cima do salto, agarrou-se ao braço de Samuel para se estabilizar e então tropeçou, quase derrubando os dois.

Camille estava um pouco bêbada, mas já era de se esperar. Cat queria garantir um fluxo contínuo de vinho e bebidas para os competidores, na esperança de soltar suas línguas e deixá-los à vontade. Felizmente, todos assinaram o contrato que isentava a produção de responsabilidades.

O contrato era simples, um acordo básico que informava aos competidores que a produção não tinha responsabilidade por acidentes relacionados ao jogo. Fern tinha certeza de que Samuel, como advogado, leu o documento com atenção. Ele era sagaz. Ela observou que ele foi o primeiro participante a notar todas as câmeras na biblioteca. Porém, ele não contou nada ao grupo. Sua capacidade de manter a boca fechada lhe seria útil durante o jogo.

Se as primeiras impressões dissessem alguma coisa, Fern achava que Samuel tinha potencial para ir longe na competição, e Camille vinha logo atrás.

Cat observava tudo pelos monitores instalados em seu escritório trancado e, vez ou outra, aparecia no fone de Fern para alertá-la que sua postura estava errada ou que estava falando daquele jeito esquisito e afetado de quando ficava nervosa. Cat queria permanecer nos bastidores, longe das câmeras, uma figura anônima para os participantes e a maior parte da equipe, pois, como explicou a Fern, gostaria que os únicos focos do programa fossem o jogo e os competidores. Se a mídia soubesse de seu envolvimento, tudo se voltaria para Cat e como ela ganhava dinheiro com curtidas nas redes sociais. Ela era muito mais do que isso. Queria mexer os pauzinhos das sombras e ver o reality se tornar o sucesso que estava destinado a ser. E só então revelaria o grande segredo: Cat James era a mente brilhante por trás de *Um Ganhador de Sorte*.

Estática preencheu os ouvidos de Fern. Ela queria tirar o fone e enfiá-lo no bolso, mas sabia que Cat não gostava de ser ignorada.

— Tem alguém na porta, Fern — informou Cat pelo fone. — Posso monitorá-los pelas câmeras. Deve ser o quinto participante. É melhor você atender.

O coração de Fern falhou. Estranho, ela não tinha recebido um alerta no celular. Finalmente Audrey Abreo chegara. Ela hesitou. Talvez fosse Philippa querendo o emprego de volta. Se fosse o caso, Fern não seria mais a apresentadora.

— Tá esperando o quê? Vai — disse Cat. Fern percebeu a impaciência na voz dela. — Precisamos começar o programa.

A ansiedade apertou seu peito. Não era possível que fosse Philippa. Será? Como ela teria passado pelo portão?

Cat voltou a falar:

— Atenda à porta, Fern. Não podemos deixá-los esperando.

— Ah, parece que nosso último convidado finalmente chegou. — Fern forçou um quê de alegria na voz. — Sigam-me — pediu, conduzindo o grupo até a porta da frente.

Ouviu os passos dos participantes atrás dela conforme se movia depressa até o salão principal. Os quatro estavam tão curiosos quanto ela para descobrir quem se juntaria ao grupo.

Fern fez uma pausa, uma expressão calma e acolhedora tomando conta de seu rosto antes de abrir a porta pesada.

— Bem-vinda à Bella Luce e a *Um Ganhador de Sorte* — disse ela, a luz da lanterna acima da porta cegando-a por um momento.

Tudo o que conseguiu ver foi a figura de um homem agigantando-se acima dela. Um homem? Era para ser Audrey Abreo ou Philippa. Talvez fosse um motorista com as malas.

Mas então sentiu o cheiro. Uma colônia familiar. Sândalo, limão e lírios. Fern sentiu a garganta se fechar e uma pontada de náusea percorreu seu corpo.

— Olá — disse o homem. — Estou no lugar certo?

Era a voz dele, o mesmo tom, o mesmo timbre. Fern se agarrou ao batente da porta para se manter firme.

O homem saiu das sombras.

— Devo dizer — começou ele — que uma vila italiana horripilante não estava na minha lista.

Fern parecia incapaz de falar. Seus olhos estavam fixos nos pés do homem. Ele sempre gostou de mocassins horsebit da Gucci e isso não tinha mudado, embora estes estivessem desgastados nas pontas. E aquele cheiro. O cheiro *dele*.

— Estou aqui para *Um Ganhador de Sorte* — disse o homem. — Se for o lugar errado, me avise logo porque meu motorista está indo embora.

Fern queria correr, mas estava ciente das câmeras nela, escondidas nos cantos e camufladas entre arranjos de flores. Cat com certeza estava assistindo por um dos vários monitores em seu escritório. Ela o trouxe aqui? Era uma piada? Algum tipo de teste doentio?

Fern quase conseguiu sentir os dedos com unhas bem-cuidadas dele pressionados contra sua garganta, o hálito quente em seu ouvido, e estremeceu. Fern se obrigou a levantar o olhar. Ele estava exatamente como ela se lembrava. Cabelo loiro desgrenhado, olhos azul-claros por trás de armações da moda. Estava mais velho do que da última vez que ela o viu, dez anos mais velho para ser exata, mas provavelmente ainda seria considerado bonito pela maioria das pessoas, mesmo com a testa claramente sem rugas graças ao botox.

— Está tudo bem? — perguntou o homem.

Ele a reconheceu? Fern não notou nenhum sinal de familiaridade em seus olhos, apenas preocupação. Ela queria gritar, bater a porta na cara dele.

— O que está acontecendo? —perguntou Cat pelo fone.

Fern mordeu a bochecha com tanta força que sentiu gosto de sangue. Pelo amor de Deus, o que ele estava fazendo ali?

— Bem-vindo. — Ela conseguiu dizer, e se surpreendeu com a firmeza da própria voz. — Por favor, entre.

Fern segurou a porta e o homem entrou, arrastando a enorme bagagem atrás de si.

— Lugar bacana — disse ele, apreciando o salão espaçoso.

— Se não se importa — interrompeu Fern —, posso ver seu e-mail de confirmação?

O homem a encarou e, por um segundo, Fern achou que ele finalmente a tinha reconhecido e suas pernas fraquejaram.

Com um suspiro impaciente, ele pegou o celular, procurou o e-mail e levantou o aparelho na altura do rosto dela.

Lá estava — o e-mail oficial que ela havia enviado a todos os competidores escolhidos. Mas Fern não tinha mandado este e-mail específico. Não para Ned Bennett.

— Com licença, só um instante — disse Fern, lutando contra a bile que lhe subia à garganta. — Já volto.

Ela usou todas as suas forças para não sair correndo. Em vez disso, obrigou-se a andar de maneira usual pelo corredor até chegar a uma porta de madeira com marcas. Olhou pelo longo corredor de onde tinha vindo e viu os cinco convidados a encarando. Com as mãos trêmulas, Fern tirou uma chave mestra do bolso, era antiquada e eles a usavam para as portas que não tinham sido atualizadas para o novo sistema de segurança. Enfiou-a na fechadura, abriu a porta, entrou, fechou-a atrás de si com um estalido baixo e deslizou até o chão empoeirado.

Em outra época, aquele espaço serviu como escritório para o ex-marido de Cat, mas, depois do divórcio, Cat descontou a raiva no cômodo. Agora Fern estava sentada no meio de uma área de reformas parcialmente concluída.

Ned Bennett. Ned Bennett estava ali. Fern cobriu a boca para conter o grito que tentava escapar por sua garganta. Por quê?

— Fern! — A voz de Cat a alcançou pelo fone. — Quem diabos é aquele? Achei que a última competidora fosse Audrey Abreo.

Fern tentou raciocinar depressa. Ned havia recebido o e-mail confirmando que ele era um participante. Um motorista o buscou no aeroporto e soube que deveria trazê-lo até a propriedade.

Porém, Fern foi a pessoa que entrou em contato com todos os participantes, incluindo Audrey Abreo. Então por que é que Ned Bennett estava ali? Durante dez anos, ela pediu aos céus que nunca mais o visse. Cat deveria tê-lo convidado. Mas por quê? A chefe sabia muito bem o que Ned tinha feito com Fern, tinha testemunhado tudo. Ela odiava Ned quase tanto quanto Fern.

— Fern — gritou Cat em seu ouvido. — Quem é o novo competidor?

Fern limpou a garganta.

— Ned Bennett.

— Você convidou Ned Bennett para o meu programa? — perguntou Cat, incrédula. — Que merda é essa? O que aconteceu com Audrey?

— Não sei, mas não fui eu — disse Fern depressa. — Pensei que tivesse sido você.

Silêncio do outro lado.

— Cat? — chamou Fern.

Quando Cat finalmente falou, sua voz estava cortante:

— O que te faz pensar que tem o direito de zoar com a minha cara, Fern? Depois de tudo que fiz por você, você está mesmo tentando destruir tudo o que construí, tudo pelo que trabalhei?

Lágrimas invadiram os olhos de Fern.

— Não, eu juro, não fui eu. Eu não faria isso. O que nós deveríamos fazer?

— Nós? — perguntou Cat bruscamente. — *Nós* não vamos fazer nada. Como sempre, terei que consertar tudo. Antes de tudo, o Ned te reconheceu?

— Acho que não — respondeu Fern, secando as lágrimas.

Ela precisava manter a cabeça fria. Por mais que Cat gostasse de reivindicar *Um Ganhador de Sorte* como exclusivamente dela, esse programa também era de Fern. Sim, Cat tinha o dinheiro, os contatos e a bela propriedade, mas foi Fern quem fez todo o trabalho.

— Ele não sabe quem eu sou. Não se lembra de mim.

— Que surpresa. — Cat deu uma risada irônica. — Aquele desgraçado. Tá bom. Volta lá e finge que tá tudo bem. Siga o protocolo pelo resto da noite e eu pensarei em algo.

— Cat — disse Fern. — Eu juro que não convidei Ned. Eu o odeio, ele destruiu minha vida.

— Então quem foi? — retrucou. — Porque com toda certeza não fui eu. Eu te entreguei a lista final de nomes e foi você quem entrou em contato, quem cuidou de todos os preparativos.

Fern não tinha uma resposta. Cat tinha razão. Não havia nenhuma razão plausível para Cat convidar Ned para o programa. Fern pensou nas outras possibilidades. Uma das dezenas de empreiteiros que trabalharam na montagem do reality? Não, eles não teriam acesso à sua conta de e-mail. Fedko e Trevor, os caras do TI? Eles haviam configurado todas as câmeras e o aplicativo que transmitia as imagens para o telefone de Fern e para os monitores no escritório de Cat. O diretor, Alfonso Solomon? Isso nem sequer fazia sentido. Alguém do passado de Cat? Talvez seu ex-marido?

— Agora, volta pra lá e aja como se Ned Bennett fosse a porcaria da estrela do programa — sibilou Cat. — Lido com você depois.

Cat desapareceu do outro lado e Fern foi agraciada com um silêncio abençoado. Levantando-se cambaleante, Fern limpou a serragem das roupas e piscou para afastar o que restava das lágrimas. Resistindo à vontade de pegar o martelo que estava em uma mesa próxima, Fern abriu a porta e caminhou pelo corredor até os competidores que a aguardavam. Até o monstro que quase a estuprou. Se não fosse por Cat, ele certamente o teria feito, talvez até algo pior. Ela conseguia encarar isso. Ela precisava.

6

A Melhor Amiga

Maire observou Fern se aproximar. Seus olhos estavam com um brilho exagerado e seu nariz estava vermelho. Seja lá qual foi o motivo do sumiço de Fern, ela continuava afobada. Isso fez Maire se perguntar se a mulher tinha ido ao banheiro usar alguma coisa — cocaína? Adderall? Não fazia ideia de qual era a droga da moda no momento.

Maire não pôde deixar de notar a reação perplexa de Fern ao mais novo participante. Não que ela pudesse culpá-la. Maire também ficou chocada. Todos os obcecados por programas de *true crime* conheciam Ned Bennett, o criador e produtor-executivo do sucesso *Verdade Nua e Crua*. Era um dos programas que noticiavam os casos de crimes reais mais lascivos e estava no ar há anos. Contava com diversas reconstituições, fotos sangrentas da cena do crime, vídeos dos interrogatórios e entrevistas tocantes com familiares e amigos das vítimas.

Ned jogou o iPhone pela abertura do cofre e examinou o grande salão, admirado. Ele usava jeans e uma jaqueta de couro que provavelmente custavam mais do que todo o guarda-roupa de Maire.

— Adorei o seu programa — disse o senador, dando um tapinha nas costas de Ned e estendendo-lhe a mão. — Por favor, diga que terá novidades para nós em breve.

— Tenho alguns projetos em andamento — respondeu Ned, apertando a mão do senador. — Espero poder falar mais sobre eles logo.

Maire se atreveu a olhar para Samuel, que estava em um canto com os olhos semicerrados.

Como poderia ser uma coincidência que Samuel tivesse aparecido ali? Era impossível, não era? Cada nervo sob sua pele tremia de medo. Ela só precisava jogar, ganhar o dinheiro e voltar para casa com suas filhas. Ainda assim, precisava encontrar o momento certo para ter uma conversinha com Samuel para que pudessem esclarecer suas versões da história.

Observou Camille cumprimentar e conversar com Ned Bennett sem esforço algum. Maire achou que encontraria uma mulher como aliada. Mas não. Ela notou a sutil condescendência na voz de Camille ao perguntar sobre suas semijoias. Camille era astuta, mas Maire conheceu muitas mulheres assim durante a vida. Conseguiria lidar com ela. Estava ficando impaciente. Ela realmente não tinha interesse em conhecer seus concorrentes. Ela só queria jogar. E queria vencer.

Ned voltou sua atenção para Samuel.

— Você é aquele advogado que quase foi atacado no tribunal de Atlanta. As pessoas estão repostando aquele vídeo sem parar. "Vai se foder, vai se foder." — Ned imitou a fúria do irmão mais novo do condenado. — Loucura — acrescentou com uma risadinha. — Cara, aquela cena teria ficado ótima em *Verdade Nua e Crua*. E você — disse, apontando para Fern —, você me parece familiar. Já nos conhecemos?

Ela pareceu assustada por um momento, mas se recuperou depressa.

— Receio que não — respondeu bruscamente. — Agora, venham por aqui — disse, olhando para o relógio. — Está ficando tarde. Sigam-me. Quero muito que vejam uma coisa.

Maire formou uma fila com os outros enquanto Fern os conduzia ao longo de um corredor comprido e escuro, ladeado por antigas pinturas a óleo de homens com expressões sérias e mulheres voluptuosas.

Fern acendeu uma luz e Marie entrou, com grande alívio, em uma cozinha moderna e bem iluminada, com uma geladeira industrial, um fogão com várias bocas e uma variedade impressionante de eletrodomésticos. A cozinha de última geração contrastava com a alma toscana e antiga do resto da casa.

Fern foi até o outro lado do cômodo, pressionou as mãos contra uma das paredes e um painel se abriu.

— Por aqui — instruiu, dando um passo para o lado e revelando uma passagem escura.

— Quer que a gente entre aí? — Camille franziu a testa. — Para onde leva?

— Que vila italiana estaria completa sem uma adega? — perguntou Fern com uma alegria forçada. Ela colocou a mão pela abertura e uma luz fraca surgiu. — Por aqui, por favor.

Hesitante, Maire deu um passo à frente.

— É logo ali embaixo — orientou Fern. — Não se preocupe, estarei atrás de você.

Maire atravessou a passagem e sentiu a temperatura cair imediatamente. Com uma das mãos puxou o cardigã para se cobrir mais, com a outra tocou a parede áspera e úmida. Ela olhou para baixo, mas não via nada no fim da escadaria além de escuridão. Ouviu o barulho de água pingando. Um som solitário e oco.

— Cuidado por onde pisa — alertou Fern.

Maire começou a sentir falta de ar. Não havia corrimão para se segurar e os degraus eram tão íngremes e estreitos que precisou se virar quase de lado para passar. Devagar, desceu, mas tropeçou na metade do caminho. Por trás, sentiu a mão firme de alguém a estabilizar e, mesmo sem se virar, soube que era Samuel.

Maire odiava que ele ainda mexesse com ela. Eles não namoraram na faculdade, ele nunca teria sido seu namorado, mas isso não a impediu de se derreter ao toque dele.

Samuel tinha namorado sua colega de quarto. Os dois eram inseparáveis, praticamente noivos, mas, por mais que tentasse, Maire não conseguia parar de imaginar como seria ter as mãos dele em sua cintura, os lábios pressionados contra seu pescoço. Ela afastou as lembranças e deu um passo para longe dele.

Ao chegar em segurança no fim da escada, Maire lançou um olhar feio para Samuel. Ele não estragaria os planos dela. Aquilo tinha sido há muito tempo. Ela era uma pessoa diferente agora.

E, mais importante, era mãe, e tudo o que fazia, cada passo que dava, era por suas filhas.

Fern voltou a liderar o grupo por uma passagem estreita de pedra, mal iluminada por algumas arandelas de bronze.

— As peças foram importadas da Itália e no passado usavam velas de verdade. Elas foram restauradas e modernizadas — explicou Fern.

Algo deslizou pelo pé de Maire e ela conteve um grito. Recusava-se a se assustar por causa de um roedor ou permitir que os outros a vissem com medo.

— Outra porta — disse Fern, girando a maçaneta redonda de uma porta de madeira em arco. — Entrem, por favor, vou acender a luz.

Maire hesitou, então atravessou a soleira e entrou em um poço de escuridão, os braços estendidos cegamente à frente. Uma luz surgiu e ela descobriu que estavam em outro corredor com uma porta de ferro.

— Queria mostrar onde ficam os vinhos mais caros, venham — convidou Fern e, desviando bastante de Ned Bennett, digitou alguns números em seu celular. Uma luz verde apareceu no teclado preso à porta e ela se abriu com um silvo pneumático. — Nossa coleção especial inclui um Chateau Lafite de 1787 e um Heidsieck de 1907 que sobreviveu ao ataque de um torpedo alemão durante a Primeira Guerra Mundial.

— Aqui é O Cofre? — perguntou Maire.

— Bem, é aqui que guardamos os vinhos mais caros — disse Fern enquanto abria a porta. — Mas não é o que usaremos como O Cofre. Vou mostrá-lo já, já.

Todos se espremeram para espiar lá dentro. A luz atrás deles mal conseguia iluminar o espaço escuro e sem janelas.

— Entrem. — Fern convidou e eles obedeceram, um por um.

Com a parca iluminação, era impossível estimar o tamanho daquele lugar, mas a escuridão parecia interminável. Maire ouviu o barulho de um ventilador. Olhou para cima. Uma saída de ar com uma tampa de ferro com design elaborado soprava ar fresco neles. As paredes de pedra tinham buracos e o chão estava inclinado. Maire apertou ainda mais o cardigã ao redor de si, imaginando o que poderia estar espreitando nos cantos empoeirados. Fern usou a luz do celular para iluminar o resto do espaço. Era maior do que Maire imaginava. Havia prateleiras de vinho, paletes de água e recipientes imensos de salgadinhos contra uma parede; atrás de uma gaiola de metal, havia mais prateleiras com garrafas de vinho; em um canto distante, uma caixa cheia de tralhas.

— Este lugar obviamente faz parte da construção original e as condições são perfeitas para armazenar vinho — disse Fern. — Mas não usaremos este espaço durante o programa. Estamos instalados ali adiante. Deixe-me mostrar a vocês.

Fern os conduziu para fora da adega, deixando-a aberta. O grupo seguiu pelo corredor e passou por outra porta.

Maire ouviu Camille arfar. No centro do teto abobadado havia um lustre veneziano de vinte e quatro braços feito de vidro soprado cor de chocolate. Sua luz projetava sombras semelhantes a cobras pelo chão.

— É um lustre de sessenta mil dólares — Maire ouviu Camille sussurrar.

Maire não sabia para onde olhar primeiro. A maior parte da sala era coberta por prateleiras de mogno com centenas de garrafas de vinho coloridas. Pendurada em uma parede recuada, era possível ver uma pintura em preto e branco de um crânio animal com chifres, cercado por um ninho cheio de espinhos. Seus olhos eram vazios. Atrás de um bar, havia um espelho dourado com uma rachadura em formato de aranha. Maire se olhou e seu reflexo distorcido a encarou de volta.

— O espelho é da propriedade original — explicou Fern. — Tem mais de cem anos.

— Impressionante — disse Camille.

Maire observou Camille se movimentar languidamente pelo espaço, os dedos tocando as garrafas de vinho. Ela era tão segura de si, tão confiante. Maire raramente se sentia assim.

— Então a vinícola está funcionando? — perguntou Camille.

— Está, sim — disse Fern, pegando uma garrafa de vinho. — Este Merlot é produzido aqui e pode ser encontrado em vários dos restaurantes mais populares da região. Vocês precisam provar.

Ela começou a servir cinco taças de haste longa que estavam em cima do bar.

Ned Bennett se aproximou de Fern e pegou uma taça. Ele estava tão próximo que seu peito roçou as costas dela.

— Legal — disse ele, a voz baixa e rouca.

Fern se assustou e a garrafa escorregou de seus dedos. Ela caiu no chão de pedra, lançando cacos de vidro e vinho tinto pelos ares e nos sapatos dos dois.

Fern gritou enquanto todos davam um pulo para trás a fim de não se molharem. Maire olhou ao redor, procurando algo para ajudar a secar a bebida.

— Não, não, deixa isso aí — pediu Fern, encarando com consternação a poça de vinho e parecendo prestes a chorar. — Cuido disso mais tarde. Vamos sair daqui.

O grupo foi até o outro lado do bar e, com a voz trêmula, Fern perguntou:

— Então, quem gostaria de provar o Merlot?

Samuel e Camille recusaram, mas Ned aceitou.

— Maire? — perguntou Fern, esperançosa.

Ela aceitou a delicada taça. Tomou um gole e murmurou em aprovação, embora, sendo bem sincera, para ela todos os vinhos tivessem o mesmo sabor.

— Agora, permitam-me mostrar O Cofre.

Fern abriu a porta logo atrás do bar e revelou um pequeno espaço projetado para parecer um cofre de banco: paredes de metal brilhante, trancas eletrônicas embutidas e pilhas do que Maire tinha certeza serem barras de ouro falsas. Lá dentro, os únicos móveis eram uma mesa e uma cadeira. Em cima da mesa havia um computador.

— Vocês usarão este lugar como uma espécie de confessionário — explicou. — Durante o programa, entrarão nesta sala apelidada de O Cofre e responderão a uma série de perguntas usando o computador. É onde poderão refletir, contemplar o motivo de estarem aqui e o que esperam alcançar, tudo enquanto relaxam com uma taça de vinho. Pedimos apenas que sejam completamente honestos. Queremos que o público se conecte com você, sinta suas emoções, experimente os altos e baixos da sua jornada, afinal, essas pessoas podem salvá-lo.

Fern fez uma pausa dramática para permitir que absorvessem a informação.

— Todos os dias, trechos dos cinco no Cofre serão transmitidos, dando ao público a chance de votar no competidor que mais os cativar. O que tiver menos votos irá para casa. Então, quando estiver no Cofre, exponha-se, seja honesto e, o mais importante, seja você mesmo. Um de vocês foi escolhido aleatoriamente para entrar no Cofre primeiro. Quando chegar a sua vez, sente-se à mesa e siga as instruções no computador. É bem simples. Esta noite, cada um terá quinze minutos aqui, depois devem voltar para cima.

— Quem será o primeiro? — perguntou o senador.

Na luz bruxuleante das velas, ele parecia tão cansado quanto ela, refletiu Maire. Tinha sido um dia longo para todos.

— Acontece, senador Crowley, que você foi o sorteado — disse Fern com um sorriso. — Mas, antes de entrarem, tenho uma coisinha para cada um de vocês.

Fern se enfiou atrás do balcão e começou a puxar sacos de presentes envoltos em papel de seda dourado brilhante. Um por um, começou a distribuí-los. Maire a viu rasgar a etiqueta do último saco antes de entregá-lo a Ned.

Maire esperou meio sem jeito até que os outros começassem a desdobrar o papel e espiar dentro de seus sacos. Então ela fez o mesmo. Uma garrafa de vinho e outros mimos.

— Que fofo — disse Camille, deixando seu saco de lado. — Muito atencioso da sua parte, Fern.

— Não, não, olhem tudo — insistiu Fern.

Maire tirou os itens, um por um, de dentro do saco. Uma garrafa de Cabernet Bella Luce, um pacote de café com notas de Merlot, um saca-rolhas Laguiole e um conjunto de pedras coloridas para resfriar vinho. Como esperado, os participantes soltaram vários *uau* e *aah*.

— Qual é a dessa logo? — perguntou o senador, erguendo a garrafa.

Maire se aproximou da mesa e espiou por cima do ombro do senador. A logo de *Um Ganhador de Sorte* estava no rótulo. Era meio grotesca, na verdade. As deusas furiosas com cobras no lugar dos cabelos convergindo para o homem aterrorizado e a mulher. O design era bastante perturbador, sombrio e selvagem. Havia uma palavra impressa em negrito, com tinta rubra: *Imbroglione*.

— Eu sei quem são — disse Camille. — São as Fúrias, deusas da mitologia romana. Elas se encaixam direitinho com a temática italiana. — Ela fez um gesto vago com a mão.

— E o que significa? *Imbroglione*? — perguntou o senador. — Meu italiano está um pouco enferrujado.

Maire olhou para a garrafa nas mãos do senador. Que estranho. A palavra *imbroglione* aparentava encará-la de volta. Parecia italiano, mas o que queria dizer?

— Não falo italiano, mas parece que alguém está me chamando de degenerado. — Ned virou sua garrafa para que os outros pudessem ver. *Degenerare*. — O que diz na sua?

— *Sfasciafamiglie* — respondeu Camille, tropeçando na pronúncia — Talvez algo relacionado à família? E a sua, Samuel?

— *Traditore*? — Samuel arqueou as sobrancelhas, confuso.

— Na minha diz *Uccisore* — falou Maire, encolhendo os ombros. — Sei lá.

— Bom, está ficando tarde — disse Fern, consultando o relógio. — Senador Crowley, por que não entra no Cofre para gravar a sua parte? A gente espera aqui fora e, quando você terminar, os outros também terão sua vez.

Fern esperou até que todos se afastassem e o senador se sentasse em frente ao computador para fechar a porta do Cofre com delicadeza.

— Espera aí — disse Maire, um vinco de preocupação surgindo na testa. — Ele está trancado? Consegue sair?

— Sim, sim, não se preocupe — tranquilizou Fern. — Ele pode sair a qualquer momento.

— Alguém mais percebeu que não tem ninguém aqui além da gente? — perguntou Ned. — Quero dizer, quando encontraremos o resto da equipe?

Maire estava se perguntando a mesma coisa.

— A maioria de vocês já conheceu nosso diretor, Alfonso. Ele está esperando no andar de cima com a equipe de filmagem pronta para gravar uma espécie de abertura para o programa. Como não é um dos desafios, não será transmitida ao vivo, mas será usada como uma forma de apresentar vocês ao público — explicou Fern.

Maire olhou para sua legging cheia de bolinhas. Não era assim que gostaria que o mundo a visse pela primeira vez.

— E não se esqueçam de que serão filmados o dia todo, todos os dias, mas há dois lugares onde a privacidade é garantida: seus aposentos e os banheiros. Não haverá câmeras nesses locais, mas em todos os outros espaços, em *todos* os momentos, esperem encontrar uma câmera, saibam que alguém estará observando. O público pode assistir a qualquer instante, basta acessarem UmGanhadorDeSorte.com.

Maire se remexeu, desconfortável, e examinou o teto em busca de mais luzinhas vermelhas.

— Então as pessoas estão nos vendo agora?

Ela pensou nas filhas e no que pensariam caso encontrassem o site. Maire tinha pensado que o programa seria gravado, que teria tempo para explicar a Keely e Dani sobre a competição.

— Ainda não — disse Fern. — Mas, assim que o primeiro desafio começar, transmitiremos a abertura e o mundo inteiro começará a assistir ao vivo.

— Menos nos aposentos e banheiros, certo? — confirmou Camille. Maire também queria ter certeza disso.

— Isso, mas tente não pensar demais nas câmeras — aconselhou Fern. — Antes que você perceba, terá se esquecido da existência delas. Será como se nem estivessem lá. Agora, por favor, bebam o vinho, relaxem, que depois levarei vocês aos seus aposentos.

Fern acomodou o senador no Cofre enquanto Maire se sentou em uma das mesas altas e se ocupou com o conteúdo do saco de mimos, na esperança de que ninguém se aproximasse dela. Pareceu funcionar, porque todos lhe deram espaço. Ela estava preocupada com Dani. Será que Shar leria a pasta grossa abarrotada de instruções que deixara com ela? Será que saberia o que fazer? E agora Samuel tinha aparecido do nada, como uma bomba.

Tirou a garrafa com o rótulo curioso do saco e encarou as Fúrias de pele pálida e olhar vingativo. *Uccisore*. Maire sussurrou a palavra. O que significava? Se ganhasse os dez milhões de dólares — *não*, pensou, *quando* ganhasse —, levaria as meninas para a Itália. Poderiam ir para a Úmbria, que serviu de inspiração a C. S. Lewis para a criação de Nárnia, ou aprender sobre a confecção das máscaras de Veneza.

Dani melhoraria, Keely enfrentaria as turbulências do ensino fundamental, e elas iriam para a Itália. Ela contaria sua história aos telespectadores de *Um Ganhador de Sorte*. Faria com que entendessem por que deveriam salvá-la, mantê-la no programa. Mostraria como precisava ganhar pelas filhas, como precisava daquele dinheiro para que Dani pudesse viver até o próximo aniversário, e então até o outro. Ela seria um livro aberto. Mostraria sua alma. Contaria tudo. Bem, quase tudo. Havia uma coisa que ninguém no mundo sabia. Ninguém, exceto Samuel Rafferty. Esse era um segredo que ela levaria para o túmulo. E garantiria que ele fizesse o mesmo.

7

A Assistente

Depois que cada competidor teve a chance de gravar seus trechos no Cofre e Alfonso os filmou para a abertura, Fern finalmente os levou para descansar. Eles não gostaram muito da ideia de dividir um único quarto espaçoso, mas estavam tão cansados que a maioria sequer discutiu muito. Exceto Ned. Ele insistiu em ter o próprio quarto, alegando que não poderia dormir no mesmo ambiente que os outros. Fern tentou explicar que aquilo fazia parte do jogo, mas Ned não se importou. Depois de um tempo, ela precisou sair de perto.

Estar no mesmo lugar que Ned fazia seu estômago embrulhar, e precisou lidar com as perguntas e exigências constantes dele enquanto Cat resmungava em seu fone de ouvido, repreendendo-a.

— Está tudo sob controle — disse Fern repetidas vezes conforme descia apressada os degraus do porão, finalmente arrancando o fone de ouvido, cheia de frustração.

Ela odiava ficar ali sozinha. Apesar das reformas que Cat e seu ex-marido fizeram no espaço, ela ainda o achava frio, escuro e claustrofóbico.

Ao pé da escada, observou o caos de cacos de vidro e respingos de vinho tinto. Em sua defesa, ficou chocada com a aparição repentina de Ned Bennett e, quando ele esbarrou nela, ela foi transportada para dez anos atrás, para aquele dia traumático num arranha-céu em Nova York, no escritório com vista para o Central Park.

Fern sabia que os outros competidores notaram seu desconforto perto de Ned. Como não teriam percebido? Camille, ativando seu modo psiquiatra, até a puxou de lado para perguntar se ela estava bem. Fern assegurou-lhe que sim.

Ela pegou uma toalha e uma lata de lixo de trás do bar. *Que bagunça*, pensou, encarando a poça e o rastro de vidro que se espalhava pelo chão. Com lágrimas de exaustão, abaixou-se e começou a recolher os cacos.

Ainda era difícil entender o fato de que ela e Ned Bennett estavam sob o mesmo teto. Mas quem o havia convidado? Era alguém que guardava rancor dela? E por quê? Cada passo de Fern era ditado por Cat e todos que conviviam com elas sabiam disso.

Fern tinha dedicado os últimos dez anos a Cat e, por mais irritada e frustrada que a chefe pudesse estar, Fern sabia que ela não colocaria o reality em risco convidando Ned.

E, se a vingança não era contra Fern, só poderia ser contra Cat. Deus sabia que ela tinha feito alguns inimigos durante a vida. Ela era uma empresária inteligente e astuta que havia acabado com seus competidores a torto e a direito sem pensar duas vezes. Mas por que trazer Ned Bennett para *Um Ganhador de Sorte*? Ele era desprezível, assustador e imprevisível.

Fern se ajoelhou, o chão de pedra arranhando sua pele. Enxugou o líquido bordô, ciente de que cada gota era dinheiro desperdiçado. Olhou para a câmera de segurança posicionada acima do bar. Cat provavelmente estava observando-a, irritada por ela ter tirado o fone de ouvido.

Cat com certeza descontaria esta bagunça do salário dela. De algum lugar acima, ouviu o eco de passos e fechou os olhos. Cat estava vindo. Era a última coisa de que Fern precisava. Já era ruim o bastante ouvir gritos através de um fone de ouvido, mas ouvi-los pessoalmente era um nível de humilhação totalmente diferente. Ela se levantou e jogou o pano encharcado na pequena pia do bar.

Os passos ficaram mais altos. Fern teria que fazer o que sempre fazia quando Cat estava chateada com ela: parecer arrependida, desculpar-se e trabalhar ainda mais. Apresentar *Um Ganhador de Sorte* era a grande, e talvez a última, chance de Fern fazer seu nome.

— Deus amado — disse Cat enquanto terminava de descer os degraus até a área do bar. Ela ainda vestia sua roupa de seda branca, mas acrescentou um cardigã da mesma cor. — Era uma garrafa de vinho de quinhentos dólares — comentou, com as mãos na cintura.

— Sinto muito — começou Fern, mas Cat ainda não havia terminado a esculhambação.

— Você não consegue nem segurar a porra de uma garrafa de vinho direito e espera que eu acredite que é capaz de apresentar o programa?

— Foi Ned Bennett — disse Fern em voz baixa. — A presença dele me desestabilizou.

— O que exatamente você achou que conseguiria o trazendo aqui? — perguntou Cat, cruzando os braços sobre o peito.

— Não fui eu, não faria isso — gaguejou Fern. — Passei os últimos dez anos tentando tirar aquele dia da minha cabeça e nunca consegui. Jamais vou me esquecer do rosto dele, e ele nem sequer me reconheceu.

Cat lhe lançou um olhar severo e riu, um som rouco, sem humor algum.

— Acha que Ned Bennett se importava com quem você era? Você foi só uma das muitas garotas idiotas e ingênuas que foram burras o suficiente para entrar sozinhas no escritório dele e deixá-lo fechar a porta.

Fern quase podia sentir o modo como Ned havia pressionado os dedos ao redor de sua garganta, o hálito quente e úmido em seu ouvido. O jeito como ele levantara a saia dela com o abridor de cartas de prata esterlina, a lâmina afiada cravando-se em sua coxa.

— Não sou idiota — respondeu Fern, com raiva. — Não foi minha culpa. Ele teria me estuprado. — Ela piscou para conter as lágrimas. Recusava-se a chorar na frente de Cat, que não tinha a menor paciência para chororô.

— Provavelmente teria — disse Cat com naturalidade. — Mas eu o impedi, não foi? Eu te protegi, te tirei de lá. E estou presa a você desde então, limpando sua bagunça. — Ela apontou para alguns cacos de vidro perdidos que Fern acabou não vendo. — É exatamente por isso que eu deveria ter cuidado de todos os preparativos.

Sabia que você estragaria tudo. Se não o convidou, deve ter havido algum tipo de vazamento de informações.

— Vou mandá-lo para casa. Dizer que houve um engano — falou Fern, abaixando-se para pegar o resto do vidro e cortando um dedo em um caco irregular. Sangue vermelho-vivo escorreu da ferida. Ela cerrou os punhos, sentindo uma poça se formar na palma da mão.

— Essa é a última coisa que deveríamos fazer — respondeu Cat bruscamente. — Você conhece o Ned. Ele é um bebezão e uma cadelinha dos holofotes. Ele aproveitaria o hype até dizer chega e acabaria com o programa no processo. Não — disse com firmeza —, o Ned fica. Nós só teremos que usar isso a nosso favor. Além disso, ele é famoso e é uma boa atração. Espero que ele não se lembre de você.

Fern ficou parada, boquiaberta. Cat não se importava em como a aparição repentina de Ned a afetaria. Ela só se importava com o programa e as avaliações dele. Talvez Fern devesse simplesmente desistir. Ir embora. Deixar Cat sem apresentadora, sem moça de recados, sem uma serva para acatar suas ordens. O que a chefe faria, então?

Um Ganhador de Sorte daria errado e desmoronaria. O sonho de Cat de ter um reality-show de sucesso entraria em colapso, os investidores desistiriam e ela seria humilhada. A visão da chefe sendo massacrada na internet e na imprensa era muito agradável. *Eu me demito* seriam as três palavras mais poderosas que ela poderia falar neste momento.

— Sinto muito — murmurou Fern em vez disso, com o corte no dedo latejando. Ela provavelmente precisaria de pontos. Mas a quem estava tentando enganar? Se *Um Ganhador de Sorte* implodisse, não seria Cat quem levaria a culpa, quem seria colocada na listinha dos excluídos, desgraçada, seria Fern. Não era sempre o subordinado que se ferrava? Fern nunca mais acharia um emprego. — Não vou deixar ele me afetar de novo. Só não entendo por que ele está aqui.

— Então somos duas — disse Cat. — Mas vou descobrir. E, juro por Deus, Fern, se eu sonhar que você está por trás disso, vou te matar.

— Eu não... — começou Fern, mas Cat ergueu um dedo com a unha perfeita para silenciá-la.

— Agora tenho que fazer algumas ligações e, de algum jeito, arranjar um novo apresentador pra ontem. Provavelmente teremos que atrasar o início em um dia — disse Cat, furiosa.

— Não — disse Fern, a palavra mal saindo. — Eu dou conta. Prometo.

— Aí é que tá, Fern — disse Cat, passando por ela. — Não acho que dá.

— Espera — pediu Fern, agarrando o braço de Cat. — Me dá uma chance, e te provo que dou conta. Só uma chance.

Cat tentou se livrar do aperto, mas Fern segurou firme. Os olhos da chefe brilharam de raiva ao encarar Fern. Timidamente, ela soltou o braço de Cat, deixando uma mancha do sangue do corte em seu dedo.

— Sinto muito — sussurrou ela.

Cat olhou para seu cardigã arruinado com desdém, então o tirou e o jogou em cima do bar.

A chefe passou por ela e, com Fern em seu encalço, apressou-se pelo corredor.

— E você deixou a porta aberta? Sério? — perguntou Cat em voz alta, entrando na adega.

Fern entrou atrás dela, desesperada para explicar. Acima, um som metálico de algo se mexendo veio da ventilação. Esquilos ou ratos. Fern estremeceu. Apesar do estoque de vinhos caros, aquele lugar não passava de uma caverna escura e úmida.

— O que acho que você ainda não entendeu, Fern — disse Cat, a voz cheia de falsa paciência —, é que você é uma assistente. E isso é tudo que será, tudo que terá capacidade de ser.

A respiração de Fern entalou na garganta. Como alguém poderia ser tão desdenhosa, tão cruel? Era grata a Cat por ter entrado no escritório de Ned naquele dia, por atrapalhar o que quer que fosse acontecer, mas Fern já não vinha retribuindo da melhor maneira possível? Trabalhava mais de doze horas por dia, sete dias por semana. Ela não namorava, não tinha amigos. Seu mundo inteiro girava ao redor de Cat.

Não. As coisas não poderiam acabar assim. Lentamente, Fern saiu da adega, deixando Cat lá dentro e parando do lado de fora da porta para encarar sua mentora. Sempre teve a esperança de que um dia ela provaria seu valor para Cat, que talvez, apenas talvez, a chefe a visse como uma colega, talvez até como uma parceira. É óbvio que isso nunca aconteceria.

— Não consigo acreditar que gastei tanto tempo, tantos anos, tentando transformar você em algo... — Cat pausou, olhando Fern de cima a baixo — melhor do que isso. Que desperdício do caralho — concluiu com desdém.

Então era isso. Cat não poderia ter deixado mais claro o que realmente sentia em relação a Fern. Ela não passava de uma decepção, uma desesperança, algo a ser descartado como lixo. Um sentimento de raiva congelante apertou seu peito como um punho. O modo como Cat a tratava não era certo. Isso precisava parar. Agora.

— Você está enganada — disse Fern, com a voz trêmula. — Fui eu quem passou horas ligando para empreiteiros e fornecedores. Fui eu quem cuidou de todos os preparativos da viagem para os competidores e a equipe. — Sua voz ganhou força. — Eu quem me certifiquei de que cada detalhe estivesse perfeito, e fiz tudo isso por você. Tudo para te fazer feliz.

Cat cruzou os braços e olhou para Fern com expectativa.

— Terminou? — perguntou ela.

Um som de descrença escapou dos lábios de Fern. Cat não tinha ouvido uma única palavra do que ela dissera. Nunca ouvia. Todo o trabalho duro e a lealdade de Fern não significaram nada para Cat. Ela se esforçou durante dez anos por esta mulher, e para quê? Chega. Fern atingiu seu limite.

Ela empurrou a pesada porta da adega e observou, satisfeita, a expressão de Cat mudar de irritação para incredulidade.

— Ei — gritou Cat, derrubando a garrafa de vinho que segurava e avançando até a porta.

Mas era tarde demais. A porta bateu com um som metálico, prendendo Cat. Fern pressionou a orelha contra o aço frio. Silêncio, exceto pelo som da sua própria respiração pesada. A adega estava selada. Tinha sido construída com grossas paredes de pedra e uma porta blindada a fim de proteger o precioso vinho de Cat.

A estrutura era grossa o suficiente para absorver até os berros mais altos.

Lentamente, Fern se afastou da porta, sem acreditar no que acabara de fazer. Em pânico, pensou no celular de Cat. Seus olhos pousaram no bar, no cardigã manchado de sangue. Pegou-o e sentiu seu peso com alívio. Enfiou a mão no bolso e lá estava: o celular, a única ligação de Cat com o mundo. Exceto, lembrou Fern, pelas câmeras de segurança.

A câmera da adega era diferente daquelas instaladas para *Um Ganhador de Sorte*. Como Cat não queria que milhões de desconhecidos soubessem sobre seus vinhos caros, apenas ela e Fern tinham permissão para ver as imagens do lugar. A menos que alguém conseguisse hackear o sistema, mais ninguém saberia que Cat estava trancada.

Usando o celular de Cat, Fern foi até o aplicativo das câmeras de segurança e alternou para a do porão. Lá estava Cat, batendo na porta.

— Porra, Fern — gritou Cat. — Me deixa sair daqui agora!

Fern hesitou. Se ela destrancasse a porta e deixasse Cat sair, talvez toda essa confusão acabasse. Mas, não, Fern ainda não havia terminado. Ainda tinha muito a provar para Cat. Desligou a câmera, encerrando a chuva de palavrões de Cat, então subiu correndo os degraus de pedra. As paredes da velha adega eram grossas, feitas de pedra e à prova de som. Não havia como os competidores ouvirem Cat. O jogo poderia continuar. Ela não deixaria a chefe lá por muito tempo, garantiu a si mesma. Apenas o suficiente para provar que conseguiria dar conta do programa, dos competidores, de Ned Bennett. Cat desculparia Fern por essa transgressão; precisaria perdoar. Ou isso, ou Cat a mataria.

8

O Senador

O Cofre

Vamos lá. Meu nome é Richard Crowley. Marido, pai, veterano, ex-senador do Texas. E por que estou no reality *Um Ganhador de Sorte*? A resposta curta é: dez milhões de dólares. Quero dizer, quem não quer esse dinheiro? Isso é muita grana para qualquer um. Meus 60 anos podem estar quase acabando, mas sou forte, inteligente e gosto de vencer.

“Passei os últimos 50 anos da minha vida como servidor público. Servindo minha comunidade, minha igreja, meus eleitores, meu país e, o mais importante, minha família. Eles são tudo para mim. Sem eles, eu seria apenas um pobrezinho da região central do Texas. Casei-me com minha esposa, Genevieve, quando tínhamos apenas 18 anos. Estávamos juntos desde os 12, 13 anos. No instante em que a vi, me apaixonei. Eu sabia que passaria o resto da vida com aquela garota. Faremos 50 anos de casamento no mês que vem, então eu diria que estamos no caminho certo.

“Temos quatro rapazes incríveis que agora já têm suas próprias famílias. E me deixa dizer uma coisa, não há nada melhor do que ser avô. Espero ter incutido nos meus filhos a importância da família, afinal dei o meu melhor para ser um bom marido e pai.

“O que vou fazer com o dinheiro? Em primeiro lugar, vou comprar para Genevieve o maior anel de diamante que eu encontrar.

Ela nunca ganhou um bom de verdade. Claro que Gen disse que não se importava, mas isso sempre me incomodou. Então, desta vez, farei do jeito certo. Um diamante grande e brilhante em uma daquelas elegantes caixinhas de veludo.

"E não preciso do resto do dinheiro. Tenho tudo o que poderia precisar em casa, por isso vou doar o que sobrar para instituições que apoiam os nossos veteranos de guerra. Como parte do público sabe, venho de uma longa linhagem de soldados que serviram ao país. Meu avô, meu pai, meus irmãos e eu servimos no exército. Todos retornamos para casa com vida, mas meu irmão Robert voltou com ferimentos graves, tanto psicológicos quanto físicos. Ele nunca se recuperou por completo. Se eu ganhar os dez milhões, cada centavo irá para organizações que fornecem planos de saúde, educação, emprego e até casas aos nossos veteranos. É o mínimo que posso fazer.

"Mas, primeiro, preciso sobreviver à competição. Quem representa a maior ameaça? É difícil dizer logo de cara. Ainda não tivemos nenhum desafio, mas, se eu tivesse que escolher, diria que é Samuel, o advogado. Acho que vou precisar ficar de olho nele. Ele está em boa forma e é obviamente inteligente. Mas o que ele não tem é a minha experiência, a minha capacidade de me conectar com as pessoas, de ouvir, de liderar. Essas habilidades me serão úteis.

"O competidor mais fraco? Na minha opinião, é a psiquiatra. Mas já subestimei a pessoa errada antes. Precisaremos esperar e ver como as coisas vão se desenrolar. É uma honra estar aqui e vou me esforçar ao máximo."

TiaEllen31 — Sim, vamos cuidar dos nossos veteranos! Você tem meu voto.

BatatasTortaseCéuAzul — Credo! Ele é o pior deles.

JJstansMartha — Concordo! E qualquer político que alegue não poder comprar um diamante para sua esposa é um

MENTIROSO! E provavelmente está mentindo sobre muitas outras coisas.

MacacoVoador — Claro, porque cuidar das mulheres e dos homens que protegem o nosso país é uma péssima ideia mesmo 😕

PatriotaGames95 — O senador Crowley é um americano de verdade. Não se preocupe, nós vamos te proteger.

9

A Confidente

Os querubins do afresco acima da cama de Camille a encaravam. Era perturbador. Ela desligou o abajur da cabeceira, virou-se no colchão e enterrou a cabeça debaixo do travesseiro para tentar abafar os roncos do senador.

Certamente a propriedade tinha quartos suficientes para eles, então por que estavam dividindo? Só podia ser pra gerar drama. Cinco estranhos competindo por dez milhões de dólares em um espaço superaquecido certamente faria com que os ânimos se exaltassem.

Ela se mexeu na cama de novo e lutou contra a vontade de tirar a regata de alcinha e o short do pijama. Devia estar uns vinte e cinco graus ali. Este lugar não tinha ar-condicionado? Sua cabeça girava com tudo o que estava tentando esquecer durante este período em Napa. Sua conta bancária cada vez mais decadente e seus pacientes, atuais e passados, continuavam invadindo seus pensamentos, tornando a tarefa de relaxar impossível.

Controla sua respiração, instruiu Camille a si mesma, assim como dizia aos seus clientes quando estavam no meio de um ataque de pânico. *Inspira e expira, inspira e expira.* Seu corpo estava pegajoso de suor. Ar quente estava saindo da merda da ventilação? Ela precisava estar bem para a competição no dia seguinte. Queria que todos vissem a médica calma e profissional que ela tanto trabalhou para se tornar. E queria aqueles dez milhões de dólares.

Inspira e expira, inspira e expira. Seu corpo relaxou, sua respiração desacelerou e ela logo estava entre a vigília e o sono abençoado.

De repente, um som estridente atingiu seus ouvidos e ela foi violentamente puxada de volta à realidade. Saindo apressada da cama, Camille tropeçou, suas pernas emaranhadas nos lençóis. Bateu no chão com um baque. Um alarme. Era um incêndio? O quarto estava escuro e ela não estava familiarizada com aquele espaço. Não sabia para qual lado ir.

Sentiu o terror subir por sua garganta. Fern os conduzira por várias escadas e corredores tortuosos para levá-los até o quarto, e Camille tinha certeza de que não saberia como encontrar a saída sozinha. Ela não conseguia pensar com o alarme estridente machucando seus tímpanos. Tateou, procurando pelo abajur de cabeceira e, quando seus dedos o encontraram, nada aconteceu. Estavam sem energia.

Ela ouviu os outros gritando, suas vozes em fragmentos desesperados entre os berros do alarme, mas não conseguiu entender o que estavam dizendo. Ela se moveu às cegas ao longo da parede de gesso. Onde estava a porcaria da porta? Alguém esbarrou nela e passou por ela. Camille farejou o ar. Aquilo era fumaça? Seu corpo inteiro estava pegajoso de suor. Era por isso que o quarto estava tão quente? Será que havia um incêndio do outro lado da porta?

Houve uma batida estrondosa e gritos de "Saiam, saiam! Rápido!" *Provavelmente era um incêndio*. Ela tentou se mover em direção ao som das batidas, mas o barulho do alarme a confundiu. À sua frente, notou uma frestinha em meio à escuridão, não era grande coisa, apenas uma mudança nas sombras.

— Por aqui. — Ouviu-se um grito.

Alguém havia achado a porta. Camille continuou tateando a parede, esperando um aumento na temperatura, mas ela permaneceu fria ao toque. Finalmente, seus dedos encontraram apenas o ar. Estava na saída.

Aliviada, saiu para o corredor escuro e trombou com o que parecia ser uma parede de tijolos. O senador. O berro da sirene persistia, atordoando-a ainda mais. Aturdida, ela cambaleou e alguém atrás dela a firmou.

— Aqui, te peguei. — Uma voz alta. Samuel. — Você está bem?

Camille assentiu, ao mesmo tempo grata e meio ofendida pelas mãos firmes em seus quadris.

— Tudo certo — disse ela.

— Por aqui — chamou a voz de uma mulher, e Camille se virou e viu um pontinho de luz perfurando a escuridão.

Camille seguiu a luz ao lado de outras três figuras sombrias.

— Cuidado! — gritou a mulher, e, através de um feixe de luz, Camille viu Maire. — Chegamos às escadas.

— Todos estão aqui? — disse a voz de outro homem. — Gritem seus nomes.

Um por vez, gritaram. *Maire, Camille, Richard, Samuel, Ned.*

— E a Fern? — perguntou Camille.

— Precisamos sair — disse a voz do senador, reconhecível pelo sotaque texano. — Vamos tirar vocês daqui e eu voltarei para ajudar quem ficar para trás. Agora, vamos.

Camille usou as duas mãos para se segurar ao corrimão e desceu as escadas com cuidado, conduzida pela luz de Maire. Desistiram de conversar. Tentar ouvir uns aos outros por cima do alarme só os atrasara. Conforme chegavam ao fim dos degraus, Camille sentiu o ar fresco. Estavam longe do perigo. Só precisavam sair da casa.

Ela não fazia ideia de onde estavam dentro da construção gigantesca. Só restava confiar em Maire e no pequeno feixe de luz que ela segurava como um farol na frente deles. Camille não gostava da sensação de depender de alguém, embora pregasse aos seus pacientes o quão importante era a capacidade de confiar nos outros.

— Aqui — gritou Maire. — Achei!

Depois de um momento cheio de agonia, uma porta finalmente se abriu e o grupo saiu cambaleando, respirando pesadamente. A lua cheia pálida iluminava o céu.

Com a porta fechada atrás deles, o barulho incessante do alarme diminuiu. Parecia que estavam nos fundos da propriedade, embaixo de um pórtico. Camille desabou em um banco de pedra e encostou a cabeça nos joelhos, tentando recuperar o fôlego.

— Alguém sentiu cheiro de fumaça? — perguntou o senador.

— Não havia fumaça, mas o quarto estava quente como o inferno — disse Samuel, enxugando o suor da testa. Ele vestia shorts e camiseta, lembrando a Camille com quão pouca roupa ela estava, mas estava abalada demais para se importar.

— Sim, foi assustador — concordou Ned. — Onde será que o fogo começou?

Ned, assim como Camille, estava descalço. Ele usava cueca boxer e estava sem camisa, sua pele pálida brilhando sob a lua incandescente.

— Vamos seguir nesta direção — sugeriu Maire. Ela vestia a mesma roupa que usou naquela noite e teve condições de calçar um par de sapatos. — Espero que Fern esteja por aqui em algum lugar. Precisamos ligar para a polícia.

— Uau, olha só isso — disse o senador, e todos se viraram.

— É uma lagoa? — perguntou Samuel.

— Parece mais um lago — respondeu Maire.

Ao longe, escondida nos fundos da propriedade, havia uma extensão de água, a luz da lua dançando em sua superfície tranquila. Este lugar tinha de tudo mesmo, pensou Camille.

— Ei! — disse uma voz, desviando a atenção de Camille do lago cintilante. Uma luz surgiu. Era Fern, segurando uma lanterna, parada à sombra de uma copa de sobreiros ao lado da casa. — Por aqui. — Ela acenou, indicando que deveriam se aproximar.

— O que aconteceu? — perguntou Camille. — Era um incêndio?

Todo mundo começou a fazer perguntas ao mesmo tempo.

— Os bombeiros estão vindo? — Maire quis saber.

Fern ergueu as mãos.

— Estamos seguros. Vamos por aqui. — Fern apontou para trás dela, embora estivesse escuro demais para enxergar através das árvores. — Sigam-me.

Por que Fern parecia tão calma? Se a casa estava mesmo pegando fogo, ela não deveria estar frenética? Então Camille percebeu que Fern não estava de pijama como eles. Nem vestia a roupa de mais cedo. Usava um longo vestido de alfaiataria cinza de cetim com decote profundo, com seu cabelo preso em um coque. Não era a vestimenta para se escapar de um incêndio.

Camille seguiu o grupo enquanto Fern os conduzia por um caminho extenso, as pedras frias tocando seus pés descalços. Além dos sobreiros havia um gramado amplo iluminado por dezenas de lanternas.

Fern parou ao lado de uma mesa que continha uma urna, um pedaço de papel enrolado amarrado com uma fita, uma cesta grande e, para a surpresa de Camille, uma arma.

— Reúnam-se, por favor — pediu Fern, colocando a lanterna sobre a mesa e virando-se para encará-los.

Atrás dela havia cinco estátuas de mármore em tamanho real de ninfas brancas, nuas, segurando flores com uma das mãos e acenando com a outra. Às costas delas, elevava-se a três metros de altura o que parecia ser uma parede.

— O que está acontecendo? — exigiu Camille. — É um incêndio? Um vazamento de gás? O quê?

Fern sorriu. As lanternas lançavam sombras fantasmagóricas em seu rosto agora perfeitamente maquiado.

— Felizmente, não há emergência nenhuma — disse Fern, e Camille soltou um suspiro de alívio. Então por que estavam aqui? — *Um Ganhador de Sorte* começou oficialmente. Bem-vindos ao primeiro desafio.

Foi quando Camille notou Alfonso Solomon e dois cinegrafistas parados ali perto. Ela sacudiu a cabeça, chocada. O alarme de incêndio tinha sido uma grande estratégia para tirá-los da cama e fazê-los sair da casa.

— Isso só pode ser brincadeira — disse Ned, surpreso.

— Nem ferrando. — Samuel passou uma mão pelo couro cabeludo. — Não pode estar falando sério.

Camille não pôde deixar de notar seu físico magro e musculoso, e sabia que esse porte atlético o tornaria um competidor difícil de se vencer.

— Em *Um Ganhador de Sorte*, tudo é para valer — continuou Fern. — Afinal, dez milhões de dólares estão em jogo. Prestem atenção, porque este primeiro desafio pode definir muita coisa. Atrás de mim, verão um labirinto.

Camille semicerrou os olhos na escuridão. O que inicialmente pensou ser uma parede era, na verdade, uma cerca viva perfeitamente podada e alisada para formar uma superfície plana.

— Primeiro, correrão por este labirinto de cercas vivas. Existem diversas entradas, uma atrás de cada estátua, mas só uma saída. Se virar errado em algum lugar, chegará em um beco sem saída.

— Espera aí — chamou Camille, o ar frio de outubro extinguindo qualquer vestígio do calor que sentira. — Não estou com roupa de corrida. Nem estou usando sapatos.

Fern deu de ombros, como se dissesse: *que pena*.

— Uma coisa que devem aprender logo de cara nesta competição é que precisam estar preparados para tudo, a qualquer momento. E esta noite não é exceção. Agora, gostariam de saber pelo que estão competindo?

Um murmúrio de concordância veio do grupo. Até Camille se viu assentindo e dizendo que sim, embora não se sentisse nada preparada. Nadinha.

— O primeiro a encontrar a saída do labirinto ganhará uma Super Pista. — Fern se abaixou e pegou uma urna cor de lápis-lazúli. — Dentro desta urna tem uma pista que será crucial para desvendar um quebra-cabeça que só pode ser resolvido vencendo desafios, criando conexões com seus competidores e juntando todas as peças.

Camille era boa em quebra-cabeças. Conseguia resolver as palavras-cruzadas do jornal em tempo recorde — então, tudo o que precisava fazer era chegar até a urna antes de todo mundo.

— Primeiro, precisamos colocar microfones em vocês. — Fern ergueu um minúsculo objeto preto. — Não queremos que nossos espectadores percam nenhum momento.

Um estagiário surgiu das sombras e começou a conectar um aparelho em cada participante.

— São modernos, sem fio e à prova d'água — disse ela. — Fiquem sempre com eles durante os desafios.

Fern ergueu um dedo.

— Mas isso não é tudo. Ao longo do labirinto, fiquem de olhos abertos para qualquer objeto que possa ser um Modificador de Jogo. Eles podem impactar toda a competição.

Camille estremeceu, arrepios percorrendo sua pele nua. De repente, começou a notar a própria roupa. A regata tinha um decote e o short de seda não tinha efeito algum contra o frio. Ao lado dela, Maire tirou o cardigã e o entregou a Camille sem dizer nada. Camille hesitou, desconfiada do gesto altruísta, mas acenou em agradecimento e vestiu a peça.

Camille olhou para o grupo. Todos já estavam focados no jogo, com rostos atentos e músculos preparados para agir. Ela tentou fazer o mesmo.

— Calma — disse. — Quais são as regras?

Fern deu um sorriso ilegível.

— A regra é que não há regras. Basta passar pelo labirinto, pegar todos os Modificadores de Jogo que encontrarem e o primeiro a sair ganha a Super Pista. Ah, e mais uma coisinha. Como dez milhões de dólares estão em jogo, talvez isto seja útil.

De trás da mesa, Fern pegou uma pilha do que pareciam ser lanternas à primeira vista.

— Estes *tasers* podem ajudá-los a obter vantagem sobre seus competidores. Alguém está tentando pegar o mesmo Modificador? Um choquinho irá detê-los.

— Você disse *taser*? — interrompeu Samuel, incrédulo. — Está nos dando *tasers*?

— Então podemos simplesmente atirar uns nos outros? — perguntou Camille, cética. — Isso parece perigoso.

— Não se preocupem — disse Fern, erguendo um dos dispositivos com um floreio. — Eles estão configurados na descarga mais baixa e são totalmente seguros. Mas lembrem-se de que só terão uma chance, e a uma distância de até cinco metros. Usem-na com sabedoria.

Camille encarou os outros. Pareciam tão desconfortáveis quanto ela.

— Mais alguma pergunta? — Fern quis saber.

Camille olhou em volta, esperando que alguém protestasse contra a ideia de usar uma arma para afastar um competidor, mas ninguém falou.

— Então tá bom — disse Fern, entregando um *taser* para cada e dando-lhes breves instruções sobre como usá-los.

Camille testou o peso na mão. Era do tamanho de um celular e muito mais leve do que imaginava. Talvez duzentas gramas. Relanceou os outros. Maire olhava para a arma com desconforto enquanto o senador já estava com a sua presa à calça do pijama. Ned apontou seu *taser* para a escuridão, apertando os olhos como se estivesse mirando em uma presa invisível.

— Tem certeza de que isso é seguro? — perguntou Samuel, virando o *taser* na mão, tomando cuidado para não tocar no gatilho.

— Cem por cento — disse Fern. — O choque é mínimo e irá apenas atrasá-los. Não há nada com que se preocupar.

Ela levantou uma arma da mesa ao lado. *Uma pistola de largada*, pensou Camille. *Para começar a corrida.*

Camille e Samuel trocaram um olhar. Ele parecia tão comedido quanto ela.

— Ok, então — disse Fern. — Prontos para começar?

Camille não estava pronta, mas os outros já haviam assumido aquela postura de corredor, com joelhos flexionados e pés um na frente do outro.

— Em suas marcas — gritou Fern, erguendo a pistola de largada. — Preparar, apontar, já!

Um estalo preencheu o ar e Camille correu para a entrada escura do labirinto.

10

A Melhor Amiga

Maire contornou uma das ninfas de mármore e entrou no labirinto. A escuridão tomou conta dos arredores, as paredes de três metros de altura bloqueando a luz da lua.

Com passos hesitantes, Maire avançou, o *taser* em mãos, temendo dar de cara com uma parede espinhosa. Tudo o que conseguia ouvir era o som da própria respiração e o zunido dos mosquitos acima. O cheiro doce e amadeirado de teixo era insuportável. Após dez metros, encontrou uma bifurcação. Ela poderia virar à esquerda, à direita ou continuar em frente. Seguiu para a esquerda e imediatamente chegou a um beco sem saída. Retrocedendo, Maire tropeçou e arranhou a bochecha em um galho, sangrando.

Tudo isso era tão inacreditável. Na manhã do dia anterior, ela estava dando um beijo de despedida nas filhas e deixando-as na casa da ex-sogra, e naquele momento estava correndo às cegas por um labirinto com um *taser* na mão.

Ela precisava se mover mais rápido, mas era impossível, estava muito escuro.

Maire sabia que suas roupas lhe davam uma vantagem. Quando o alarme de incêndio soou, ela saltou da cama e tentou acender a luz, sem sucesso. Calçou os sapatos e pegou o cardigã para vestir por cima da camiseta. Então se lembrou do chaveiro que também servia como lanterna e procurou a bolsa para pegá-lo. Acabou sendo o único feixe de luz com o qual contaram enquanto cambaleavam em busca da saída.

Maire se repreendeu por ter dado seu cardigã para Camille, mas sentiu pena da pobrezinha vestida apenas com uma regata justa e shorts. Se pudesse voltar atrás, teria ficado com o cardigã. Havia demonstrado fraqueza, uma péssima ideia. Ela precisava de todas as vantagens para garantir os dez milhões de dólares. Isso não aconteceria novamente.

Maire fez curva após curva, marcando o número de vezes que virou à direita com a mão direita, e à esquerda com a esquerda, mas ainda assim se sentia fatalmente perdida.

— Droga — murmurou quando encontrou outro beco sem saída.

Aquilo não estava dando certo. Como ela poderia encontrar o caminho se não conseguia ver nada? Então se lembrou do que havia escondido no bolso de trás. O que Fern tinha dito? Não havia regras, bastava ser a primeira a passar pelo labirinto, e, para tal, Maire precisava ser capaz de enxergar.

Procurou o chaveiro-lanterna no bolso.

Ela trocou o *taser* pelo chaveiro, apertou o botão para ligar e uma luz fraca iluminou seus arredores. Não era muito, apenas o suficiente para conseguir avançar mais depressa pelo labirinto. E, se conseguisse ultrapassar os outros competidores, não precisaria dar um choque em ninguém.

Agora que tinha uma noção melhor dos arredores, ficou ainda mais impressionada com o labirinto. As paredes de teixo eram densas e impenetráveis. Os caminhos eram estreitos com curvas fechadas. Uma onda de claustrofobia a atingiu. E se ela não conseguisse encontrar a saída? Ela perderia, não veria a cor do dinheiro. Sua dívida a esmagaria. Não seria capaz de manter a casa. Dani não conseguiria o remédio do qual precisava. O pensamento foi suficiente para fazê-la continuar.

Maire segurou a luz à sua frente como um talismã e avançou. Esquerda, depois direita, então outro beco sem saída. Voltou e virou à esquerda, e o caminho estreito deu para um amplo octógono com um banco de pedra no centro. *O meio do labirinto*, pensou. Agora ela precisava decidir por qual caminho seguir. Ela ouviu o som de passos. Os outros estavam chegando. Ela iria para a direita, mas, antes de seguir pela abertura, algo embaixo do banco chamou sua atenção. Uma caixinha retangular com um laço vermelho no topo. Um dos Modificadores de Jogo. Ela se atreveria a desacelerar para pegá-lo? *Sim*, disse a si mesma, *cada mínima ajuda seria útil*.

— Ei, ela está usando aquela merda de lanterna — gritou Ned Bennett, aproximando-se dela.

Apressadamente, Maire se abaixou, deslizando a mão para baixo do banco. De repente, ela foi derrubada por trás, batendo o queixo no banco. *Mas que merda é essa?*, pensou, o gosto de sangue invadindo a boca. Era Ned Bennett, fechando a mão em torno da pista. A pista dela.

— Filho da puta — vociferou ela, massageando o queixo.

Ela pensou em dar um choque nele, mas, quando se levantou, ele já havia se afastado. Maire podia sentir os outros atrás dela. Sabiam que ela tinha uma lanterna e, se a seguissem, ela seria a melhor chance para saírem dali. Passou por Ned, que se atrapalhava para segurar o *taser* e a caixa ao mesmo tempo. Tinha a impressão de estar correndo há uma eternidade, embora não pudesse ter passado mais do que quinze minutos. Acima dela, o zunido dos insetos ficou mais alto e algo passou perto de seu ouvido. Parecia grande demais para ser um simples mosquito ou uma mariposa. Ela estremeceu e acelerou o passo.

Ela já havia perdido o Modificador; não deixaria ninguém a ultrapassar.

Conforme Maire se aproximava de uma curva fechada, a folhagem à sua frente começou a balançar e a farfalhar.

Que isso? Ela imaginou uma criatura noturna, cheia de dentes, garras e olhos vermelhos. Um grunhido veio de algum lugar além da parede; mais farfalhar de folhas. Maire ergueu a luz para ver melhor. Três fileiras adiante, a cabeça e o tronco de um homem apareceram acima dela, no topo do labirinto de cerca viva. Era Samuel, lutando para se equilibrar. Com um grande impulso, ele se lançou sobre a cerca viva e ficou ali por um momento, respirando ofegante. Samuel, aquele desgraçado, havia escalado a parede para ter uma visão melhor, para ver onde ficava a saída.

Não há regras, Maire pensou.

Ela observou enquanto ele lentamente se ajoelhava e examinava a área ao redor, fazendo uma careta ao sentir os galhos arranhando seus joelhos nus.

— O que ele está fazendo? — disse a voz de Ned de algum lugar atrás dela. — Ei, isso não é justo!

O que ele estava fazendo? Samuel estava planejando caminhar sobre as cercas vivas para encontrar a saída? Não, não havia a menor chance de os arbustos aguentarem seu peso. Mas Maire não podia perder tempo preocupando-se com Samuel, ela só precisava continuar.

À sua frente e acima dela, observou Samuel descer pela lateral da cerca viva e aterrissar no caminho abaixo. Ele agora estava duas fileiras à frente.

Será que ele tinha encontrado o caminho quando estava lá em cima?

— Droga — disse Maire.

De todas as pessoas, logo Samuel tinha encontrado a saída. Ela poderia até perder este jogo, mas com certeza não perderia para Samuel Rafferty. Ela já perdera demais por causa dele. Sendo justa, ele provavelmente pensava o mesmo sobre ela.

A cabeça de Samuel apareceu no topo dos arbustos de novo. Ele estava escalando outra fileira. Através da escuridão, mais sombras se mexiam. Drones. Havia drones no alto, capturando todos os movimentos deles.

Maire queria, com todo o seu ser, agarrar-se aos galhos e sacudi-los com tanta força que Samuel perderia o equilíbrio e cairia no chão. A raiva renovada que sentiu por ele a surpreendeu. Achava que tinha deixado tudo para trás. Não esquecido — ela jamais conseguiria esquecer —, mas escondido. Neste momento, flashes daquela noite, anos atrás, eram tudo o que ela conseguia ver. O carro destruído, o sangue respingado, o céu escuro com um milhão de estrelas, o lago congelado como uma superfície lisa de vidro à frente deles.

Será que o caminho à sua esquerda era aquele em que Samuel estava, a saída? Maire considerou escalar a cerca viva e se juntar a Samuel na outra rota. Mas não. Algo a tinha feito escolher este. Maire foi pela esquerda e depois pela direita.

— Desista, Maire — gritou Samuel do outro lado da cerca viva. — Você está indo direto para um beco sem saída. Não tem como vencer.

— Só por cima do meu cadáver — retrucou Maire. Ela virou outra vez à direita.

Maire sabia que ele estava mentindo. Não havia beco sem saída coisa nenhuma. Em vez disso, havia luz. Uma luz linda e calorosa iluminando uma abertura no labirinto onde Fern estava, parada ao lado de uma mesa com a urna cor de lápis-lazúli. Um grito alto veio de algum lugar das profundezas do labirinto. Alguém tinha levado um choque. À esquerda, Samuel apareceu repentinamente ao seu lado.

Maire começou a correr, mas Samuel a ultrapassou. Ele estava na liderança, mas Maire sabia que não duraria muito. Ela queria isso mais do que ele. Precisava mais. Atrás dela, era possível ouvir os passos dos outros competidores. Eles também queriam. Maire desejou que suas pernas se movessem mais rápido, que seus braços ajudassem mais no equilíbrio. Ela estava quase lá, mas Samuel também.

Ela enfiou a mão no bolso em busca do *taser*. Não queria usá-lo, mas não tinha escolha. Nunca havia usado um *taser* antes, nunca havia disparado nenhum tipo de arma, mas esta poderia ser sua única chance. Maire não poderia errar. Ela parou de correr, ergueu o *taser* com as mãos trêmulas e mirou nas pernas de Samuel. Não queria machucá-lo, apenas atrasá-lo. Prendendo a respiração, apertou o gatilho.

Algo semelhante a fios afiados saiu do *taser*, junto com uma chuva de confetes. As pontas não atingiram Samuel nas pernas; em vez disso, com um estalo de eletricidade, atingiram-no em cheio entre as omoplatas.

Maire observou, incrédula, Samuel congelar por um instante, seus músculos se contraindo. Ele soltou um grito angustiado, caiu no chão e começou a se contorcer. Ela pensou que seria apenas um choquinho, uma chance para ultrapassá-lo. O que ela tinha feito? Aquilo era muito mais do que um choquinho.

Maire sentiu um empurrão por trás e caiu de joelhos. Olhando para cima, viu o senador correndo para a saída. Como ele passou pelos outros? O susto a fez entrar em ação, ela cambaleou e começou a correr. O senador estava alguns metros à frente, mas Maire era mais jovem, forte e rápida. Evitou olhar para Samuel ao passar por ele. Ele ainda estava se contorcendo no chão e Maire reprimiu a pontada de arrependimento.

Ela não queria machucar ninguém, mas foi para isso que se inscreveram, certo?

O senador estava a poucos metros do objetivo. Com um grito gutural, Maire se lançou pela saída do labirinto e estendeu a mão para a urna, os dedos roçando sua superfície lisa. Ela a pegou, segurando-a contra sua barriga, protegendo-a como um defensor protege uma bola de futebol americano antes de cair no chão. Ao lado dela, o senador desabou com um baque surdo, as mãos tentando alcançar a urna, mas Maire a segurou com firmeza. Sem chance que ela a soltaria. Era dela. Ela ganhou.

Maire permaneceu deitada no chão, tentando recuperar o fôlego e mantendo os braços firmes em volta da urna. Estava vagamente consciente do senador se levantando devagar. Cada centímetro do corpo dela gritava de dor. Seus pulmões queimavam, os músculos das pernas sofriam espasmos e ela se perguntou se tinha quebrado uma costela ao cair em cima da urna.

Ouviu a voz de Fern acima dela.

— Senhoras e senhores, é *assim* que vocês se tornam um ganhador de sorte! Parabéns, Maire. Como está se sentindo?

Estremecendo, Maire se colocou de pé, ainda agarrada à urna para o caso de alguém tentar arrancá-la dela.

— Bem, me sinto bem. — Ela conseguiu responder entre arfadas.

— O que você pensou quando Samuel escalou a cerca viva? Achou que aquele seria seu fim? — perguntou Fern.

Maire olhou para a direita e viu uma câmera apontada para seu rosto. Ela resistiu ao impulso de empurrá-la para longe. Outros dois cinegrafistas estavam mais afastados, apontando suas lentes para os demais competidores. E provavelmente havia dezenas de câmeras escondidas ao longo do labirinto, captando cada momento do desafio. Ela se perguntou o que Dani e Keely diriam quando a vissem dar um choque em um homem. Ficariam orgulhosas ou envergonhadas?

Respirando com dificuldade, Maire se virou para Fern.

— Quando vi Samuel lá no topo, pensei: esse é um homem que fará qualquer coisa para vencer, custe o que custar, então terei que pensar rápido, correr depressa e chegar primeiro.

— E você usou o *taser* — disse Fern. — Você teve alguma dúvida quanto a isso?

Maire teve. Samuel ainda não havia saído do labirinto e ela temia que ele pudesse ter se ferido de verdade, mas não podia se preocupar com isso, não agora.

— Não. Sou uma mãe e tenho uma missão — respondeu, ficando de pé, ainda respirando com dificuldade. — E isso será algo difícil de superar no programa. Fiz o que foi preciso.

— Bem colocado — disse Fern alegremente. — Você provavelmente vai querer abrir a urna e ler a pista longe dos olhares curiosos, a menos que queira compartilhá-la com um dos outros jogadores. Afinal, *Um Ganhador de Sorte* não se trata apenas de vencer desafios físicos, mas também de criar e manter, ou não, alianças. Como é aquele ditado mesmo: mantenha seus inimigos perto?

Maire olhou ao redor, para o grupo abatido.

O senador respirava com tanta dificuldade quanto ela, e Ned e Camille finalmente saíram do labirinto. Ele tinha um corte comprido na bochecha e ela parecia pequena e frágil, envolta no cardigã de Maire. Samuel ainda não tinha dado sinal de vida.

Ela o havia machucado? De verdade? Maire voltou correndo para o labirinto. Lá estava ele, deitado de bruços, a cabeça escondida sob os braços.

— Samuel? — gritou ela, caindo de joelhos. — Tá tudo bem?

Samuel baixou os braços e virou o rosto para ela.

— Caramba, Maire — disse debilmente —, você poderia ter pelo menos me avisado. Doeu pra caralho.

Maire soltou um suspiro de alívio e se sentou sobre os calcanhares. Ela não o havia matado.

— Se eu soubesse que o *taser* era tão potente, não o teria usado.

Com um gemido, Samuel se empurrou para cima, sentando-se ao lado dela. Ele balançou a cabeça e lhe lançou um meio sorriso.

— Nós dois sabemos que isso é mentira — disse ele.

Ele tinha razão. Ela teria feito tudo de novo.

— Precisa de ajuda para se levantar?

— Não. Pode ir. Só preciso recuperar meu equilíbrio e já saio.

— Tem certeza? — perguntou, insegura sobre deixá-lo para trás.

— Sim, tenho certeza — falou, irritado. — Apenas diga aos outros que preciso de alguns minutos.

Maire se levantou e rumou para a saída do labirinto.

— Ei, Maire — chamou Samuel, e ela se virou. — Fico feliz de saber que você voltaria para me buscar.

Maire não tinha uma resposta. Entendeu o que ele estava querendo dizer. Suas palavras não eram um elogio. Eram uma acusação.

Ela saiu do labirinto e se deparou com Fern e os outros esperando por ela.

— E então, Maire? — perguntou Fern. — Vai compartilhar sua pista com os outros?

Maire sempre foi a boazinha. Aquela que seguia a maré, que permitia que os outros a liderassem e a guiassem, e ela sempre ouvia. E para onde isso a havia levado? Não, estava cansada de ser boazinha. Estava aqui para ganhar dez milhões de dólares, portanto precisaria fazer isso sozinha.

— Não, Fern — anunciou Maire, ainda tentando recuperar o fôlego. — Acho que vou guardar a pista só para mim.

11

A RainhaDoMarketing estava sentada na cama, com o iPad apoiado no colo, o celular e uma margarita em mãos enquanto esperava. Tinha acabado de receber a notificação de que *Um Ganhador de Sorte* estava prestes a começar. Havia tanto segredo e conspiração em torno do programa que o TikTok estava bombando com teorias. Os competidores seriam celebridades ou talvez um bando de zé-ninguém desesperados por dinheiro. Algumas pessoas disseram que era tudo marketing e que o programa era apenas mais um reality-show em que uns perdedores competiam por quinze minutos de fama. Mas a verdade é que ninguém sabia e, se afirmassem que sabiam, estavam mentindo.

A RainhaDoMarketing estava morrendo de curiosidade de saber se o programa estava à altura de todo o zum-zum-zum. Como executiva de marketing de uma loja online de sorvetes, o Inside Scoop, que vendia potes de sorvete para os Estados Unidos inteiro, ela estava sempre em busca de maneiras de evidenciar a empresa. Estar por dentro das principais tendências era fundamental. Os compradores podiam personalizar os sabores e as embalagens dos sorvetes — perfeitos para aniversários, presentes para desejar parabéns ou melhoras, e muito mais. Se o programa fosse isso tudo que estavam dizendo e ela conseguisse espaço publicitário para o Inside Scoop no reality, seria ótimo para a marca.

A hashtag #umganhadordesorte estava entre os assuntos mais comentados e algumas de suas celebridades favoritas certamente estariam tuitando sobre o primeiro episódio. Ela conseguia imaginar Tom Hanks pedindo sorvete de manga Marga-Rita para o aniversário de Rita Wilson. Ou talvez Taylor Swift encomendasse caixas de Chocolate Midnights para sua equipe.

A premissa era, com certeza, única. Cinco estranhos, dez milhões de dólares e transmissões ao vivo imprevisíveis. Em vez de sintonizar em uma data e hora definidas, os espectadores esperavam uma notificação sobre o início da live para assistirem. Ninguém sabia quantas transmissões haveria por noite: uma, duas ou até nenhuma.

As crianças foram para a cama, e a RainhaDoMarketing e o marido aguardaram. Passaram-se minutos, horas, e mais duas margaritas. Por fim, o marido desistiu e foi para a cama. Ela cochilou e acordou assustada. Talvez não houvesse notificação hoje à noite.

Finalmente, à uma da madrugada, seu celular recebeu o alerta. Sonolenta, clicou no link e uma música dramática invadiu seus ouvidos enquanto uma vista aérea de uma propriedade de aparência toscana aparecia na tela. A abertura mostrou fotos de cada um dos competidores. A morena deslumbrante era chamada de Confidente, o homem de cavanhaque era o Namorado, a ruiva era a Melhor Amiga e o participante mais velho era o Senador. Ela quase caiu do sofá quando viu a última foto, a de um homem de óculos e sorriso arrebatador. Ned Bennett. O Executivo.

Ela começou a suar frio e qualquer vestígio dos efeitos da tequila desapareceu.

Ela conhecia Ned Bennett, embora desejasse nunca ter visto aquele homem. Estagiou para ele anos atrás no *Verdade Nua e Crua*, muito antes de se casar e ter filhos. Na época, era tão jovem, tão ingênua. A princípio, ficou lisonjeada com a atenção de Ned, adorando o calor de seu sorriso eletrizante. Mas, por baixo da aparência encantadora, ele era um pesadelo.

Um dia, ela entrou no escritório de Ned e, trinta minutos depois, saiu cambaleante, desgrenhada e em estado de choque. Passou o resto do dia escondida em uma das cabines do banheiro, chorando. No dia seguinte, ela voltou ao trabalho e descobriu que seu cartão de acesso não funcionava mais. Tinha sido demitida.

Com o coração acelerado, a RainhaDoMarketing assistiu enquanto uma legenda rolava pela parte inferior da tela. Vote para manter seu participante favorito no jogo. Para salvar o Namorado, envie 01 para 21534... Para salvar o Senador, envie 05 para 21534.

O primeiro desafio terminou e a Melhor Amiga emergiu triunfante do labirinto. A seção de comentários começou a bombar.

Ela trapaceou muito! Por que ela pôde levar uma lanterna enquanto todos os outros corriam no escuro?

Que peninha. A regra é que não há regra.

Ai, aquela coitada usando roupa íntima! Ela nunca viu *Big Brother*? As câmeras estão por toda parte, o tempo todo.

Vocês viram o Namorado? Ele tava escalando a porra do labirinto como se fosse o Homem-Aranha. Se ele estiver procurando uma namorada, estou aqui.

Você viu como ela acertou o cara com aquele *taser*? Aquilo foi irado.

Eles estão a fim um do outro! Viram como eles ficaram se olhando antes da corrida começar?

Que nada! Acho que vai rolar algo entre a Confidente e o Namorado.

Espero que o Namorado esteja bem. Ele ainda estava no chão da última vez que o mostraram.

Tasers doem pra caramba.

O Senador também usou o *taser*. Ele é casca-grossa. #salvem osenador

O Senador é um babaca. Meu voto é do Namorado.

É só isso? Um labirinto? Achei que eles pulariam de aviões ou escalariam uma montanha por dez milhões. #GranaFácil

Os dedos da RainhaDoMarketing coçaram para digitar: Quando eu tinha 19 anos, Ned Bennett me estuprou e me descartou como se eu fosse lixo.

Mas ela não o fez. Não conseguiu. Ela não havia contado nem mesmo ao marido o que acontecera naquela época. Ela não tinha contado a ninguém. Ainda não. Mas por que não poderia fazer isso agora? Por que esse homem poderia viver a vida sem enfrentar uma única consequência por suas ações? E ele ainda poderia ganhar dez milhões de dólares.

A RainhaDoMarketing desviou a atenção dos comentários. A Melhor Amiga estava perto do labirinto, com folhas presas em seu cabelo encaracolado desgrenhado.

— Nem acredito que ganhei — disse para a câmera. Ela ergueu a urna azul. — Aparentemente, tem uma Super Pista aqui dentro.

Ela tirou um pedaço de papel desgastado de dentro da urna. Desdobrou-o e o encarou por um longo momento, então deu de ombros.

— Parece uma árvore genealógica.

Ela virou o papel para a câmera. *Era* uma árvore genealógica. Uma bem complexa, cheia de ramos cujas ramificações estavam rotuladas com nomes ou, pelo menos, partes deles. A RainhaDoMarketing viu uma Irene, um Roscoe e uma Lilibeth. Também notou que havia buracos no papel. Um no meio e outro na parte inferior.

Os detetives de poltrona nos comentários já estavam criando teorias. A árvore genealógica era de alguém famoso e o desafio era descobrir a quem pertencia. Outros argumentaram que as datas eram o ponto importante. Uma pessoa mandou todo mundo calar a boca, pois era cedo para saber.

A imagem mudou e mostrou o Executivo sentado em um banco de pedra do lado de fora da propriedade. A RainhaDoMarketing prendeu a respiração.

— Foi bem surpreendente — disse o Executivo com uma careta tensa, seu rosto estranhamente sereno.

Até o som de sua voz causava uma onda de repulsa nela.

— Este jogo é zoado — continuou. — Não acredito que aquele cowboy velho me deu um choque. Doeu pra caramba.

Ele se virou de modo que suas costas nuas ficassem de frente para a câmera. Havia um vergão vermelho onde uma das pontas do *taser* o atingira.

— Vou ter que elevar o nível do meu jogo. De jeito nenhum que uma mamãezinha do Iowa vai me vencer. Quero dizer, qual é? — Ele passou a mão pelo cabelo cor de areia. — Se essas pessoas querem jogar sujo, eu sei jogar sujo. Vem pra cima.

A RainhaDoMarketing tentou acalmar suas mãos trêmulas. Ela sabia disso melhor que ninguém.

— Encontrei isto. — O Executivo ergueu a pequena caixa de metal. — Um Modificador de Jogo. Espero que ele me ajude a colocar a ruivinha no lugar dela.

O Executivo arrancou o laço vermelho de cima da caixa e o jogou de lado, olhando em volta para se certificar de que nenhum dos outros estava por perto. Abriu a tampa e tirou um pedaço de papel dobrado antes de colocar a caixa no banco ao seu lado.

— Hum — disse, sem desviar os olhos do conteúdo. — Inesperado.

Ele mostrou o interior da caixa para a câmera.

Dentro, havia um objeto metálico preto e fino. A RainhaDo Marketing não fazia ideia do que era até que ele o tirou da caixinha, apertou um botão e uma lâmina prateada e elegante surgiu. Ela recuou ao ver o aço reluzente e afiado. Uma faca.

O Executivo pegou o pedaço de papel e começou a ler, sua testa franzida de concentração. Após um instante, ele olhou para a câmera e ergueu a faca.

— Ora, ora, isso certamente torna as coisas mais interessantes, não é? — disse, com um sorriso.

A RainhaDoMarketing sentiu o estômago embrulhar.

12

A Melhor Amiga

Passado

Maire foi até a beira da falésia e espiou o espelho que era o Lago Tanglefoot. Acima, a luz de um milhão de estrelas salpicava o céu escuro. Sentindo vertigem, Maire se afastou depressa para não cair do precipício escarpado e dar de cara com a água congelada abaixo.

Maire aceitou um frasco de Lina e se preparou antes de dar um gole do uísque barato. Lutou contra a vontade de vomitar quando o líquido cáustico queimou sua garganta e seus pulmões, descendo quente até o estômago. Mas funcionou. Em segundos, ela não estava mais tremendo e seus membros ficaram agradavelmente aquecidos, embora um pouco vacilantes. Tudo bem por Maire. Ela nem queria estar ali mesmo.

Preferia estar no dormitório trabalhando em sua mais nova pintura. Em qualquer lugar, menos escondida atrás de um monte de pinheiros imponentes, quase morrendo de frio, em uma falésia isolada com vista para o Lago Tanglefoot. Sua adorada colega de quarto, Lina, a obrigara a ir. Ela não aceitaria um não como resposta.

— Ah, vamos — insistira. — As aulas voltam daqui a dois dias. Por favor. — Ela fez um beicinho pidão para Maire.

Era difícil dizer não à bela Lina, com seu cabelo escuro e sedoso, senso de humor excêntrico e risada estridente. Lina era muito divertida. Parecia que ela nunca estudava, mas conversava sem parar. Durante os primeiros quatro meses em que foram colegas de quarto, Lina insistiu para que Maire deixasse seus livros e projetos de arte de lado para sair e se divertir, até que ela finalmente cedeu.

Não é que Maire fosse contra a diversão — adorava se divertir —, mas não adorava ficar apenas sentada bebendo no frio congelante.

A meta de Maire era sair de Iowa para, eventualmente, estudar na School of the Art Institute of Chicago e poder ganhar dinheiro com suas criações. Ela queria deixar sua cidade natal, Calico, no passado para sempre. Lina, por outro lado, não parecia ter nenhum objetivo específico e estava determinada a se divertir durante os quatro anos na Universidade Tanglefoot. Maire conseguia resistir na maioria das vezes. Mas lá estava ela. De novo.

Ela olhou para o grupo de seis pessoas, cinco das quais eram suas amigas, ao redor da fogueira que crepitava no ar gelado. A temperatura caíra dramaticamente nas últimas horas, levando embora a rara e breve onda de calor do início de janeiro. Maire os conhecera em seu primeiro ano, e juntos formavam um grupo desconexo, reunidos mais por conveniência do que por qualquer outra coisa.

Figgy — ninguém sabia seu nome de verdade — estava conversando com Damon, um terceiranista do time de hóquei que tinha uma língua tão afiada quanto seus patins. Figgy tinha sido colega de quarto de Maire no ano anterior. Por cursar teatro, parecia a companheira perfeita para Maire. Ambas vieram de cidadezinhas do Meio-Oeste, eram criativas e dedicadas à arte. Aproximaram-se enquanto conheciam o campus e tentavam se enturmar. Durante os primeiros oito meses de aula, foram inseparáveis.

Então Maire encontrou um dos trabalhos de psicologia de Figgy e, surpresa, percebeu que era exatamente o artigo que ela mesma havia feito no semestre anterior. A única diferença era o nome de Figgy no topo da página.

Maire confrontou a colega e até se ofereceu para ajudá-la a escrever um novo trabalho. No mínimo, esperava que Figgy se desculpasse. Nada disso. Ela não se desculpou. De jeito nenhum. Em vez disso, riu e disse que não era grande coisa. Maire ameaçou contar ao professor, caso Figgy enviasse o trabalho. Ela não queria ser envolvida em um escândalo de plágio, ou pior, ser expulsa.

Figgy acabou entregando outro trabalho plagiado, foi pega e reprovou na matéria. Maire achou que a colega teve sorte de não ter sido expulsa. Figgy acusou Maire de denunciá-la. Mentira. Mas, de repente, um boato desagradável de que Maire estava dormindo com um professor casado começou a circular. Mais de uma pessoa contara que Figgy tinha sido a fonte. Maire fez as malas e dormiu no sofá de Lina pelo resto do semestre.

— Foi mal — sussurrou Lina em seu ouvido. — Eu não sabia que ela viria. Damon a trouxe.

Maire deu de ombros, como se a presença de Figgy não a incomodasse nem um pouco. Mas incomodava.

Wes e Wade, gêmeos que Maire conheceu durante as aulas de retórica, também estavam ao redor da fogueira. Eles eram despreocupados e estavam sempre aprontando por aí. Maire não pôde evitar balançar a cabeça enquanto observava os dois jogarem bombinhas na fogueira, rindo, embriagados, das miniexplosões.

E havia Samuel, um estudante de ciências políticas que Maire conheceu através de Lina. Ele era inteligente, alto e bonito. Ele estava namorando Lina, então se enquadrava na categoria de caras proibidos. Maire não conseguiu evitar sentir um pouco de inveja da melhor amiga. Além de ser fofo e muito inteligente, Samuel era genuinamente legal.

— Caramba, Maire — disse Damon, usando um graveto para bater em uma pinha como se fosse um disco de hóquei. — Não teria como você parecer mais infeliz, não?

— Infeliz, não — respondeu Maire, suavemente —, apenas congelada. Tá frio pra caramba.

— Isso no seu cabelo é tinta? — perguntou Figgy, apertando os olhos para enxergar melhor.

Por reflexo, os dedos enluvados de Maire foram depressa até seu cabelo, a maior parte dos fios enfiada sob a touca. Damon riu.

Ela não permitiria que Figgy a afetasse esta noite. E por que Damon sequer estava com ela? Ele sabia como ela era. Sabia o que Figgy fizera com Maire. A menos que ele realmente tenha acreditado na mentira.

E como Figgy conseguia parecer tão perfeitamente arrumada, apesar do frio excruciante? Seu cabelo loiro estava arrumado de maneira quase artística sob o chapéu de cashmere, sua pele impecável, enquanto a de Maire já estava vermelha e queimada por causa do vento.

— Se não envolver câmeras ou aquarela, Maire não se interessa. Certo, Maire? — disse Lina, inclinando-se contra Samuel.

Maire tentou reprimir a onda de ciúme que a invadiu quando os dedos de Lina deslizaram para os bolsos traseiros do jeans de Samuel.

— Foi mal — disse Maire, tomando outro gole do frasco. — Só não curto muito lugares altos. Olhar penhasco abaixo me desestabilizou.

— Não se preocupa, a gente te salvaria — garantiu Lina, com carinho. — E, qual é, relaxa por uma noite. Esquece as aulas e sua câmara escura.

— Seja gentil. — O tom de Samuel era agradável. — A Maire saber o que quer fazer da vida é algo bom.

— Diferentemente de mim, quer dizer? — disse Lina, olhando para Samuel, um vinco de dor em sua testa. — Você sabe que não tem nada de errado em não saber o que se quer fazer da vida aos 20 anos.

— Você sabe que não foi isso que eu quis dizer — falou Samuel com um suspiro.

— Por que você a convidou se ela vai ficar ali sentada toda deprimida? —perguntou Damon, jogando a pinha em direção ao fogo, mas acertando o peito de Maire. Não doeu, mas ela estava começando a ficar irritada. O que Figgy andava lhe falando a respeito de Maire?

— Porque, se não fosse por mim — começou Lina —, a Maire nunca sairia da câmara escura. E ela é minha melhor amiga, não é?

— Aham, eu também fui por um tempo — disse Figgy. — Eu tomaria cuidado se fosse você, Lina. A Maire gosta de namorar os que já estão comprometidos. — Figgy lançou um olhar afiado para Samuel.

— Você sabe muito bem que não foi isso que aconteceu — falou Maire bruscamente.

Ela não queria lavar roupa suja com Figgy, mas estava cansada de simplesmente ficar sentada e aceitar as provocações. Ela se afastou do grupo, com a cabeça girando por causa do álcool, e sem querer pisou em um pedaço de gelo, perdendo o equilíbrio e aterrissando perigosamente perto do declive da falésia.

— Cuidado, Maire — avisou Figgy. — Odiaríamos ver você caindo lá embaixo.

Com o rosto quente, Maire se levantou bem a tempo de ver Damon e os gêmeos trocando olhares travessos; e, em instantes, os três estavam sobre ela. Os gêmeos agarraram suas pernas enquanto Damon segurou seus braços, e a carregaram até a beira da falésia.

Maire gritou em protesto, tentando se libertar. Eles seguraram com firmeza, seus dedos se cravando nos pulsos e tornozelos dela. Juntos, balançaram-na como um pêndulo para a frente e para trás. Abaixo dela, Maire podia ver a neve dura no topo da falésia fazendo a curva até o lago, uma queda acentuada de sessenta metros.

E se ela escorregasse das garras deles? O medo formou um nó em sua garganta e Maire não conseguiu mais emitir som nenhum.

— Balança, caixão — gritou Figgy, e Maire pôde ouvir a risada inconfundível de Lina ao fundo. Até Lina tinha se voltado contra ela para participar da diversão.

— Ei, parem com isso — disse Samuel, agarrando Maire pela cintura e interrompendo a brincadeira.

Damon e os gêmeos a largaram no chão duro sem cerimônia alguma e o ar fugiu de seus pulmões, atordoando-a por um momento.

— Parem de idiotice — reclamou Samuel, ajudando Maire a se levantar. — Você está bem?

Lágrimas arderam em seus olhos, mas Maire assentiu. Ela estava sendo tão desagradável assim? Não estava sendo uma tagarela, mas não era como se estivesse tentando sabotar a noite deles. Afinal ela estava ali, não estava? Não, o problema era Figgy. Se Figgy não tivesse vindo, ninguém estaria agindo desse jeito.

— Estou bem — respondeu, pegando o frasco que havia caído de seu bolso. — Vou dar uma volta.

— Maire — disse Lina, pronunciando seu nome como se estivesse falando com uma criancinha irracional. — Era só uma brincadeira. Fique aqui, está muito frio.

— Não, deixa ela ir — disse Figgy. — Será mais divertido assim.

— Estou bem — repetiu Maire. — Só vou dar uma olhada no lago. Volto já, já.

— Vê se não cai — gritou Damon atrás dela. Os gêmeos explodiram em gargalhadas.

Maire enxugou as lágrimas antes que elas congelassem em suas bochechas e, com cuidado, seguiu por um caminho congelado entre as árvores até que o crepitar da fogueira e as risadas zombeteiras não fossem mais audíveis. Por que ela sequer se dera ao trabalho de ir pra lá? Por causa de Lina. Faria qualquer coisa por Lina, e como sua suposta melhor amiga retribuiu? Rindo e zoando com os outros. O ressentimento tomou conta dela.

Ela *era* divertida, Maire garantiu a si mesma enquanto seguia pela trilha sinuosa que imaginou que a levaria até o lago. Damon e os gêmeos não iriam realmente jogá-la penhasco abaixo, e em outra ocasião ela também teria rido até que a colocassem no chão. E, sim, ela passava a maior parte do tempo trabalhando em seus projetos de arte e estudando, mas não era para isso que a faculdade servia? Ela saía com amigos de vez em quando, embora precisasse ser persuadida. E geralmente acabava se divertindo. O que estragou a noite foi ver Figgy após todos esses meses evitando-a. Figgy a odiava e Maire sinceramente não conseguia entender o motivo.

Maire já estivera no Lago Tanglefoot várias vezes, mas nunca durante uma noite de janeiro. É engraçado como as estações mudam tanto uma paisagem. Alguns meses atrás, tentara captar em uma pintura a dissonância das folhas coloridas que pendiam como um dossel. Agora, todos os bordos, carvalhos e álamos trêmulos estavam sem folhas e solitários. Ainda assim, havia paz naquele escuro, nos pinheiros imponentes com aparência macia como veludo sob a luz fraca das estrelas. Da próxima vez, viria sozinha com sua câmera.

Maire, que se preocupara em se vestir com seu casaco de inverno mais quente, botas, touca e luvas brancas, encontrou-se respirando com dificuldade e suando sob todas as camadas de roupa.

Tirou as luvas, enfiou-as nos bolsos e pegou o frasco. Tomou outro grande gole. A trilha já deveria ter se aberto para o lago.

Com a apreensão aumentando, Maire examinou a trilha com mais atenção. Será que era mesmo uma trilha ou seria um caminho feito por cervos, ou até, quem sabe, coiotes durante a caça? Um farfalhar nas sombras a fez parar de súbito. Aguçou o ouvido na direção do som e um arrepio de medo percorreu sua espinha. Ela não tinha parado para pensar em animais selvagens. Virou-se para olhar de onde o barulho viera. Deveria voltar para a fogueira? Para os outros? De alguma forma, pareciam menos convidativos do que enfrentar um lince.

— Ei — disse uma voz suave e Maire se sobressaltou.

Ela tentou enxergar através da escuridão quando uma figura se aproximou. Alta, imponente.

— Quem é? — perguntou ela, pronta para correr.

— É o Samuel. Você está bem?

— Você me assustou — respondeu, mal-humorada, sem querer que ele soubesse o quanto de fato a havia assustado. — Estou bem — acrescentou, voltando a andar, esforçando-se para não cambalear. O uísque a afetou mais do que tinha previsto.

— Para onde você está indo? — perguntou Samuel, seguindo atrás dela pela trilha estreita.

— Já disse: para o lago.

— Olha, você não vai chegar até lá por aqui. — Samuel riu.

— Uma hora eu chego — murmurou Maire.

— Eles estão agindo como uns idiotas. Você só precisa ignorá-los.

— Falar é fácil — disse Maire, de maneira melancólica. — Merda.

O muro de pinheiros tinha terminado e eles chegaram a uma estrada.

— Pois é — respondeu Samuel. — Aquilo não é o lago.

Eles encararam o asfalto, uma faixa gelada sob a luz das estrelas.

— Não mesmo. — Maire deixou escapar um suspiro. — Olha, eu sei como me divertir. As pessoas dizem que sou muito divertida.

— Não duvido — disse Samuel, tentando não sorrir. — Mas, sendo justo, não tem muito o que fazer para se divertir em Iowa no meio do inverno.

— É aí que você se engana. Sabemos nos divertir durante todo o ano. Você só precisa saber onde procurar.

— Bem, não é lá atrás — disse Samuel, apontando com o polegar na direção da falésia.

— Não, não é — disse Maire. — Como você veio parar aqui? De onde você é mesmo?

— Um pouquinho de todos os lugares. Minha família se mudava muito. Meu pai era do exército. Ganhei uma bolsa de estudos para jogar lacrosse — ele deu de ombros —, e aqui estou.

— Estamos felizes em ter você aqui — disse Maire e se deu um chute mentalmente. Ela era tão tosca.

Samuel sorriu como se não a achasse tosca.

— E eu estava brincando antes. Gosto daqui. Todos são bem legais.

Maire lhe lançou um olhar cético.

— Existem algumas exceções, eu acho — acrescentou. Ambos riram. — Enfim, provavelmente deveríamos voltar — disse, relutante. — Nada de lago por aqui.

Maire não queria voltar, pelo menos ainda não. Queria continuar ali, independentemente do quão frio estivesse.

— Ou... — começou ela maliciosamente; o uísque ainda reverberava por seu corpo, deixando-a relaxada e imprudente — poderíamos nos divertir um pouco.

13

A Assistente

Fern conduziu os competidores para fora do labirinto, de volta para a casa, ainda confusa com o quase desastre causado pelos *tasers*. Cat garantira a ela que os *tasers* personalizados foram ajustados para uma voltagem bem baixa, o que claramente não era o caso. A carga que Samuel e Ned receberam foi alta — principalmente Samuel. Ambas as pontas do dispositivo o atingiram em cheio nas costas, agarrando-se à sua pele e imobilizando-o. Fern temeu a possibilidade de precisarem chamar uma ambulância, mas, felizmente, depois de alguns minutos, ele conseguiu se levantar.

— Ei — chamou uma voz irritada atrás dela. Samuel.

Fern não diminuiu o passo e fingiu não ter ouvido. Ela entendia a confusão e a frustração dele, mas não tinha respostas. Sua lista de afazeres antes do desafio do dia seguinte era grande.

— Pera aí. Espera um segundinho — disse ele, bloqueando o caminho de Fern, fazendo-a parar bruscamente. — O que raios foi aquilo? — A raiva quase transbordava de sua voz. — Você disse que a voltagem era baixa. Que era seguro. Eu sou saudável, meu corpo aguenta o choque. Mas o que teria acontecido se o alvo tivesse sido o senador? Ele tem 70 anos. O *taser* poderia ter causado uma parada cardíaca nele! — Samuel estava gritando agora.

Fern olhou em volta. Os cinegrafistas e os drones tinham desaparecido, mas ela sabia que havia câmeras escondidas por toda a propriedade. O programa precisava, sim, de drama, mas não quando a envolvia.

— Mas você está bem, certo? — perguntou Fern, controlando a voz. — O Ned também, assim como o senador. Todos estão bem. Os *tasers* eram totalmente seguros.

Samuel não se mexeu, parecia insatisfeito.

— Vamos — disse ela —, já passa das duas da manhã. Que tal voltarmos para a casa? Assim todos podem dormir um pouco.

— Isto aqui parece seguro? — perguntou Samuel, virando-se de costas para ela e levantando a camisa.

Ela estremeceu ao ver os vergões. *Nunca admita que você está errada*, era o que Cat sempre dizia.

Fern lhe ofereceu um sorriso complacente.

— Quer um pouco de gelo? Um analgésico? Aliás, está na sua vez de entrar no Cofre.

— Não vou para O Cofre — disse Samuel, bufando irritado. — Eu vou pra cama.

Ele lançou um olhar cortante para Fern e se afastou, mancando.

Sinceramente, Fern não podia culpá-lo. Será que as configurações dos *tasers* foram um descuido ou um erro de fabricação? Ou talvez tenham sido sabotadas de propósito. Isso fez Fern se perguntar quais outras surpresas *Um Ganhador de Sorte* lhes reservava.

Um silêncio brutal reinou durante a caminhada até a vila e pela escadaria principal. Fern esperou até que a porta do quarto se fechasse antes de descer correndo os degraus rumo ao coração pulsante da propriedade.

Fern atravessou a sala principal, passou pela sala branca e pelo cinema. Usando seu cartão de acesso, entrou no escritório de Cat. Durante o dia, era um lugar espaçoso, iluminado e arejado, com grandes janelas e piso de mármore branco. Agora, estava escuro, cheio de sombras e silencioso demais. Apressada, encontrou o interruptor. A mesa da chefe ficava no centro do cômodo. Era uma obra de arte por si só, com mármore branco esculpido no formato de um triângulo que desafiava a gravidade. Em cima, havia um notebook e um telefone fixo. Fern buscou pela luzinha vermelha de uma câmera pelos cantos do escritório. Não havia nenhuma.

Sabia que Cat não tinha câmeras em seu escritório, afinal muitas conversas privadas aconteciam ali. Ainda assim, Fern estava paranoica. Tinha permissão especial para entrar no cômodo, mas agora se sentia uma criminosa. Era uma criminosa.

Fern puxou a cadeira de couro italiano supermacia e se acomodou com delicadeza. Então essa era a sensação de ter o próprio escritório, e não uma mesa em um cantinho qualquer. Um dia, disse a si mesma.

Ela conseguiu se manter firme a noite toda, mas foi por pouco. A realidade do que tinha feito a atingiu como uma onda. Tomou conta de *Um Ganhador de Sorte* ao trancar sua chefe na adega. Será que Cat estava aquecida o suficiente? A climatização da adega era controlada para manter o vinho na temperatura ideal, para que não saísse dos doze graus. Era frio. Era possível ter hipotermia a doze graus? Ela não fazia ideia.

Sentiu um aperto no peito e não conseguiu respirar. Cat a mataria se conseguisse sair viva daquela adega. Fern enfiou a cabeça entre os joelhos, tentando não hiperventilar. Seria demitida e depois levada para a cadeia. A não ser, pensou, que *Um Ganhador de Sorte* fosse um grande sucesso.

Ela se recompôs e pegou o celular. Seu estômago se agitou de animação. Quase um milhão de pessoas tinham assistido ao primeiro episódio no YouTube. Ela abriu o X, depois o Instagram, então o TikTok; #umganhadordesorte era a hashtag mais popular nas três plataformas.

Era incrível, já que o programa só começara na madrugada. Ela pediu aos céus para que os números continuassem subindo.

Independentemente do sucesso que o reality fizesse, Fern tinha certeza de que sua vida havia acabado. Deu uma risada pesarosa. Nos últimos dez anos, tinha sido prisioneira de Cat — não no sentido literal, mas ainda uma prisioneira. Quantos dias ficara sem comer ou beber porque Cat *precisava* de alguma coisa naquele instante? Quantas noites ficou sem dormir para ir atrás das mais recentes obsessões de Cat, como os macarons que comeu na última visita a Paris, mas *não conseguia se lembrar do nome da confeitaria,* ou das maquiagens exclusivas de outono da Trinket que eram praticamente impossíveis de conseguir?

Uma das paredes do escritório consistia em janelas de vidro com vista para o lago, agora preto como piche no breu da madrugada. Em outra parede, fileiras com dezenas de monitores. Cada um mostrando um local da propriedade. A biblioteca, os corredores, a cozinha, o pátio, o corredor principal, a piscina, o átrio e a adega. Fern poderia se acomodar ali e ficar de olho em todos os aspectos do jogo.

Tinha esse mesmo acesso às câmeras através do celular, bem como a capacidade de desligá-las, caso fosse necessário. Fern tinha em mente que os desafios eram transmitidos ao vivo e que tudo poderia acontecer, mas Cat havia deixado claro que ela deveria desligar as câmeras se fosse completamente inevitável — o que Fern interpretou como nunca.

Ela ligou o monitor que exibia o interior da adega. Cat andava de um lado para o outro, com as mãos cerradas e uma careta de raiva.

Fern ativou o intercomunicador e começou, hesitante:

— Cat. — A chefe parou de se mexer, de costas para a câmera. — O programa é um sucesso. Já temos um milhão de visualizações. Sem falar em quantos comerciais já vendemos enquanto o reality estava sendo exibido. As coisas estão indo muito bem.

Cat se virou devagar, seu olhar fixo na câmera. Embora Fern soubesse que a chefe não conseguia de fato vê-la, era como se estivesse olhando diretamente em seus olhos. O sangue gelou em suas veias. Cat arrastou um velho caixote de madeira para perto da câmera, subiu nele e encarou as lentes.

— Fern — começou Cat, com calma. — Me tira daqui, porra.

Fern quase vacilou, quase foi correndo até a adega. Mas, não, ela precisava tomar uma decisão e se manter firme. Cat conseguiria aguentar um ou dois dias presa, tempo suficiente para Fern convencê-la de que *Um Ganhador de Sorte* era a sensação do momento, e tudo graças à assistente. Mostraria a Cat todas as celebridades que tuitaram sobre o programa e talvez, quem sabe, a chefe a perdoasse — o que era bem improvável.

— Em breve — disse Fern pelo intercomunicador. — Logo, logo. Prometo.

Então, desligou a câmera, sabendo que Cat ficaria furiosa com a resposta. Ninguém nunca batia de frente com a chefe. Certamente, não Fern. Ela lutou contra a vontade de abrir o notebook de Cat. Seria tão fácil. Cat não fazia ideia, mas Fern sabia todas as suas senhas. Poderia acessar cada e-mail, cada arquivo, cada mensagem de voz. A vida inteira de Cat estava neste computador. Talvez Fern pudesse usar isso a seu favor. *Foco*, disse Fern a si mesma. *Continue sendo profissional. Faça o seu trabalho e tudo dará certo.* Ela voltou a atenção para os outros monitores, mas tudo parecia quieto. O corredor que passava em frente ao quarto dos competidores estava deserto. Precisava descobrir o que fazer a respeito de Ned Bennett. Ele não poderia continuar ali, não poderia ganhar dez milhões de dólares. Ela tinha que encontrar um jeito de tirá-lo do programa sem revelar nada sobre o passado.

Fern pensou nas horas que passou escrevendo as Super Pistas e colocando-as dentro das urnas, e no tempo que gastou escondendo os Modificadores de Jogo pela propriedade. Teve uma ideia. Não demoraria muito para que os outros competidores descobrissem que Ned era implacável, que era ele quem precisavam eliminar do jogo. Ela apenas daria uma mãozinha.

No fim das contas, ligou o notebook de Cat. Porém, em vez de bisbilhotar os arquivos, digitou e imprimiu um bilhete curto e direto ao ponto. Ela foi até a mesa de Cat e pegou um frasquinho laranja, girou a tampa e despejou um pequeno comprimido branco na palma da mão. Fern ficou sentada por um tempão tentando decidir o que fazer. O que ela estava fazendo era ilegal, antiético e potencialmente perigoso. Mas ela precisava que Ned Bennett sumisse da sua frente.

Fern colocou o papel e o comprimido em um envelope. Pegou um bastão de cera vermelho e o derreteu um pouco, pingando a cera no envelope, depois pressionou um sinete com o selo de *Um Ganhador de Sorte* na poça.

Ela se levantou e caminhou até o closet. Dentro, estavam todos os itens necessários para os desafios ao longo do programa, incluindo pilhas de camisetas, moletons e roupas térmicas personalizados com a logo do reality. Escolheu um conjunto para cada participante e colocou cuidadosamente o envelope entre as dobras de uma das camisetas.

Segurando a pilha de roupas, Fern saiu do closet, fechou a porta atrás de si e examinou o escritório de Cat. Tudo estava no devido lugar. Ela precisava dormir um pouco e se preparar para o dia seguinte, que seria longo.

14

A Melhor Amiga

Maire acordou com uma claridade suave entrando pela janela, espreguiçando-se sob os lençóis de algodão egípcio enquanto sentia cada músculo doer. Percebeu vagamente alguém entrando no quarto e colocando alguma coisa ao lado de sua cama. Sonolenta, olhou ao redor. Três das camas estavam vazias, e na quarta havia um montinho arredondado debaixo das cobertas. Samuel.

À luz do dia, o quarto era bonito, com piso de terracota e paredes num tom de dourado que lembrava favo de mel. Uma lareira enorme, com a chaminé grande o suficiente para se conseguir escalar, ajudava a sustentar o cômodo. Mas o cheiro desagradável dos corpos dos outros impregnava o lugar.

Maire saiu da cama silenciosamente, tentando não acordar Samuel, e atravessou o quarto para admirar algumas fotografias em preto e branco emolduradas que cobriam uma das paredes. Havia imagens de túneis sombrios e elementos arquitetônicos extraordinários. O contraste entre claro e escuro era excepcional. Ela sentia falta de fotografar e pintar. Quem sabe um dia tentasse de novo. Fez uma pausa, aproximando-se para ver melhor. Demorou um pouco para perceber para o que estava olhando. Não eram apenas colunas e paredes de pedra, eram crânios. Fileiras e mais fileiras de crânios. Eram fotos de catacumbas. Maire se afastou da parede com o estômago embrulhado.

Encontrou uma pilha de roupas rosa-choque em cima de sua mesa de cabeceira. Duas camisetas, calça térmica e jaqueta combinando, shorts esportivos e um moletom, todos com aquela logo estranha das mulheres com cabelos de serpentes e a estampa de *Um Ganhador de Sorte*. Ela pegou as roupas e, na ponta dos pés, foi até o banheiro, fechando e trancando a porta atrás de si.

Maire colocou as roupas sobre a pia de mármore e começou a se despir devagar, os músculos doendo a cada movimento. Passou a camiseta cor-de-rosa de manga curta pela cabeça, vestiu a calça por cima dos hematomas roxos, e enfiou os braços na jaqueta térmica rosa-choque com o emblema do programa.

Encarou o próprio reflexo no espelho dourado acima da pia. Seus cachos estavam parecendo um ninho de passarinho, mas não havia muito o que pudesse fazer além de tentar prendê-los em um rabo de cavalo. Ela tirou um elástico do pulso, que escapou e caiu no chão. Com um gemido, Maire se inclinou e ouviu um barulho de papel. Curiosa, levantou e enfiou a mão no bolso, encontrando um pequeno envelope.

Maire descolou o selo feito com cera vermelho-sangue que fechava o envelope e tirou um cartão elegante e um comprimido hexagonal branco.

A noite de ontem foi apenas uma amostra do que está por vir. Você já deve ter percebido que encontrará muitos obstáculos em seu caminho aqui. Como vencedora do Desafio do Labirinto, você ganhou um Modificador de Jogo muito especial. Este pequeno comprimido pode ajudá-la na sua batalha até os dez milhões de dólares. Quando usá-lo? Você escolhe a hora, o local e o destinatário. Até onde será capaz de ir por esse dinheiro? Isso é algo que só você pode responder.

Maire encarou o comprimido. O que havia nele? Sua mente listou as possibilidades: um diurético, um laxante, um remédio para dormir. E ela deveria mesmo colocá-lo na comida ou na bebida de alguém? Isso era crime. O programa não estava de fato encorajando-a a drogar seus oponentes, né?

Maire chacoalhou a cabeça suavemente. Não poderia fazer isso. Não faria. Aprendera a lição anos atrás: brincar com o destino poderia ter resultados desastrosos. Fez menção de jogar o comprimido no vaso sanitário, para se livrar da tentação, mas parou.

Talvez ficasse com ele. Só por enquanto. Por garantia.

Maire saiu do banheiro e encontrou Samuel sentado na cama. Ele estava sem camisa e, pelo estado do seu torso, parecia que tinha entrado em uma briga com um guaxinim raivoso. Ferimentos vermelhos marcavam seu peito musculoso, resultado da escalada na cerca viva. Arranhões feios serpenteavam pelos braços e pernas. Ele se levantou, deu as costas para ela e vestiu uma camiseta verde, mas não antes de Maire ver as duas queimaduras onde as pontas do *taser* o atingiram.

— Deve estar doendo — disse ela, apesar da promessa de não se envolver com ele.

— Pra caralho — respondeu, virando-se para Maire. — Graças a você. — Ele a olhou de cima a baixo. — Rosa, hein? Achei que você odiasse rosa porque conflitava com a cor do seu cabelo.

— E odeio — disse Maire, corando. — Mas eu meio que não tenho escolha, né? Eram as roupas que estavam ao lado da minha cama.

— Como você tá? — Quis saber Samuel.

Marie sabia que ele não estava perguntando sobre os arranhões e hematomas que cobriam seu corpo. Ela olhou ao redor, procurando pelas câmeras.

— Não se preocupe — disse ele. — Já procurei. O quarto está limpo.

Maire olhou para o abajur ao lado de sua cama, então passou o dedo na moldura dourada de uma pintura de uma paisagem rural italiana. Voltou para a cama, tentando pensar em um lugar para esconder o envelope e o comprimido.

— É sério, eu já procurei em todos os lugares. Não tem câmeras aqui — assegurou ele.

Maire cruzou os braços em frente ao corpo, duas décadas de medo e vergonha crescendo dentro dela.

— Como acha que estou? — perguntou ela, finalmente respondendo à pergunta. Quando Samuel não respondeu, Maire continuou: — Você, por outro lado, parece que está muito bem. Tem um diploma, é um promotor importante. Aposto que tem uma bela casa e um bom salário. Estou certa?

Samuel bisbilhotou por cima do ombro, a fim de verificar se a porta do quarto estava fechada.

— Não estou bem — respondeu em voz baixa. — Não ando bem, acho que nunca estarei. Graças a você.

Maire se sentou na beira da cama, colocando um travesseiro no colo.

— Acha que estou bem? Penso naquela noite todos os dias. Abandonei a faculdade, voltei pra minha cidade e me casei com um idiota. As únicas coisas boas que essa escolha me rendeu foram minhas duas filhas.

— Bem, pelo menos é algo — disse Samuel, esticando os braços timidamente acima da cabeça. — Eu nunca me casei nem tive filhos.

— E você me culpa por isso também? — zombou Maire.

Samuel parecia querer responder que sim, mas, em vez disso, virou-se e caminhou até a janela. Maire aproveitou a oportunidade para enfiar o envelope e o comprimido na fronha do travesseiro. Decidiria o que fazer com eles mais tarde.

— Precisamos conversar sobre isso — disse Samuel, olhando para a propriedade lá fora.

De repente, Maire se sentiu tonta, desequilibrada. Engraçado como duas pessoas poderiam compartilhar uma noite excepcionalmente horrível e transformadora e depois nunca mais falar sobre aquilo, voltando para suas respectivas vidas como se nada tivesse acontecido.

— Precisamos mesmo — concordou Maire. — Mas já são quase nove horas. Os outros vão estranhar nosso sumiço.

— Será rapidinho — rebateu Samuel. — Temos que decidir o que fazer, o que dizer.

— Não consigo lidar com isso agora — disse Maire, levantando-se e rumando para a porta.

Ela segurou a maçaneta, mas Samuel bloqueou a saída. Ele estava parado perto demais dela. Muitas lembranças e sentimentos antigos a atingiram de uma vez.

Maire precisava se concentrar no desafio do dia. Se perdesse, poderia ter que voltar para casa, e não poderia deixar isso acontecer.

— Encontraremos outro lugar depois. Se continuarmos aqui por muito mais tempo, os outros vão desconfiar que nos conhecemos — disse ela.

— Talvez achem que vamos nos unir para desvendar as pistas.

— Pior ainda — disse Maire, seu tom de voz se elevando. — Precisamos conversar, eu sei, mas não aqui. O público pode acabar sacando a conexão entre nós. Seremos reconhecidos. Isso levantará perguntas, as pessoas começarão a pesquisar.

— Então, qual é a sua solução? — perguntou Samuel, exasperado.

— Não sei — disse ela, impotente. — Mas eu preciso muito dessa grana.

Samuel parecia querer perguntar a ela o motivo do desespero. Em vez disso, falou:

— Acho que temos três opções. Um, nós simplesmente confessamos: *uau, que coincidência bizarra. Estudamos na mesma faculdade anos atrás.*

Maire já estava negando com a cabeça. Samuel continuou:

— Dois, fingimos que não nos reconhecemos. Faz vinte anos e não nos conhecíamos tão bem assim, era uma coisa mais social. Você está com outro sobrenome, eu engordei alguns quilos e agora tenho cavanhaque. Não é impossível achar que não percebemos pelo menos não de imediato.

— E a terceira opção? — perguntou Maire, ansiosa para descer e ir se encontrar com os demais.

— Desistir — respondeu Samuel simplesmente. — A gente inventa uma desculpa, uma lesão, qualquer coisa. E desistimos.

Maire mordeu o lábio, pensando sobre o assunto. Ela não desistiria. Isso estava fora de cogitação. Ela checou o relógio. Eram quase nove horas. Precisavam ir ou desconfiariam.

— Ok — disse ela, por fim. — Acho que por enquanto podemos fingir que não nos conhecemos e, caso isso seja mencionado, fingimos surpresa. Mal nos conhecíamos mesmo. — Era como se ela estivesse tentando se convencer. — Agora vai.

Samuel hesitou mais uma vez e, por um momento, os anos desapareceram e uma jovialidade tomou conta de seu rosto. Ele sempre foi muito gentil. Exceto naquela noite. Ambos se tornaram pessoas irreconhecíveis.

— Mas, sério, como você tá? — insistiu ele.

Além de desejar que ele nunca tivesse ido procurá-la naquela noite?, ela queria perguntar. Em vez disso, sussurrou:

— Por favor, me deixa ir. Por favor.

Samuel balançou a cabeça como se estivesse desapontado, então deu um passo para o lado.

Aliviada, Maire abriu a porta do quarto e ficou grata ao se deparar com o corredor vazio. Saiu e caminhou apressada em direção à escada.

— Bom dia! — Ouviu uma voz estrondosa atrás dela. — Seu nome é Maire, certo?

Ela se virou. Era o senador, vestindo shorts e uma camiseta vermelha de *Um Ganhador de Sorte*.

— Isso — respondeu, tentando manter o tom tranquilo e amigável. — Bom dia para você também. Dormiu bem?

— Sim, sim. — Dispensou a pergunta com um gesto. — Parabéns novamente pela vitória na noite passada. Alguma chance de estar disposta a compartilhar sua Super Pista?

— Obrigada, mas acho que não — murmurou Maire, ciente de que tudo o que diziam estava sendo gravado. Caminhando ao longo do corredor, ela viu as luzes de duas câmeras.

— E os Modificadores de Jogo? Encontrou algum? — perguntou o senador ao chegarem à escadaria principal.

Maire pensou no comprimido branco escondido em sua fronha, mas com certeza não contaria nada ao senador. Em vez disso, lançou um sorriso enigmático para ele.

— Entendi — disse o senador, com um tom penitente. — Sem pressão. Então, no espírito de compartilhar informações: ainda não encontrei nenhum, mas aquele cara da TV, sim. Não consegui descobrir o que era, mas acho que em breve saberemos. Quem sabe você não consegue arrancar isso dele? Vamos precisar dar um gás no jogo hoje. Não sou muito bom nos desafios físicos, mas sou inteligente. — Ele deu batidinhas na própria têmpora. — Posso ser um trunfo quando se trata de resolver quebra-cabeças e coisas do tipo, não se esqueça disso.

Maire se esforçou para não voltar correndo para o quarto e bater a porta. Em vez disso, forçou um sorriso.

— Certo. Obrigada.

No fim da escadaria, os outros competidores estavam em volta de uma mesa cheia de guloseimas, tigelas com frutas e café. Camille vestia amarelo e tomava *latte*, e Ned, as roupas de um laranja fluorescente, descascava uma banana. Um cinegrafista estava a uma distância respeitosa, mas ainda assim impossível de não se notar. Maire se virou e deu de cara com a lente de outra câmera apontada diretamente para ela. Cumprimentou os outros e se ocupou em se servir de uma xícara de café.

Pouco depois, Samuel desceu as escadas, cumprimentou todos, mas não fez contato visual com Maire.

— Então, parabéns pela sua grande vitória ontem, Maire — disse Ned. Seu tom indicava tudo, menos felicitações. — Você e o senador realmente nos mostraram que vieram para jogar pra valer. Não pensaram duas vezes antes de nos acertar com cinco mil volts e conseguirem uma vantagem.

Maire não conseguiu evitar a risada.

— É parte do jogo — disse ela suavemente. — Você faria o mesmo. Meio que fez quando me derrubou para alcançar o Modificador antes de mim.

— Então, quem sabe você não esteja disposta a uma troca de informações? — Ned ergueu as sobrancelhas. — Uma permuta? — perguntou, seu sorriso se tornando cruel.

Maire balançou a cabeça com desgosto e se virou quando uma jovem entrou na cozinha com uma prancheta na mão.

— Bom dia, pessoal — falou a mulher. — Me chamo Caitlyn, sou estagiária do Alfonso. Vejo que encontraram o kit oficial de *Um Ganhador de Sorte*. Vocês estão demais. Vamos colocar seus microfones. Fern e Alfonso estão esperando lá fora.

A estagiária os conduziu pelo pátio, as câmeras seguindo os movimentos deles. O céu nebuloso estava com um tom perolado. Ao lado de Maire, Camille estremeceu, mesmo que a manhã estivesse agradável. À luz do dia, a magnificência e o tamanho da propriedade ficavam nítidos. À frente deles, estendia-se o longo caminho ladeado por sobreiros com galhos tortos que levava aos portões de ferro por onde entraram na noite anterior. A propriedade ficava em uma colina e, no vale abaixo, via-se hectares e mais hectares de vinhedos verdejantes que desapareciam na névoa matinal que ainda não havia se dissipado por completo. À direita, o trajeto até o labirinto de cercas vivas.

— Por aqui — instruiu a estagiária.

O grupo a seguiu, descendo os degraus da frente rumo a um calçamento de paralelepípedos que contornava a propriedade em direção ao sul. O trajeto era ladeado por camélias brancas que floresciam, e depois por plátanos imponentes.

— Qual vocês acham que será o próximo desafio? — perguntou Camille, finalmente quebrando o silêncio.

— Espero que seja algo sem *tasers* ou labirinto — brincou Ned, e os outros riram.

Maire não queria se envolver com eles. Não queria conhecê-los, não queria pensar neles como pessoas. Ela manteve a cabeça baixa, os olhos fixos no caminho à frente. O paralelepípedo continuou a fazer curvas e a serpentear infinitamente.

Maire começou a se perguntar se eles tinham errado o caminho. Estava ficando ansiosa. O que aconteceria se chegassem atrasados ao desafio? Ainda poderiam participar? Seriam penalizados? Desclassificados?

— Olhem — disse Ned. — Acho que estamos chegando.

— É aqui que nos separamos — disse a estagiária com um sorriso. — Fern está esperando bem ali. Boa sorte hoje.

Então ela se afastou.

Maire ouviu o gorgolejar de uma fonte e, mais adiante, o caminho se abriu para um espaço amplo de terra, que em outro momento pode até ter sido cheio de videiras, mas que fora transformado em algo completamente diferente.

Ned assobiou baixo e disse:

— Bem-vindos ao inferno, senhoras e senhores. Prontos para ver o que a demônia preparou para nós hoje?

— Meu Deus. — Maire inspirou, absorvendo tudo. Se ela tinha achado o desafio do labirinto complicado, o que os aguardava parecia absolutamente mortal.

— Seus dias aqui estão contados, ruivinha — sussurrou Ned no ouvido de Maire, enviando uma onda de arrepios repulsivos por sua espinha.

Ned Bennett não significava nada pra ela. Nenhuma dessas pessoas significava, nem mesmo Samuel. Especialmente Samuel. Maire não iria a lugar nenhum tão cedo. Ela tinha duas meninas que dependiam dela e não sairia dali de mãos vazias.

Obviamente, Ned Bennett não a conhecia. Ele não conhecia a determinação ou o desespero dela. Ela se aprumou e se afastou dele sem dizer uma palavra. Maire faria de tudo para vencer. Mentir, trapacear, roubar. Afinal, já tinha feito coisas piores antes.

15

A Confidente

Passado

A Dra. Camille Tamerlane checou o relógio. Eram 16h10 e sua última paciente do dia, Chelsea Weatherly, estava atrasada. Camille temia que isso acontecesse. A luz vermelha de seu telefone piscou e ela esperou Geraldine, sua recepcionista, atender em sua mesa na recepção.

Camille foi até a janela e espiou pela cortina. Do outro lado da rua, viu Doug, o ex-marido de Chelsea. Era por isso que a paciente não tinha aparecido para sua sessão. Ele vestia um terno italiano caro e pressionava o celular contra a orelha. Camille voltou a olhar para o telefone piscando. Era provável que fosse ele ligando, com mais provocações e exigências para que ela parasse de interferir em seu casamento. Pobrezinha da Chelsea, estava tentando criar coragem para deixar Doug há mais de um ano. Com um suspiro, Camille atendeu.

— Consultório da Dra. Tamerlane — disse ela, preparando-se para ouvir outro dos discursos dele.

— Alô? — falou uma voz suave e hesitante.

Camille fechou os olhos. A pessoa do outro lado da linha era tão problemática quanto Doug.

— Wingo — disse Camille, tentando manter a voz controlada e profissional —, já te disse para não entrar em contato comigo, você não é meu cliente. Não sei como deixar isso mais claro.

— Sinto muito — pediu Wingo, infeliz. — Eu esperava que você pudesse me ver mais uma vez, apenas por uns minutinhos. Eu tenho o dinheiro agora. Posso pagar.

— Wingo. — A paciência de Camille estava se esgotando. — Não se trata de dinheiro. É sobre seu comportamento inadequado. As flores e os presentes.

Houve uma batida à porta do escritório e Camille ergueu os olhos. Era sua recepcionista.

— Por favor — insistiu ele. — Eu prometo...

— Não, Wingo. Preciso ir — disse Camille, e desligou.

— Tudo bem? — perguntou Geraldine, preocupada.

Era tão a cara de Geraldine sempre querer cuidar de Camille. Com seus cabelos grisalhos bem penteados e terninhos coloridos, ela era inteligente, eficiente e tinha a aparência de uma avó. Uma combinação perfeita para uma recepcionista.

— Sim, tudo certo — respondeu Camille, afastando a preocupação dela com um gesto. — Exceto que Doug Weatherly está lá fora de novo. Precisamos descobrir como agendar as consultas de Chelsea sem que ele descubra. Estou preocupada com ela.

— Ele deve ter invadido o celular ou o e-mail dela, algo assim — disse Geraldine, balançando a cabeça. — Vou ver o que posso fazer.

— Obrigada — disse Camille. — E, como Chelsea faltou, acho que vou para o estúdio de gravação um pouco mais cedo pra que Parker e eu possamos nos preparar para o podcast.

— Antes de você ir, tem uma mulher na sala de espera. Ela parece desesperada — informou Geraldine em tom de desculpa.

Camille quase pediu a Geraldine para mandar a mulher embora, informar que ela não tinha espaço para novos clientes. O que era verdade. Ela estava cansada, sua agenda estava lotada, o podcast crescera e agora tomava um tempão.

— Ela falou que pagaria em dinheiro — acrescentou Geraldine.

Isso fez Camille hesitar.

Dinheiro vivo era bom. Era algo raro, mas não inédito. Alguns de seus clientes queriam garantir sua privacidade a qualquer custo. Isso significava nenhuma documentação oficial, nada enviado para o convênio médico. E nada de impostos, o que significava mais dinheiro para as coisas que ela queria. Por Camille, tudo bem.

— Certo. — Cedeu Camille, por fim. — Mande-a entrar.

Não demorou para a mulher adentrar o consultório com relutância e olhar em volta, hesitante. Ela era pequena, com cabelo preto grosso sob uma touca escura. Usava legging preta, tênis All-Star, camiseta branca, jaqueta jeans e uma grande bolsa amarela pendurada no ombro.

O rosto da mulher estava escondido atrás de óculos escuros. Isso também não era raro. Os pacientes geralmente usavam o acessório para ocultar os olhos vermelhos e cheios de lágrimas. Camille tolerava essa barreira durante algumas sessões. Após a terceira consulta, pedia ao paciente que retirasse os óculos para que pudessem começar o trabalho de verdade.

— Sou a Dra. Tamerlane. Bem-vinda — disse, estendendo a mão. A mulher respondeu com um aperto suave e hesitante. — Por favor, fique à vontade.

A mulher olhou para a porta como se quisesse sair correndo. Em vez disso, ela se sentou, empoleirando-se sem jeito na beira do assento, colocando a bolsa no chão ao seu lado e escondendo as mãos entre os joelhos.

Camille usou as rodinhas da própria cadeira pra se posicionar de frente para a mulher. Ela deixou o caderninho na mesa, pois descobrira que os novos clientes ficavam mais tranquilos ao saber que ela não estava anotando o que eles lhe contavam.

— Perdão, acho que não ouvi seu nome — disse Camille, imitando a linguagem corporal da mulher.

— É Nan — respondeu com um tom suave, ajeitando os óculos escuros. — Adams.

— Apelido de Nancy? — perguntou Camille.

— Não, é apenas Nan — respondeu, encarando o All-Star.

— É um prazer, Nan. Obrigada por ter vindo hoje — disse Camille calorosamente. — Eu sei que a primeira consulta pode ser um pouco estranha. Hoje será diferente de uma sessão normal. Farei algumas perguntas que me ajudarão a entender o que você pode estar vivenciando e sentindo. E você pode ficar à vontade para me fazer perguntas também. — Camille sorriu com gentileza para a mulher.

— Compartilharei minhas observações iniciais, e então falaremos sobre um plano para ajudá-la com os conflitos. O que acha?

Nan soltou um suspiro demorado e trêmulo.

— Parece uma boa.

— Maravilha — disse Camille, colocando os óculos no topo da cabeça. — Vamos começar falando sobre o motivo de você ter vindo até aqui hoje. Minha recepcionista me contou que você tinha muita urgência.

Nan começou a girar um anel de prata no dedo indicador, mas não disse nada. Camille permitiu que o silêncio se prolongasse, sem querer apressar a mulher. Não gostava de não poder enxergar o rosto ou os olhos dela, mas não queria afastar Nan ao pedir que tirasse os óculos escuros.

— E que tal fazermos assim... — tentou Camille. — Por que não me conta o que está pensando agora? Neste exato momento.

Nan mordeu o lábio inferior.

— Você não pode contar o que eu digo aqui, pode? É tudo confidencial?

— Isso aí, não vou comentar sobre o que você me disser aqui — explicou. — No entanto, se revelar que vai cometer ou continuar a cometer um crime que envolva, digamos, uma criança ou um idoso, sou obrigada a alertar as autoridades. Mas, se me contar sobre um crime passado, sou obrigada a manter sigilo.

Nan se remexeu na cadeira, inquieta.

— Sinto que estou fazendo algo errado, que estou sendo desleal.

— Você sente que está quebrando a confiança de alguém ao vir aqui? — perguntou Camille. Nan assentiu com relutância. Camille se inclinou para a frente e colocou os cotovelos sobre os joelhos. — Muitos dos meus pacientes se sentem assim quando me procuram pela primeira vez, mas com o tempo percebem que conversar sobre as coisas não significa que estejam sendo desleais, estão simplesmente tentando entender seus sentimentos.

Camille sabia que precisava ser cuidadosa. Se pressionasse Nan demais, ela fugiria. A mulher já estava olhando em direção à porta.

— Vejo que existe um conflito — disse Camille. — Quem sabe, se você me contar mais sobre quem teme desapontar, eu possa ajudá-la com mais facilidade.

— Minha chefe. — A voz de Nan estava chorosa. — Não consigo comer, não consigo dormir, mas se eu reclamar...

— Está com medo de perder seu emprego? — questionou Camille quando Nan não concluiu o raciocínio.

— Não só isso — respondeu, esfregando uma tatuagem de libélula na parte interna do pulso.

Camille queria perguntar o que Nan fazia da vida, mas aquele não parecia o momento certo. Em vez disso, recostou-se na cadeira, cruzou as pernas e esperou.

— Eu me esforço tanto, mas nada é suficiente. Não sei se consigo continuar assim.

— Você tentou conversar com sua chefe? — perguntou Camille, querendo saber mais.

Nan deu uma risada irritada.

— É impossível. Ela não escuta. Não se importa.

— E se demitir? É uma opção?

Nan refletiu sobre o assunto, voltando a girar o anel no dedo.

— Não sei — disse, por fim. — Já pensei nisso, mas não posso. Ainda não. De um jeito esquisito, ela precisa de mim. Eu só queria que houvesse uma maneira de fazê-la ver minha importância, o valor que agrego.

— O que seria o suficiente? — perguntou Camille. — Para consertar a situação?

Nan fungou, deslizando os dedos por baixo da armação escura dos óculos e esfregando os olhos.

— Não sei. Só não parece justo que ela continue agindo como se eu fosse uma ninguém. Deveria haver consequências.

— Consequências? — ecoou Camille. — Como assim?

De repente, Nan se levantou e foi até a janela com vista deslumbrante para a baía. Ela ficou em silêncio por um tempão. Camille permitiu. Quando a mulher se voltou para Camille, seus lábios estavam retorcidos de raiva.

— Não sei... humilhação pública ou ruína financeira parece justo.

— Você está brava — observou Camille.

— Claro que estou — disparou Nan. — A forma como ela me trata, trata as outras pessoas... Como posso simplesmente aceitar isso? Não é certo.

Quando Camille não preencheu o silêncio, Nan voltou ao seu lugar e se acomodou com um suspiro pesaroso.

— Você já leu *O Conde de Monte Cristo*? Ou *Hamlet*?

— Há algum tempo — admitiu Camille. — Mas sim, li. Ambos são sobre vingança. — acrescentou, observando com atenção a reação de Nan.

— É, mas Dantès e Hamlet levaram anos pra se vingar — disse Nan, balançando a cabeça. — Não acho que deva demorar tanto.

— Você está pensando em vingança? — perguntou, alarmes imaginários começando a soar em sua cabeça.

— Não, claro que não — disse Nan, apressada. — Não mesmo. Mas seria mentira falar que não me imagino jogando meu notebook contra a parede e indo embora.

— Que tal debatermos outras opções?

Pela próxima meia hora, Camille tentou fazer com que Nan revelasse mais sobre sua situação no trabalho, mas Nan foi vaga, esquiva e não estava disposta a oferecer exemplos concretos do que estava vivenciando. Finalmente, o temporizador do relógio de Camille soou. A sessão havia acabado.

— Acho que posso te ajudar com o que está sentindo. Ajudar a processar esses sentimentos em relação à sua chefe, pra que consiga decidir se pode e deve fazer alguma coisa. Você acha que isso é algo que gostaria de resolver? — perguntou Camille, pegando uma caixinha de lenços de uma mesa lateral próxima e estendendo-a para a mulher.

Nan tirou um lenço da caixa.

— Acho que sim — disse, assoando o nariz.

— Que bom — respondeu Camille, abrindo sua agenda no celular. — Então, este horário está reservado na próxima semana, mas, se estiver disponível, estou disposta a te atender depois do expediente, às seis, digamos?

— Pode ser — concordou Nan, o alívio óbvio em seu tom. — E... — hesitou — eu prefiro não usar meu convênio para as sessões. Aceita o pagamento em dinheiro?

— Claro, está ótimo — assegurou-lhe Camille.

Nan lhe entregou um envelope fino e Camille a conduziu escritório afora, passando pela mesa de Geraldine e saindo pela porta principal.

— Muito obrigada, Dra. Tamerlane. Isso tudo vem sendo um fardo pra mim — disse Nan, apertando a mão de Camille. Seus dedos estavam frios e suados.

— O prazer é todo meu. Até semana que vem.

Camille observou enquanto Nan ia embora pela rua tranquila.

De volta ao escritório, Camille colocou o dinheiro em cima da mesa de Geraldine.

— Você sabe o que fazer.

Geraldine ergueu os olhos do computador e assentiu.

— Ela vai precisar de outra sessão?

— Sim — respondeu Camille, sem encará-la. — Mas por fora. Tenho a impressão de que teremos várias sessões pela frente. Aquela é uma mulher cheia de raiva, mas acho que posso ajudá-la.

— Falando em raiva — disse Geraldine. — Enxotei Doug Weatherly daqui. Falei que chamaria a polícia se ele continuasse parado do lado de fora do escritório. Ele não ficou muito feliz com isso.

— Bem, isso tem acontecido muito nos últimos tempos — disse Camille, notando com irritação o buquê de sálvias vermelhas frescas em cima da mesa de Geraldine. — Sem remetente? — perguntou, sabendo que eram de Travis Wingo.

— Sem remetente — confirmou Geraldine, entregando a Camille o cartãozinho que acompanhava o buquê.

Camille voltou para o escritório e fechou a porta para pensar. Encarou o cartão e as duas palavras escritas nele. *Eternamente minha*. Ela precisava fazer algo a respeito de Wingo. As coisas estavam saindo do controle.

16

A Confidente

Camille achou que estava delirando enquanto observava a cena diante deles. Era como se o Armagedom tivesse chegado a Napa e alguém tivesse construído uma espécie de playground do inferno em um campo arrasado.

Uma brisa suave soprava, levantando pequenos redemoinhos de poeira. Camille estava muito cansada da noite passada e a dose de cafeína de seu *latte* ainda não fizera efeito. Depois de perder o desafio no labirinto, cambaleou de volta para o quarto, desabou na cama e caiu no sono mais profundo de sua vida. Se não fosse pela lanterna da mãe de Iowa, ou o que quer que estivesse segurando, ainda estaria perdida no labirinto.

— É uma corrida de obstáculos — disse Samuel. — Já participei antes, é como a Tough Mudder. São brutais.

O terreno era um mar de terra preta do tamanho de dois campos de futebol americano. Acima deles, drones cruzavam o céu. No campo havia um muro de uns doze metros de altura, poças de lama por toda parte, dezenas de pneus, longas traves de aço e, ao longe, o que pareciam ser alvos. Samuel tinha razão: participariam de uma corrida de obstáculos. Camille também avistou o que aparentava ser uma torre de vigilância. O familiar logotipo de *Um Ganhador de Sorte* estava pintado na imponente coluna cilíndrica que ficava ao lado do campo. Um ponto de vista ideal para fotos aéreas.

O olhar de Camille voltou para a parede de escalada e ela sentiu um frio na barriga. Estava em excelente forma, mas talvez não conseguisse acompanhar Samuel nos desafios físicos. Tinha pensado que depois do labirinto haveria algum tipo de quebra-cabeças ou competição em que a capacidade de correr mais que seus oponentes não fosse crucial.

Pelo menos ela havia encontrado um dos Modificadores de Jogo no café da manhã. Camille foi a primeira a chegar ao salão principal. No meio dos bagels, doces e frutas, escondido sob o primeiro guardanapo de linho, havia um envelope. Ela olhou em volta para ver se alguém a observava e, ao não ver ninguém, colocou-o no bolso. Foi até um canto tranquilo e abriu o envelope.

Parabéns! Você achou um Modificador de Jogo crucial. Memorize as quatro frases abaixo e, na frente das câmeras, transforme essas afirmações em uma conversa com os outros competidores.

Sentiu a decepção tomar conta dela. Esperava algum tipo de vantagem arrasadora para o próximo desafio, mas nenhuma das declarações fazia sentido. Ou melhor, não pareciam significar nada. Eram apenas frases simples e comuns do dia a dia.

— Bom dia, Sortudos — gritou Fern, fazendo Camille voltar para a realidade. — Juntem-se a mim, por favor.

Em fila única, com o senador à frente, o grupo seguiu pelo caminho de paralelepípedos e parou na base do campo. Fern estava em pé na plataforma elevada ladeada por colunas, usando um belo vestido branco midi de saia volumosa, adornado com detalhes em cristal e um decote profundo. Camille ficou impressionada — a jovem tinha um estilo e um orçamento impressionantes. Seus olhos pousaram nos sapatos de Fern. Tênis brancos imaculados. Certamente uma escolha ousada, pensou Camille, mas algo martelava no fundo de seu cérebro. Ela continuava com a impressão de já ter encontrado Fern em algum lugar antes, em algum lugar fora do programa.

Fern juntou as mãos na frente do corpo e sorriu.

— Bem-vindos ao segundo dia de suas jornadas para se tornarem o ganhador de sorte. Acredito que tiveram uma boa noite de sono.

Todos assentiram, inclusive Camille, embora ela sentisse como se não tivesse descansado nada.

Camille olhou em volta e viu Alfonso sentado na cadeira do diretor ao lado do campo, com as pernas cruzadas. Para um diretor, ele realmente não intervinha muito. Ela supôs que essa era a natureza dos reality-shows: ligar as câmeras e ver o que acontecia.

— Você ganhou a Super Pista ontem à noite, Maire — disse Fern. — Conta pra gente: quão importante foi ter vencido o primeiro desafio?

— Foi muito importante. Tive sorte. Acabei chegando à Pista primeiro, mas sei que precisarei dar tudo de mim para vencer os próximos desafios. E sei que consigo fazer isso.

Sem controle, uma onda de risadas escapou de Camille. Maire parecia tão inocente, mas a maneira como ela atravessou o labirinto na noite passada deixou claro que não era nenhuma menininha.

— E Camille. — Fern voltou sua atenção para Camille e a risada morreu em seus lábios. — Qual é a sua estratégia para o desafio de hoje?

— Ah, sabe como é, Fern — começou Camille. — Dez milhões de dólares estão em jogo, então só existe uma estratégia: vencer todos os desafios daqui pra frente, e é isso que pretendo fazer. — Camille ficou aliviada ao ouvir a confiança na própria voz. Quase acreditou em si mesma. — E vou garantir que encontrarei o próximo Modificador antes de todo mundo.

Fern assentiu como se estivesse satisfeita com a resposta.

— Ah, sim. Os ardilosos Modificadores de Jogo. Alguém gostaria de compartilhar o que encontrou?

Camille lançou um olhar para Ned. Todo mundo sabia que ele havia encontrado um na noite anterior. Estranhamente, Ned decidiu ficar quieto e apenas sorriu com os lábios fechados. Camille observou os outros. Será que mais alguém achara algo? Ela percebeu a linguagem corporal desconfortável de Maire, a maneira como ela ficava encarando o chão. Precisaria ficar de olho nela

— Então tá — disse Fern. — Tenho certeza de que esses Modificadores serão revelados em breve. Vamos ao que interessa. Como podem ver, o desafio de hoje é uma corrida de obstáculos. Mas não uma corrida qualquer. Existem surpresinhas espalhadas por toda parte.

— Tipo o quê? *Tasers*? Quem sabe espingardas desta vez? — sussurrou Samuel.

Camille deu uma risadinha, mas estava se perguntando a mesma coisa. Ela gostava de Samuel. Ele era um competidor, sim, mas menos cauteloso do que Maire, menos desagradável do que Ned, e menos, digamos, parecido com um senador do que o senador.

— Primeiro, passarão pelos pneus, certificando-se de que seus pés toquem cada um deles. Depois, atravessarão uma trave de equilíbrio sem cair. Se isso acontecer, devem voltar e tentar de novo. Então, rastejarão como fazem no exército por uma poça de cinzas e lama. Fiquem abaixados, porque haverá arame farpado acima de vocês, então tomem cuidado. Depois de passar pela poça, chegarão a uma caixa de areia. Nela, devem cavar até encontrar uma bolsa de lona da mesma cor da roupa de vocês.

Camille olhou para sua camiseta amarela.

Fern continuou a dar as instruções e Camille se esforçou para prestar atenção. Era apenas o segundo desafio. Como sobreviveria aos outros treze dias?

— Com as bolsas em mãos — explicou Fern —, devem abri-las e começar a montar o quebra-cabeça que encontrarão dentro dela. Feito isso, memorizem-no, pois é uma pista. Com certeza será útil mais tarde. Então, escalarão a parede rochosa de doze metros.

Camille olhou para a parede; não parecia haver cordas ou adereços de segurança em lugar nenhum. Isso significava que deveriam escalar sem equipamento de proteção? Um passo em falso e alguém poderia cair.

— Uma vez no topo, usarão uma corda para descer até o outro lado. Por fim, correrão para a estação de estande de tiro. O primeiro competidor que acertar o alvo ganha a Super Pista.

Era provável que ela não fosse a primeira a passar pela corrida de obstáculos, refletiu Camille. Ela poderia até não ganhar a Super Pista, mas, se conseguisse chegar à caixa de areia e encontrar as peças do quebra-cabeça, seria capaz de resolvê-lo. E procuraria por todos os Modificadores possíveis, na esperança de que os outros se concentrassem em acertar o alvo primeiro.

— Prontos para enfrentar o que pode ser a hora mais cansativa e perigosa de suas vidas? — perguntou Fern.

— Bem, não é como se algum de nós tivesse um filho de 8 anos — disse Camille, decidindo que aquela era a hora de usar uma das frases escritas no pedaço de papel guardado no bolso.

Observou as reações enquanto eles ouviam sua declaração aparentemente aleatória. Ned arqueou as sobrancelhas, Samuel lhe lançou um olhar de soslaio e um músculo na mandíbula do senador se contraiu, mas nada além disso. Maire encontrou o olhar dela e o devolveu com determinação, talvez pensando nas próprias filhas, mas ela tinha meninas, certo? Camille tentou se lembrar.

— Estão prontos, Sortudos? — perguntou Fern lá de cima. — Em suas marcas. — Todos correram para se posicionar atrás da marcação de giz. — Preparar, apontar.

Camille aproximou ao máximo os dedos do pé da linha, mas sem cruzá-la. Fern ergueu a pistola de largada, puxou o gatilho e Camille se lançou para a frente.

Ela quase tropeçou assim que ouviu o disparo. O solo sedimentado sob seus pés estava escorregadio e ela não conseguia ganhar tração. De alguma forma, conseguiu se firmar, mas, ao lado dela, Ned não teve tanta sorte. Ele caiu de joelhos, fazendo com que uma nuvem de poeira se levantasse ao redor deles. Camille foi a primeira a chegar aos pneus, mas Samuel, Maire e até mesmo o senador estavam logo atrás dela. Com as coxas queimando, ela pisou com cuidado em cada um dos dezoito pneus. Desejou ter se alongado um pouco naquela manhã.

Depois de passar pelos pneus, Camille mirou no próximo obstáculo: uma trave de aço, com cerca de doze metros de comprimento e dez centímetros de largura, colocada na horizontal a cerca de um metro do solo. Ela se içou e passou uma perna para cada lado da trave, a pele macia da parte interna da coxa batendo contra o metal.

Ficou parada ali, olhando para a longa trave, tentando decidir a melhor maneira de atravessá-la sem cair. Agachou-se para engatinhar e considerou a opção de completar aquele percurso assim, mas a trave era tão estreita que ela provavelmente tombaria. Não, precisaria ficar de pé. Com os tornozelos bambos, estendeu as mãos para os lados e se levantou. Na trave vizinha, Samuel a havia ultrapassado, mas ela não ousou virar a cabeça para conferir onde os outros estavam.

Um pé na frente do outro, Camille instruiu a si mesma. Tudo o que precisava era chegar ao quebra-cabeça. Daria um jeito de conseguir outro Modificador. Avançou, tentando sentir o aço sob seus sapatos. Maire a ultrapassou, seguida de Ned.

Ela estava na metade da trave quando ouviu a respiração pesada do senador ao seu lado, então um grito e um baque surdo. O senador havia caído. Camille olhou para baixo e para a frente, andando com cuidado até ficar a poucos metros do fim da travessia. Dali, ela se agachou e saltou para o chão, o impacto enviando uma onda de dor por suas pernas e levantando uma nuvem de poeira ao seu redor.

Ela parou diante do próximo obstáculo: a poça de lama com arame farpado em cima. À frente, conseguiu ver Ned, Samuel e Maire esforçando-se para atravessar. De barriga para baixo, eles já estavam cobertos de lama espessa, mal avançando. Camille concluiu que os agasalhos estavam atrapalhando. Assim que começavam a se rastejar pela poça, o tecido ficava pesado com a lama , tornando a locomoção quase impossível.

Pensando rápido, Camille abriu o zíper da jaqueta e tirou a camiseta e a calça térmica. Considerou arrancar os sapatos, mas as solas dos pés estavam feridas e doloridas por causa do labirinto, então os manteve.

Mais uma vez, ela estava apenas de regata e shorts. Não sabia se isso faria mesmo diferença, mas precisava tentar. Ela era a menor do grupo, mas era forte. Conseguiria fazer isso. Camille se jogou no chão e começou a rastejar, tentando ficar longe do arame farpado que pairava ameaçadoramente acima de sua cabeça. A lama espessa e úmida a envolveu de imediato, enchendo suas orelhas, grudando em seus cabelos e cílios, e transformando seus membros em cimento. Mas ela continuou avançando aos poucos. De alguma forma, estava se aproximando dos outros.

Camille passou rastejando por um competidor enlameado, e depois por outro. Era impossível dizer quem era quem. A sujeira preta entupiu seu nariz e invadiu sua boca, a lama espessa e arenosa estava até em sua língua. Estava lado a lado com seu último rival, que estava tão coberto de lama que Camille não fazia ideia de quem era. Ela era capaz de ganhar a corrida.

Com uma onda de adrenalina, cravou seus pés no solo e se impulsionou para a frente, a lama chapinhando ruidosamente ao redor. Agora ela estava na liderança, pertinho do fim. Talvez ela simplesmente conseguisse ser a primeira a sair da poça.

Foi então que sentiu um aperto em volta do tornozelo.

O filho da puta atrás dela estava tentando detê-la. Camille tentou se libertar, mas a mão a segurou com força, puxando-a para trás.

— Mas que inferno — murmurou Camille.

Dando um coice com o pé livre, ela avançou e recebeu como resposta um satisfatório estalar de ossos. Mal notando o arranhão do arame farpado em seu couro cabeludo, Camille atravessou os últimos metros de lama e, com um sorriso vitorioso, saiu da poça.

Ela ouviu o impacto primeiro, um golpe nauseante, antes de senti-lo. A dor explodiu em suas costelas, uma sensação cortante, tão aguda que a respiração de Camille ficou presa na garganta e ela caiu de joelhos. Ofegante, olhou para baixo. Havia algo misturado com a lama preta na blusa. Ela pressionou a mão contra as costelas, vagamente consciente do som de passos atrás dela, e gemeu de dor. Camille afastou os dedos do corpo e olhou para as mãos trêmulas, agora cobertas por uma substância vermelha pegajosa. Sangue. Foi então que entendeu. Suas mãos estavam cobertas de sangue. Ela havia levado um tiro.

17

A Confidente

Passado

Uma semana depois, a campainha da Dra. Tamerlane soou. Embora fossem 18h e Geraldine já tivesse ido embora há muito tempo, CManteramille estava em seu escritório se preparando para o próximo episódio de *Sua Melhor Fase*. Ela abriu a porta e encontrou Nan usando os mesmos óculos escuros enormes e um moletom folgado. Em vez da touca larga, ela usava um boné de caminhoneiro com *John Deere* bordado na frente e a aba puxada para baixo.

— Olá. — Camille a convidou a entrar. — Como você está desde a última vez em que nos vimos? — perguntou, depois que Nan se sentou.

— Ok. Bem — respondeu a mulher.

Mais uma vez, Nan estava empoleirada na beirada do assento, os dedos agarrando os braços da cadeira, as pontas dos tênis Converse pressionadas contra o carpete, os músculos rígidos, como se estivesse pronta para sair correndo.

— Você parece muito tensa — começou Camille.

— Tem um homem lá fora — contou Nan, roendo uma unha. — Só parado, olhando para o prédio. Ele estava lá da última vez também. Você sabe quem é?

Ela sabia exatamente quem era. Doug Weatherly tentando intimidar a esposa, intimidar Camille. Mas Chelsea não tinha sessão marcada hoje e Camille começaria a encontrá-la em outro local. Ele não desistiria.

— Ninguém com quem você precise se preocupar — tranquilizou-a Camille. — Conte-me sobre a sua semana.

— Foi horrível, terrível, como sempre — disse Nan. — Trabalho doze horas por dia e minha chefe sempre fala que sou um grande desastre. Ela é implacável e, se você a contrariar, ela te destrói.

— Ah — disse Camille, feliz pela abertura. — Parece difícil. Em que você trabalha? Acho que não chegou a comentar sobre isso.

Nan girou o anel de prata em seu indicador.

— Preciso dizer?

— Não, não precisa — respondeu Camille. — Mas qualquer informação que puder compartilhar me ajudará a entender sua ansiedade e pelo que está passando.

Nan assentiu, mas não respondeu à pergunta.

— Sinto como se alguém estivesse sentado em cima de mim durante metade do dia. — Nan pressionou a mão contra o peito. — Não consigo respirar. Literalmente sinto que vou morrer.

— Parece ser um ataque de pânico — disse Camille. — Acontece algo específico antes de esse sentimento surgir? Algo que possa pontuar?

— É por causa dela — disse Nan. — Começa pouco antes de eu sair para o trabalho. Só na semana passada cheguei atrasada duas vezes.

— Você não acha que pode confiar na sua chefe? Dizer a ela o que está acontecendo?

Nan deu uma risada áspera.

— Com certeza não — esclareceu. — Minha chefe não tem paciência para incompetência. Ela verá um ataque de pânico como um sinal de fraqueza. Não posso falar com ela sobre isso.

Camille se perguntou se a chefe de Nan, e consequentemente Nan, tinha um cargo de destaque e por isso ela insistia em usar óculos escuros, chapéus e roupas que a escondiam. Camille se inclinou para a frente na cadeira.

— Quero que saiba que ter crise de ansiedade não tem nada a ver com ser forte ou não. As crises são um jeito do seu corpo lhe dizer que alguma parte da sua vida precisa de atenção.

— E você acha que pode me ajudar com isso? — perguntou Nan, com ceticismo.

— Sim. Mas, se vou ajudar, precisarei saber mais sobre sua situação. Terei que fazer perguntas. Possivelmente aquelas que te deixarão desconfortável. Você vai precisar confiar em mim, Nan. O que você acha? Está disposta a me dar essa chance?

Nan assentiu, respirou fundo e agarrou a mão de Camille. Desta vez, seu aperto estava muito mais forte, mais seguro. Camille novamente viu a tatuagem de libélula na parte interna do pulso de Nan e se perguntou qual seria seu significado.

— Acho que consigo fazer isso — disse, com a voz embargada.

— Ótimo — disse Camille. — Eu sei que você está hesitante em falar sobre seu trabalho, mas talvez possa me contar mais sobre seus medos. Está com medo de se demitir e não conseguir outro emprego?

— Estamos no meio de um projeto importante e ela meio que me mataria se eu me demitisse — disse Nan. — Trabalho para ela há anos e, se não puder usá-la como referência, meu currículo e nada seriam a mesma coisa. — Ela esfregou os braços como se estivesse com frio. — Além disso, não sei se quero mesmo me demitir. Devo muito à minha chefe. Ela esteve ao meu lado em um momento bem difícil. Não acho que consigo fazer isso com ela agora.

Camille teve vontade de tirar os óculos escuros do rosto de Nan. Era tão difícil entender seus pacientes sem olhá-los nos olhos.

— Parece que sua chefe é alguém muito importante para você — disse Camille. — Então, o que estou entendendo é que você gostaria de algumas ferramentas para lidar com sua situação até estar pronta para tomar uma decisão sobre permanecer ou não em seu cargo atual. Pelo menos por agora.

Nan assentiu.

— Por que você não me conta um pouco mais sobre sua chefe...? — Camille levantou uma mão quando Nan começou a protestar.

— Sem detalhes. Não preciso saber tudo sobre ela e sua vida. Apenas o básico, algumas coisinhas.

Nan respirou fundo e começou a falar, a voz baixa e rouca, vacilando com a emoção.

Nan tinha razão. A chefe dela era complicada. Verbalmente e, às vezes, fisicamente abusiva.

Camille analisou o rosto de Nan. Embora não conseguisse ver os olhos da mulher, ela obviamente se sentia em um grande conflito. Ao perceber Camille a observando, Nan se levantou, constrangida, e caminhou até a pintura a óleo de Henni Alftan na parede. Há alguns anos, durante uma viagem à França, Camille conheceu as obras da artista e se apaixonou por esta — uma cadeira vermelho-arroxeada vazia no meio de uma sala cheia de sombras. Embora estivesse muito além de seu orçamento, Camille sentira que precisava tê-la.

— Certo. Sei que compartilhar essas coisas deve ter sido difícil — disse Camille suavemente. — Então vamos nos concentrar nos ataques de pânico. Existem muitas estratégias que você pode usar para ajudar a aliviar sua ansiedade: exercícios, horas suficientes de sono, meditação. Posso até prescrever um medicamento...

— Não, não — disse Nan, apressada. — Não quero remédios. Ainda não. Eu só quero saber o que fazer.

O relógio de Camille apitou, indicando o fim da sessão.

— Na semana que vem falaremos mais sobre as coisas que você consegue controlar — disse Camille, acompanhando Nan até a porta. — Avalie o que é mais saudável para você. Mas devo confessar, Nan, que acho que precisamos discutir se esse ambiente de trabalho faz bem para você.

Nan sorriu exaurida.

— Obrigada, Dra. Tamerlane — disse ela. — Eu me sinto melhor. Não tenho mais ninguém com quem conversar sobre isso e é um grande alívio poder desabafar. Mas às vezes acho que a única opção que me resta é lidar com tudo sozinha.

— É por isso que estou aqui. Para que você não precise resolver isso sozinha — disse Camille.

De repente, houve um barulho alto e o som de vidro estilhaçando. Nan gritou e cobriu a cabeça com as mãos enquanto Camille protegia o rosto. Então, apenas silêncio. Camille baixou as mãos e viu um buraco grande e irregular na janela, e um tijolo no chão cercado por cacos, a poucos metros de onde Nan estava sentada.

— Tudo bem? — perguntou Camille, levantando-se com um salto. — Você foi atingida?

— Não, não. Estou bem — disse Nan, embora estivesse tremendo. — Quem faria uma coisa dessas? Foi o homem que estava lá fora?

Camille não sabia o que responder. Tinha sido Doug Weatherly? Isso não era nada típico dele. Doug era mais do time que intimidava por meios mais sutis: seguir a esposa e ficar parado em silêncio, uma carranca no rosto. Ele também era um homem de recursos consideráveis, que apreciava as coisas boas da vida e não se rebaixaria a sujar seu terno com um tijolo velho e imundo.

— Não tenho certeza — admitiu Camille —, mas prometo que não acontecerá de novo. Vamos, vou me certificar de que você saia daqui em segurança. Gostaria que eu chamasse um Uber?

— Não, tudo certo. Estou bem, sério — garantiu Nan. — Estacionei no fim da rua.

Camille acompanhou Nan até a saída, abriu a porta e examinou a rua em busca de qualquer sinal de Doug. Não havia ninguém. Tinha começado a chover e as gotas caíam no asfalto quente em respingos fumegantes.

— Está escurecendo — disse Camille. — Não posso permitir que você vá até seu carro sozinha. Deixe-me acompanhá-la.

— Não — falou Nan bruscamente, então acrescentou com mais suavidade: — Já disse que estou bem. — Ela saiu, mas depois se virou. — Ah, quase ia me esquecendo. — Enfiou a mão no bolso e colocou um envelope nas mãos de Camille. — Mais uma vez, obrigada.

Camille ficou parada à porta e observou Nan descer a rua até desaparecer de vista. Camille deu uma olhada no envelope. Dentro havia sete notas de cem dólares novinhas em folha. Seria um milagre se Nan resolvesse voltar.

— Droga — murmurou ela.

Ela precisava que seus clientes se sentissem seguros ou seria o fim de sua carreira. Voltou para o escritório, quase tropeçando em alguma coisa no último degrau. Um buquê de flores. Sentiu uma agitação tomar conta do estômago. Travis Wingo. Camille se abaixou e pegou o embrulho de delicadas pétalas brancas com miolo preto. Ela puxou o cartão enfiado na folhagem parecida com a de uma samambaia. Nele, uma palavra: *Abandonado*.

18

A Melhor Amiga

Maire caiu para o quarto lugar na corrida de obstáculos. Como isso acontecera? Ela havia deixado a conversa que teve com Samuel distraí-la e precisava tirá-lo da cabeça para agir como se eles não passassem de nada além de competidores no programa.

Ela tinha a impressão de que agora havia mais lama em seu estômago do que em suas roupas. Enquanto rastejava pela poça, pensou em Dani, na dificuldade frequente em respirar. Isso a colocou em seu lugar, deixou-a com raiva. Nenhuma criança deveria sofrer assim. O pensamento a fez se mover mais rápido.

Ela queria outra Pista. Não encontrava sentido na árvore genealógica que ganhou no dia anterior, não importava quanto tempo passasse estudando o papel. E ela queria outro Modificador. Quanto mais desses conseguisse encontrar e quanto mais desafios vencesse logo no começo da competição, mais poder teria. Ela teria moedas de troca. No momento, tudo o que tinha era uma árvore genealógica aos pedaços, incompleta, inclusive, e uma pílula duvidosa. Pensou na estranha declaração de Camille sobre nenhum deles ter um filho de 8 anos. O que foi aquilo?

Ela estava ficando cada vez mais para trás de Camille e Samuel. *Pense nas crianças,* disse a si mesma. Elas precisavam da casa, ficar juntas. Dez milhões de dólares era uma quantia absurda. Maire continuaria trabalhando. Ou talvez não. Cuidar da saúde de Dani já era um trabalho de período integral. Ela não gastaria o dinheiro com férias ou carros luxuosos. Usaria apenas o necessário para terminar de comprar a casa delas, pagar as despesas médicas de Dani e bancar a educação das filhas. O resto não importava.

A imagem dos rostos esperançosos de suas filhas ajudou Maire a avançar.

Chegou ao fim do percurso lamacento no momento em que o competidor à sua frente se levantou cambaleante. Era Ned Bennett, ela reconheceu o agasalho laranja que aparecia através da terra escura. Ele apertava a ponte do nariz com o polegar e o indicador, e inclinou a cabeça para trás. Seu rosto estava coberto por um misto de sangue e lama pegajosa.

— Ela chutou minha cara — ofegou Ned, cuspindo sangue no chão.

Ela só podia ser a psiquiatra, Camille. Maire não parou para verificar se ele precisava de ajuda. Ela era capaz de alcançar Camille e, definitivamente, vencê-la na competição de tiro ao alvo. Afinal, Maire cresceu em uma fazenda. Mas logo adiante, de joelhos, estava a psiquiatra. Seu corpo tremia tanto que parecia vibrar.

— Acho que levei um tiro — gritou Camille quando Maire passou por ela correndo.

Demorou um segundo para que Maire registrasse as palavras dela, mas, quando isso aconteceu, parou e se virou. Não viu sangue, mas era difícil afirmar, já que Camille estava coberta de lama da cabeça aos pés. Ela deveria parar e ajudá-la ou era apenas um truque? Atrás de Camille, Ned se aproximava e o senador não estava muito distante.

Devia ser um truque. Camille estava tentando atrasá-la. Ainda assim, Maire hesitou. Ela era o tipo de pessoa que deixaria alguém com ferimentos graves para trás? Não, a verdadeira pergunta era: ela *ainda* era esse tipo de pessoa?

Não importava. Era apenas um jogo. Ninguém seria baleado. Maire balançou a cabeça, enojada consigo mesma, e estava prestes a se virar e correr até o próximo obstáculo quando um estrondo encheu o ar e o senador caiu. Maire gritou. Alguém estava atirando neles. Ela se jogou no chão e cobriu a cabeça com os braços, mas logo percebeu seu erro. Estava completamente exposta e precisava correr para se esconder.

Maire ficou de pé, cambaleando, e ousou uma olhadela para a torre de vigilância. Lá estava: um homem segurando uma espingarda apontada diretamente para ela. Não havia para onde ir, nem onde se esconder. Ela congelou, suas pernas ficando estáticas. Algo atingiu o chão à frente e sangue espesso espirrou em suas pernas.

Tinha sido baleada? Não sentia dor, ainda estava de pé. Hesitante, tocou a própria canela. O líquido era espesso demais para ser sangue. Levou os dedos ao nariz. Tinta. Estavam atirando neles com bolas de tinta para assustá-los e retardá-los. Alívio e irritação a inundaram quando Camille passou por ela correndo. A mulher fizera a mesma descoberta.

Maire correu para o próximo obstáculo, ainda esperando levar uma bala de tinta nas costas. Adiante havia uma caixa de areia enorme, do tamanho de uma quadra de tênis. Ela precisava encontrar a bolsa cor-de-rosa com as peças do quebra-cabeça. O segredo era desenterrar sua própria bolsa sem revelar a localização das demais. Camille, por outro lado, não parecia preocupada com isso. Cavava descontroladamente, jogando areia por cima do ombro em busca de sua bolsa amarela. Samuel estava de joelhos, olhando ao redor da areia, arfando e tentando decidir onde cavar em seguida.

Maire escolheu o lado oposto da caixa para iniciar sua caçada. Abaixou-se, afundou as mãos na areia fofa e avançou, empurrando como se fosse um carrinho de mão humano, tentando cobrir o máximo de espaço no menor tempo possível. Quase imediatamente, seus dedos atingiram algo. Ela ficou de joelhos e puxou o objeto. Uma mochila verde, a de Samuel. Ela a cobriu com areia da melhor forma que conseguiu, mas não queria perder tempo. Continuou procurando pela rosa.

Um grito agudo veio do outro lado da caixa de areia. Maire disse a si mesma para não olhar. Estava trabalhando depressa e não queria parar. Outro grito, então um soluço. *Continue. Não olhe.* O lamaçal em suas roupas e seu corpo estava sendo removido pela areia. Outra vez, suas mãos atingiram algo. Outra bolsa. Ela enfiou os dedos ainda mais fundo na areia e viu algo rosa-choque. Sua bolsa. Ela só precisava tirá-la dali.

Uma figura passou correndo por Maire, levantando areia que foi parar em sua boca, seu nariz e seus olhos. Camille havia encontrado sua bolsa e estava indo para o próximo obstáculo. Ignorando a areia em seus olhos, Maire continuou cavando, puxando. Sua bolsa estava se soltando aos poucos.

Outro grito, então alguém:

— Que porra é essa?

Era Samuel.

O que estava acontecendo? Maire não tinha ouvido mais nenhum tiro. Sua bolsa estava quase se soltando. Isso era tudo que importava. De repente, sentiu uma dor incandescente na mão, tão intensa que por um instante não conseguiu respirar. Quando puxou a mão de volta, esperava ver sangue; em vez disso, a ponta do dedo anelar estava vermelha e começando a inchar. A dor era excruciante. O que era aquilo? Uma picada de aranha? De abelha?

Não importava. Com um puxão, tirou sua bolsa rosa da areia ao mesmo tempo que outra dor aguda atingiu seu tornozelo. Então, mais uma na panturrilha. Com um grito, Maire recuou, ainda agarrada à mochila. Emergindo da areia, viu uma legião de criaturas parecidas com caranguejos, com uma infinidade de pernas e pinças cortantes, todas vindo em sua direção. Não eram suas pinças que aterrorizavam Maire, eram suas caudas curvas com serrilhas afiadas. Escorpiões.

Ela sentiu algo subindo por sua perna e tentou freneticamente afastar a coisa com um tapa. Outra picada furou seu pulso. A dor a deixava desorientada. *Levante-se,* disse uma voz em seu ouvido. *Eles não vão te seguir. Levante-se e corra.*

Samuel estava parado acima dela, com a mochila verde nos ombros e a mão estendida. Maire não aceitaria ajuda de ninguém, muito menos dele. Ela ganharia o dinheiro, danem-se os escorpiões. Ela cerrou os dentes e ficou de pé, correndo para fora da caixa de areia, passando por cima da beirada de madeira.

Era como se a dor tivesse impregnado sua pele. Todas as suas terminações nervosas rugiam, mas não havia nada que pudesse fazer. Pelo que tinha contado, fora picada três vezes. Dedo, pulso e tornozelo. Ela sacudiu a pesada mochila rosa, examinando-a em busca de escorpiões antes de colocá-la nos ombros. Precisava continuar.

Com determinação, Maire ignorou Samuel, que estava ao lado dela, e focou a bandeira rosa ao lado de uma mesa, a vinte metros de distância, onde montaria seu quebra-cabeça. Ela mancou até lá, tirou a mochila dos ombros e abriu o zíper do bolso, esperando que escorpiões saíssem rastejando. A dor na mão e no tornozelo não diminuía. Na verdade, parecia se intensificar e ficar cada vez mais quente. Escorpiões eram venenosos. Mortais, até. Ela cerrou os dentes. Ainda não estava morta.

Ned, Samuel e Camille já estavam em suas mesas montando seus quebra-cabeças. Ela espalhou as próprias peças e começou a virá-las para revelar os fragmentos da imagem. As vinte e cinco peças eram grossas, feitas de madeira e cortadas em formatos irregulares. Não havia cantos, o que fez Maire pensar que seu quebra-cabeça era circular. Ela até que era boa nisso. Ela e as crianças sempre tinham um na mesa de jogos no porão e trabalhavam nele periodicamente, mas nunca com essa pressão, nem valendo tanto.

Infelizmente, o quebra-cabeça de Maire era quase monocromático: marrom com partes pretas e um pouco de branco e vermelho. Embaralhado assim, ela não tinha a menor ideia de qual poderia ser a imagem final. Ao lado dela, os outros deslizavam suas peças sobre as mesas, muito concentrados. O senador finalmente os alcançou, arfando, com a bolsa vermelha quase escapando de seus dedos.

Maire se concentrou nas bordas arredondadas e uma imagem começou a surgir. Duas orelhas, um queixo desmantelado. Era um animal. As peças brancas rapidamente se transformaram em uma boca com presas afiadas rosnando. Uma familiaridade desconfortável a preencheu enquanto encaixava duas peças vermelhas para formar uma língua em forma de coração. Ela sabia o que era aquela imagem. Só não entendia por quê. Com os dedos trêmulos, continuou até que a maioria das peças estivesse no lugar. Um urso. Mas não qualquer urso. Era o mascote de sua antiga faculdade.

O Urso de Tanglefoot — uma besta feroz, de boca aberta e olhos vermelhos. Por que Gil, o Urso, era uma das pistas deste jogo? Ela não ia a Tanglefoot há vinte anos. Nem sequer tinha se formado. Duas semanas após aquela noite fatídica, trancou o curso, voltou para Calico e jogou fora toda a parafernália da vida universitária.

Ela teria queimado tudo se uma fogueira no quintal não fosse causar burburinho.

Lançou um olhar para os outros. Camille já havia passado para a próxima etapa e seu quebra-cabeça concluído parecia a ilustração de uma cadeira roxa em uma sala vazia. Estranho.

Samuel encaixou sua última peça e imediatamente olhou ao redor, seus olhos pousando em Maire. Ele parecia tão assustado quanto ela. O que estava acontecendo? Ele hesitou por um breve instante, e então partiu rumo à parede.

Maire sabia que também precisava seguir em frente, mas queria tentar dar uma olhada nos outros quebra-cabeças antes de continuar. Qualquer pista poderia ajudá-la no jogo.

Ela parou para ver o quebra-cabeça do senador, que ainda estava incompleto, mas parecia ser a foto do rosto de uma mulher de macacão laranja. Mas foi o de Samuel que fez o ar escapar de seus pulmões.

A imagem aérea de um lago. Mas não qualquer lago. Era o Lago Tanglefoot. O que tinha acontecido ali foi manchete na época, mas tudo o que ela queria era esquecer cada segundo daquela noite terrível.

Vai, vai, vai, Maire disse a si mesma, sem saber ao certo se estava se referindo a fugir daquele lugar, daquele jogo estranho e perigoso, ou a terminar o desafio. Ela se virou e correu para a parede de pedra. Camille já estava no topo, içando-se para o outro lado, com Samuel logo atrás. Maire ainda tinha chances. Ela colocou a ponta do pé no primeiro suporte e esticou a mão para segurar o próximo. Tentou não pensar nos quebra-cabeças, nos escorpiões, na dor latejante no pulso e no tornozelo, ou na crescente distância entre ela e o chão abaixo.

Logo ela pegou o jeito. Segurar, pisar, segurar, pisar. Se não olhasse para baixo, daria tudo certo. Seus músculos gemiam com o esforço, e o suor queimava seus olhos e escorria por suas bochechas, como riachos escuros. Estava quase lá.

Atrás dela, Maire ouviu os suspiros e gemidos de alguém se aproximando. Olhou por cima do ombro e viu Ned Bennett. Uma onda de vertigem a dominou. Uma das mãos, escorregadia de suor, deslizou de um suporte, e um pé a seguiu. Metade do corpo de Maire ficou pendurado, o solo quase dez metros abaixo.

O medo fez seu coração martelar contra o peito. Caso caísse, ela se quebraria em mil pedaços. Suas filhas perderiam a mãe. Virou-se novamente para a parede e procurou freneticamente pelo suporte mais próximo. *Não pense.* Sua respiração estava ofegante e irregular, e ela esperou até que o mundo se endireitasse antes de alcançar o próximo suporte com o pé.

Só mais alguns metros. Ela e Ned Bennett chegaram ao topo ao mesmo tempo e ela gemeu alto enquanto se içava para a plataforma firme. Abaixo deles, Camille estava quase no chão de novo e Samuel já corria em direção ao estande de tiro.

Seus membros formigavam de exaustão, mas ela não podia parar para recuperar o fôlego. O próximo passo era usar uma corda grossa para descer até o outro lado. Abaixo, o solo se agigantava, duro e implacável. Ned agarrou a corda primeiro e começou a descer.

Maire tentou ignorá-lo e pegou a própria corda, parando para enrolá-la na perna esquerda, ao redor do peito e por cima do ombro, prendendo-se bem. Demoraria mais, mas pelo menos estaria segura.

E lá se foi, tomando cuidado para deixar a corda com certa folga. Logo abaixo, Ned estava com dificuldades enquanto suas mãos suadas e escorregadias deslizavam pela corda.

Ele caiu alguns metros e buscou um suporte. Depois da queda precária, ele pressionou o corpo contra a parede, os dedos dos pés apoiados em uma fenda na pedra. Se Maire conseguisse chegar às armas, tinha confiança de que seria capaz de acertar o alvo. Cresceu atirando em latas de cerveja velhas e caçando faisões com o pai e os irmãos. Ned parecia o tipo de cara que guardava uma arma no porta-luvas, mas não fazia ideia de como usá-la. Samuel ou Camille não pareciam ter porte de armas, mas vai saber. O senador, um militar, com certeza tinha muita experiência nisso, mas ainda não havia chegado ao topo da parede de escalada.

Ela descia com estabilidade, a corda raspando a parte interna de sua coxa. Seus dedos a agarraram com tanta força que ficaram dormentes. Ela passou por Ned e continuou mais um pouco. Estava na metade do caminho, a apenas seis metros do chão. O som de um disparo veio de algum lugar atrás dela. A princípio, pensou que fosse o atirador, mas então percebeu que Samuel e Camille estavam atirando no alvo. O desafio poderia acabar a qualquer momento.

Maire continuou a soltar a corda, empurrando a parede com os pés para se balançar e descer. Faltavam cinco metros. Ned estava se aproximando de novo. A ponta do sapato dele bateu contra o topo da cabeça dela, incitando-a a ir mais depressa.

O impacto foi inesperado e sua cabeça explodiu de dor. A princípio, pensou que Ned havia escorregado, atingindo-a na cabeça com o sapato sem querer, mas logo percebeu que não era o caso.

— Foi mal — pediu ele.

Maire olhou para cima e percebeu sua expressão. Fria. Calculista. Ned sabia exatamente o que estava fazendo. Mais uma vez, colidiu com Maire, fazendo-a bater contra a parede.

Desequilibrada pelo impacto, ela começou a balançar em círculos vertiginosos, a corda se enrolando com firmeza em torno de sua perna e de seu tronco. Maire ofegou, tentando recuperar o controle. Assim que parou de girar, olhou para cima e viu Ned segurando a corda com uma das mãos e enfiando a outra no bolso. De lá, tirou um objeto fino e preto que, de repente, revelou uma lâmina. Ned segurava uma faca afiada e curva. Por um momento ridículo, ela achou que ele a atacaria. Pensou que ele talvez a esfaqueasse.

— Que merda é essa? — gritou Maire enquanto observava Ned começar a cortar sua corda. — Ei! O que você está fazendo?

Ela estava presa num emaranhado sem fim, de modo que era impossível descer o último trecho antes que Ned cortasse sua corda. Ela fechou os olhos com força e esperou pela queda livre. Quando nada aconteceu, voltou a abri-los e os ergueu. Sua corda ainda estava inteira, embora por pouco. Ele não a tinha cortado completamente, mas um movimento em falso e ela arrebentaria. Ned passou por Maire, segurando firme a faca em uma das mãos. Onde ele tinha conseguido isso? E então se deu conta: a faca deveria ser um Modificador de Jogo. Ao longe, ouviram-se mais tiros seguidos de um grito de comemoração. Alguém atingiu o alvo.

Maire perdeu. Não haveria Super Pista nenhuma. A adrenalina que sentira antes se esvaiu de seu corpo e a dor voltou. Sua mão e seu tornozelo pulsavam intensamente e seus músculos estavam com cãibras.

Deveria esperar por ajuda? *Não,* Maire disse a si mesma, *vou terminar isso.* Lentamente, girou na direção oposta, desenrolando a corda, percebendo que a cada movimento a amarra se desgastava um pouco mais. Ela estava quase livre. De repente, a corda afrouxou em suas mãos e ela caiu, o solo se aproximando com uma velocidade alarmante. Quando atingiu o chão, seu ombro explodiu com uma dor excruciante e o ar fugiu de seus pulmões como um balão estourado.

Quando Maire conseguiu abrir os olhos, Samuel se agigantava sobre ela.

— Acho que você deslocou o ombro — disse com simpatia.

— O quê? Agora você também é médico? — retrucou ela.

— Médico, não, apenas um cara que já deslocou um membro uma ou duas vezes — disse Samuel, girando o próprio ombro. — Quer que eu tente colocá-lo no lugar?

Lágrimas escorriam por seu rosto e Maire as enxugou com a mão boa. Ela olhou para ele, cheia de dúvida.

— Você sabe fazer isso?

— Sei. — Samuel assentiu.

Maire queria confiar nele. Não podia pedir ajuda médica a Fern, ou seria mandada para casa. E, se não colocasse o ombro de volta no lugar, não competiria no próximo desafio de jeito nenhum.

— Deita — instruiu Samuel, e Maire olhou para ele com desconfiança. — É sério — insistiu. — Deita de costas.

Com cautela, Maire voltou a deitar no chão.

— Agora relaxa — disse ele, e ela o encarou.

Ela soltou um suspiro trêmulo enquanto Samuel cuidadosamente afastava o braço machucado do corpo dela e se movia para deixar um pé pressionado contra as costelas de Maire.

— Não se preocupe — disse ele —, só preciso de um pouco de estabilidade. Você vai se sentir bem melhor em segundos.

Ele agarrou a mão e o pulso dela e deu um puxão rápido. Houve um estalo alto. Maire soltou um urro de dor, então sentiu alívio imediato.

— E aí? — perguntou Samuel, ajoelhando-se ao lado dela.

— Melhor. — Maire inspirou. — Obrigada.

— Você viu meu quebra-cabeça? — perguntou Samuel baixinho, ajoelhando-se ao lado dela. — Era o lago.

— Espera — disse Maire, tirando o microfone preso na camiseta e o arremessando o mais longe que pôde com o braço bom. Samuel fez o mesmo. — Sim, vi.

— E eu vi o seu — contou Samuel. — Eles sabem. De alguma forma, sabem. Seu quebra-cabeça era o mascote da faculdade. O urso. E o meu era um lago.

— Shh! — sibilou ela, olhando em volta para ver se alguém prestava atenção neles. — Não. Ninguém sabe. É só uma coincidência.

— O Lago Tanglefoot e o mascote da faculdade? Só uma coincidência? — perguntou Samuel, estendendo a mão para ajudá-la a se levantar. — Acho que não.

— Eles não têm como saber de tudo — insistiu ela. — Não da história toda.

Maire ignorou a mão de Samuel e se pôs de pé sozinha.

— O que faremos? — perguntou ele, seus olhos inundados de preocupação.

Viram Fern, Alfonso, o senador e Camille reunidos em um grupinho, esperando por eles.

Maire sacudiu a cabeça.

— Nada. Aquilo não significa nada. Qualquer um poderia ter descoberto onde estudamos e que a faculdade ficava perto de um lago. Grande coisa. Continue jogando, isso é tudo que podemos fazer — disse, por fim. — Só temos que continuar jogando.

Samuel não pareceu convencido.

Fern acenou para que fossem até o grupo.

— Vocês vêm? — chamou.

Maire ergueu a mão para avisar a Fern que eles a ouviram.

— Amanhã votarão para alguém ser eliminado. E não pode ser eu. — Ela olhou para Samuel. — É só um jogo. Você está analisando isso demais. Sinto muito, mas preciso me concentrar em vencer.

Maire caminhou em direção aos outros, sua fúria endereçada a Ned Bennett.

— Seu merda — gritou. — Você poderia ter me matado!

— Encontrei um Modificador de Jogo, então tentei modificar o jogo — disse Ned. — Você teria feito o mesmo.

— Você vai ficar bem? — perguntou Fern, sua expressão era uma máscara de preocupação.

— Que porra foi essa? — Maire redirecionou sua raiva para Fern. — Uma faca? Sério? E se eu quebrasse meu pescoço? E se eu tivesse alergia às picadas do escorpião? Eu poderia ter morrido. Qualquer um de nós poderia ter morrido!

Lágrimas de dor e raiva encheram seus olhos. De que serviriam dez milhões de dólares se ela estivesse morta? Qual a utilidade dela para as filhas assim?

— Mas você precisa de cuidados médicos? — perguntou Fern, com o que parecia ser uma preocupação genuína, mas Maire não tinha certeza.

Não era mais possível ter certeza de nada. Fern era quem continuava colocando-os em perigo. A apresentadora não se importava com a segurança deles. Preocupava-se com o número de pessoas assistindo ao programa; e quanto mais sangue, mais drama, mais audiência. Maire olhou para Alfonso, o suposto diretor. Por que ele não falava nem fazia nada?

— Você concorda com isso? Não pode ser.

— Você assinou o termo de responsabilidade — respondeu Alfonso simplesmente, embora continuasse lançando olhares furtivos para Fern. — Podemos chamar a equipe médica, mas, se eles determinarem que você precisa de atendimento especializado, precisará sair do jogo. É isso o que realmente quer?

Era? Maire se perguntou. Examinou-se em busca de um ferimento grave. Cada centímetro de seu corpo doía, principalmente o ombro, mas, se fosse para o hospital, sabia que estaria fora do jogo, seria desclassificada.

— Não, estou bem — disse, por fim. — Mas isso é... — Ela parou, tentando encontrar a palavra certa. — Errado.

Ela não estava pronta para desistir. Ainda não, embora seu ombro latejasse. Pensou nos quebra-cabeças do urso e do lago. Duas coisas com as quais ela tinha uma conexão bastante pessoal. Havia algo mais acontecendo ali e Maire precisava conversar com Samuel novamente.

Maire pensou no comprimido escondido em sua fronha. Seu Modificador. Iria usá-lo na primeira chance que tivesse. Já era. Iria arruiná-lo. Se Maire assinou um termo de responsabilidade dizendo que não havia problema em alguém atirar com munição de tinta nela, nem usar uma faca para fazê-la cair de uma altura de mais de quatro metros, então um comprimidinho em uma taça de vinho não teria importância.

Ela ganharia este jogo e não se importava com quem precisaria tirar do caminho para isso.

19

DaniKryngle12 se sentou sozinha no laboratório de informática. Muitas vezes, quando sua tosse estava atacada, ela ia para lá em vez de sair para o intervalo. Não era para Dani estar ali sozinha, mas nunca causou problemas. Geralmente apenas jogava um joguinho matemático e a professora a olhava a cada poucos minutos para ver como ela estava.

Só naquela manhã, ao menos umas sete pessoas disseram a ela que tinham visto sua mãe na internet. Falaram algo sobre um reality-show chamado *Um Ganhador de Sorte* e como a mãe dela venceu o primeiro desafio. Dani não tinha acreditado. Sua mãe estava viajando a negócios. Algo relacionado às semijoias. Mas, quando o Sr. Hale, seu professor de música, comentou sobre o assunto, Dani começou a ficar em dúvida.

Então, em vez de jogar *Math Blasters* como de costume, Dani digitou *Um Ganhador de Sorte* na barra de pesquisa. Vários vídeos apareceram e, para sua surpresa, a miniatura de um deles mostrava uma foto da mãe segurando alguma coisa parecida com uma arma e apontando-a para um homem. Dani estava prestes a clicar no link quando uma notificação no site anunciou que um evento ao vivo estava prestes a começar.

Um vídeo apareceu e, pelos próximos vinte e cinco minutos, Dani ficou ali, fascinada, assistindo à sua mãe e outras quatro pessoas atravessarem uma trave de equilíbrio, rastejarem por um poço cheio de lama, levarem tiros com bolas de tinta e escalarem uma parede. Ela prendeu a respiração quando o homem (aparentemente apelidado de Executivo) usou uma faca para cortar a corda de sua mãe, e suas mãos cobriram a boca quando a mãe caiu no chão. Felizmente, ela parecia bem, mas estava irritada e dizendo palavras que deixariam Dani de castigo, se ela as dissesse. Não lembrava quando foi a última vez que viu a mãe tão brava. Exceto, talvez, quando seu pai foi embora e, mesmo assim, tinha ficado mais triste do que furiosa.

Dani observou enquanto a bela moça apelidada Confidente tirava um pedaço de papel do pote azul que acabara de ganhar. Não parecia grande coisa. A mulher também não achou, porque quando desdobrou o papel fez uma careta e disse:

— Bem, isso não faz sentido, é um atestado de óbito.

Isso causou calafrios em Dani. Ela não gostava de pensar sobre a morte.

Seus olhos se arregalaram ao ver a quantidade de pessoas assistindo ao programa. Mais de dois milhões, e não parava de aumentar. Isso não poderia ser verdade. Sua mãe havia mentido para elas. Por quê?

Sua atenção foi para a seção de comentários.

Pillowtalk_Morgan — Não acredito que a Confidente venceu! Não achei que ela fosse se levantar depois de ter levado um tiro.

EncantadorDaWeb — Não creio que o Executivo tentou matar a Melhor Amiga.

RIPVerão5 — Ele não tentou matar ela. Só estava jogando. Eu teria feito o mesmo.

Prosa_Perfeita — Amo a Melhor Amiga. Espero que ela ganhe os dez milhões.

Pillowtalk_Morgan — Por que será que a Confidente ganhou um atestado de óbito? De quem vocês acham que é?

VaiKings2024 — Em qualquer outra situação, ele seria preso por agressão. Esse jogo tá todo errado. O Executivo é um narcisista filho da puta.

Dani olhou ao redor do laboratório furtivamente. Ela não sabia o que significava *narcisista*, mas definitivamente conhecia a palavra com F. Se uma professora visse o que Dani estava fazendo, ela estaria encrencada.

Estranhamente, sua mãe era chamada de Melhor Amiga, o que não fazia muito sentido para Dani, mas, pelo que notou, muitas pessoas estavam torcendo por sua mãe. E dez milhões de dólares! Isso era muito dinheiro.

RIPVerão5 — Ela meio que mereceu o que aconteceu. Ela deu um choque no Namorado e trapaceou usando a lanterna do chaveiro.

Dani se sentiu enjoada. Essa pessoa estava dizendo que a mãe dela merecia se machucar? Isso não era certo. E a acusação de que a mãe dera um choque em alguém e trapaceara? Não. A mãe estava sempre instruindo Dani a ser gentil.

— Ei, Dani — chamou uma voz através da porta. Era a professora responsável pelo laboratório de informática, Sra. Waller. — Já passou do meio-dia, querida. Você está atrasada para a aula. É melhor ir.

Dani fechou o site depressa e se apressou para fora do laboratório, atravessando o corredor até a sala de aula. Ela sabia por que sua mãe estava fazendo isso, por que estava se arriscando tanto. Era pelo dinheiro. Elas precisavam do dinheiro porque o pai havia fugido, e ele foi embora porque Dani estava doente, e estar doente era caro. Se ela ao menos melhorasse, seu pai voltaria para casa e sua mãe não precisaria mais se preocupar. Dani se sentou na cadeira e olhou para o tampo da carteira, tentando com todas as forças não deixar as lágrimas caírem.

20

O Executivo

O Cofre

Eu me sinto mal por ter cortado a corda de Maire. Por isso parei antes de cortar tudo. Este jogo mexe mesmo com a nossa cabeça e estou feliz que ela não tenha se machucado seriamente.

"Mas é um jogo desafiador, certo? Olhe só meu nariz. Camille me chutou bem na cara. Vai levar semanas para os hematomas sumirem. E não esqueçam que também levei um choque. Todos usarão quaisquer ferramentas disponíveis para vencer.

"De qualquer forma, o jogo está apenas começando e tenho certeza de que não serei o primeiro eliminado. Será o senador ou Samuel. É difícil dizer qual deles, na verdade.

"Enfim, acho que meu maior rival é, e digo isso contra minha vontade, Maire. Ela é a mãe que veio de uma cidade pequena e que tem uma filha doente — é difícil não se deixar levar por isso. Para vencer, precisarei terminar todos os desafios primeiro, mas sou inteligente e determinado.

"Meu querido projeto, *Verdade Nua e Crua*, foi o programa número um durante dez anos e sua transmissão está sendo negociada em todo o mundo. Fico feliz em anunciar que ele está voltando.

"A estreia do *reboot* será ano que vem. Será maior, mais ousado e mais sangrento. Os crimes serão mais brutais, as investigações mais completas, a justiça cairá sobre os culpados como um martelo. E *Verdade Nua e Crua* estará presente em todos os momentos cruciais.

"Mas todas as grandes ideias têm um custo. E, para dar vida ao programa como ele merece, precisamos de apoio. O prêmio de dez milhões de dólares, assim que eu ganhar, será destinado para a criação do nosso time de investigadores e detetives particulares, assim como para recursos para operar uma linha de denúncias vinte e quatro horas, além de um fundo para as recompensas.

"As pessoas sempre se perguntam de onde vem minha paixão em conseguir justiça para as famílias. A maioria não sabe, mas meu pai foi assassinado quando eu tinha 5 anos. Passei boa parte da infância sem pai. Se não fosse pelas fotos, não me lembraria de como ele era. Ninguém nunca foi preso, e penso nisso o tempo todo. Talvez eu não consiga encontrar justiça para minha família, mas posso ajudar famílias que passam pelo mesmo que a minha."

PanquecaTrueCrime23 — Uau! Eu não fazia ideia sobre essa história do pai dele.

DragãoEspacialDarwin922 — É preciso se esforçar para vencer. Ele quer isso mais do que ninguém.

ClássicoseCafé — Trabalhei para esse idiota anos atrás e não teve uma bund4 ou bucet4 que ele não tenha passado a mão.

Lordemetemuito84 — Cadê as provas? Você parece uma funcionária insatisfeita. Talvez ele não tenha passado a mão na sua bunda e você se sentiu excluída. AFF, tem gente que simplesmente não consegue apreciar homens trabalhadores que conquistam as coisas.

Ava_Chuva — Falou o cara que se dá um título real falso e precisa anunciar a frequência (quem vê pensa) com que transa.

21

A Melhor Amiga

Passado

Samuel ergueu uma sobrancelha.

— Em qual tipo de diversão você está pensando?

Maire deu um tapinha suave no braço dele com a mão enluvada.

— Eu não quis dizer nesse sentido. — Ela riu, mas seu estômago deu uma cambalhota.

Por que ela estava pensando em Samuel daquela forma? Ele era o namorado de Lina. Precisava encontrar um cara que não tivesse dona. Ainda assim, por que ele teria vindo atrás dela, para ver se estava bem, se não estivesse nem um pouquinho interessado?

— Aham — disse Samuel maliciosamente, e ela sentiu seu rosto esquentar apesar do vento gelado.

— Vem — disse Maire, indo até a estrada congelada.

— Cuidado — avisou ele, agarrando-a pelo cotovelo.

Maire foi até o meio do asfalto, onde a marcação pontilhada amarela dividia a estrada.

— O que você está fazendo? — perguntou ele. — Você pode ser atropelada.

— Estou te mostrando como nos divertimos em Calico — disse Maire, abaixando-se no asfalto, o frio penetrando em seus jeans. — Além disso, está tudo parado. Como você mesmo disse: estamos no meio do nada.

— Calico? — quis saber Samuel, de pé perto dela, olhando de um lado para o outro da estrada.

— Onde eu cresci — informou, puxando a barra da calça dele. — Agora deita ou sai da frente, quero olhar para as estrelas.

— Que besteira — disse Samuel, mas ainda assim se estirou no chão para que suas cabeças ficassem lado a lado, seus corpos em direções opostas. — Quando a diversão começa?

— Olha para o céu — disse Maire, com um tom sonhador. — Não tem fim.

— Sim, mas podemos ver o céu dali. — Samuel gesticulou para o acostamento. — E é mais seguro.

— Mas isso é metade da diversão — insistiu Maire. — Ficávamos deitados de costas no meio das estradas rurais e esperávamos até vermos faróis. Então levantávamos, corríamos para o acostamento e observávamos o motorista do carro surtar.

— Hilário — comentou Samuel, inexpressivo. — Quantas velhinhas já tiveram ataques cardíacos por causa disso?

— Sei lá, mas uns fazendeiros já perseguiram a gente em um milharal uma ou duas vezes. — Maire riu.

— Tá aí algo que eu gostaria de ter visto — disse Samuel. — Mas, sério, quando começa a diversão?

Na mesma hora, dois faróis brilharam à distância.

— Está prestes a começar — disse ela.

Samuel virou o pescoço para ver as luzes.

— É, aguenta aí — instruiu Maire. — Espera até nos verem.

— De jeito nenhum — protestou Samuel, ficando de joelhos.

— Eles ainda estão bem longe. Sem pânico — disse Maire, rindo e agarrando seu pulso para mantê-lo no lugar.

— Não seja idiota — falou Samuel, mas ele também estava rindo.

Maire havia se esquecido da euforia que duas toneladas de metal vindo em sua direção no escuro poderiam causar. Era errado, não era normal, mas gostava da sensação que lhe causava.

— Agora? — perguntou Samuel.

— Ainda não — disse Maire. O carro não estava diminuindo a velocidade. O motorista ainda não os vira. — Mais um pouquinho.

Desajeitado, Samuel ficou de pé.

— Vamos, Maire — insistiu, puxando-a pelo braço.

Ela cravou os pés no chão. Os faróis eram hipnotizantes, como dois olhos amarelos encarando-os. Ela conseguia ouvir o motor do carro, uma deixa para avisar que chegara a hora. Ela não podia acreditar que o motorista ainda não os tivesse visto. Deveria estar distraído, ao celular ou cantando com o rádio.

Maire esperou até ver a silhueta do motorista pelo para-brisa.

— Agora! — gritou Maire, segurando a mão de Samuel enquanto corriam para o acostamento, o vento causado pela velocidade do carro balançando seus cabelos da nuca.

— Isso foi loucura — disse Samuel, sem fôlego, curvado, com as mãos nos joelhos.

— Foi incrível! — exclamou ela, encantada. — Viu? Eu te disse. É divertido.

De repente, o barulho de freios e o cheiro de borracha queimada preencheram o ar. O carro derrapou, sem controle, de um lado para o outro antes de capotar sobre um monte de neve e bater no tronco de uma árvore de bordo. O ranger de metal e o som de vidro quebrando ecoaram nos ouvidos de Maire. E então, um silêncio mortal.

As lanternas traseiras do carro brilhavam, acusadoras, enquanto o motor continuava roncando e a fumaça do escapamento subia lentamente pelo ar.

— Ai, meu Deus — disse Maire, cobrindo o rosto com as mãos. — Ai, meu Deus.

Ela começou a se mover em direção aos destroços, mas sentiu um puxão na manga da blusa.

— Shh, espera — disse Samuel, escondendo-se com Maire ainda mais em meio às sombras. — Talvez ele esteja bem.

A porta do carro se abriu, a luz interna iluminando o rosto do motorista.

Maire suspirou, aliviada. O motorista estava bem. Sua gratidão foi rapidamente substituída por outro tipo de medo. Eles seriam pegos.

Um homem vestindo um casaco cáqui robusto e botinas de trabalho saiu do veículo.

— Ei — gritou para a escuridão. Cambaleando até a frente do carro, onde um farol projetava um longo feixe de luz na calçada, acrescentou: — Acham isso engraçado?

Samuel puxou Maire para si e ela enterrou o rosto em seu peito, tentando abafar o som da respiração apavorada.

— Acham isso engraçado? — gritou ele outra vez.

A voz do homem estava arrastada. Estava bêbado? O tronco dele desapareceu dentro do carro e, quando reapareceu, ele segurava um longo cilindro que brilhava sob a luz dos faróis.

— Droga — murmurou Samuel. — Ele tem um cano. Fica quieta e, quando eu der o sinal, corra.

O homem cambaleou na direção deles com o cano nas mãos.

— Saiam de trás dessa maldita árvore, quero ver se ainda estão rindo.

22

A Assistente

Fern estava em um cômodo com teto abobadado cruzado por vigas de madeira pintadas de branco. Na verdade, o espaço inteiro era daquela cor — a madeira, os móveis, o piso de mármore, o lustre cheio de luzes brancas. Tudo imaculado, pensou Fern, mas de certa forma sem alma. O lugar de que ela menos gostava na propriedade.

Os competidores, agora limpos, de banho tomado depois do desafio lamacento, estavam sentados, solenes, em um sofá meia-lua branco. Suas roupas de *Um Ganhador de Sorte* nas cores vibrantes pareciam espalhafatosas contra o cenário claro. Fern permaneceu em pé. Uma mesa de centro — uma placa quadrada de mármore branco que se erguia do chão — formava uma barreira entre a apresentadora e os participantes. Ela meio que esperava que pelo menos um deles avançasse contra ela.

Fern esperou o sinal de Alfonso, então falou diretamente para a câmera:

— Bem-vindos à primeira eliminação de *Um Ganhador de Sorte*. Infelizmente, temos que nos despedir de um de vocês esta noite.

A corrida de obstáculos foi mais exaustiva do que Fern esperava, embora soubesse da maioria das surpresinhas. Ela sabia sobre os atiradores, o arame farpado e os escorpiões. O que ela *não* sabia era sobre o Modificador de Ned. Cat acabou deixando de fora o fato de que haveria armas mortais na competição. A chefe tinha insistido em cuidar dessa parte, e a ideia de que Ned Bennett estava andando pela vila com uma faca causava calafrios em Fern.

Pelo menos, Ned agora exibia dois olhos roxos, cortesia de um chute no nariz de Camille. Mas todos os competidores tinham machucados e hematomas. Maire abraçava o próprio corpo e o senador se retraía a cada mínimo movimento.

— Todos vocês competiram como guerreiros. Mas apenas quatro podem seguir no jogo. — Fern se virou. — Maire, você usou sua inteligência para ser a primeira a chegar ao fim do labirinto, e Camille, você atravessou obstáculos brutais antes de qualquer outra pessoa. Portanto, vocês duas estão salvas da eliminação. — Ela observou os ombros das mulheres relaxarem de alívio. — Também ganharam Super Pistas cruciais. Alguma ideia de para onde elas podem estar levando vocês? — perguntou, com uma sobrancelha arqueada.

— Ainda não faço ideia — disse Maire.

Fern percebeu que Maire e Samuel estavam sentados o mais longe possível um do outro, evitando contato visual. Ela achou que os dois poderiam ter se aproximado depois que Samuel colocou o ombro deslocado de Maire no lugar.

— E você? — Fern pousou os olhos em Camille.

— Tenho algumas ideias — disse Camille friamente.

— Que tal compartilhá-las? — pressionou Fern.

— Acho que vou esperar.

— Justo. Agora — disse Fern —, chegou a hora de nos despedirmos. — Ela apertou os lábios em uma linha fina. — Samuel, Ned e senador Crowley, um de vocês nos deixará esta noite.

Um músculo se contraiu no maxilar de Samuel e o senador se remexeu na cadeira, ansioso.

— Mais de um milhão de pessoas estão nos acompanhando ao vivo, e atingimos a marca de três milhões de visualizações. Os números seguem aumentando. Mais de um milhão e meio de espectadores votaram — informou Fern, olhando para a câmera —, e um dos competidores recebeu mais de um terço dos votos.

Depois que Ned cortou a corda de Maire, Fern estava convencida de que o público não votaria para salvá-lo. Torcia para que isso acontecesse. Ela precisava que Ned sumisse dali.

Fern desenrolou o papel.

— Esta noite, o ganhador azarado de uma passagem só de ida para casa é... — Fern parou, incapaz de falar. *Não*, ela pensou. *Deve haver algum engano.*

Sentiu o calor dos olhares fixos nela. Os participantes, Alfonso, a equipe. Todos observando, esperando para ver o que aconteceria a seguir.

— O senador — disse ela finalmente.

Samuel se curvou, com as mãos nos joelhos e a respiração acelerada. Ned deu um soco no ar em comemoração.

— Obrigada pela participação, senador Crowley. Você competiu com valentia — disse Fern, tentando se controlar. Seria obrigada a passar pelo menos mais uma noite na vila com Ned. Ela se sentiu enjoada, irritada com a sede de sangue do público americano para salvar alguém como Ned. — Você tem algo a dizer antes de arrumar suas coisas e nos deixar?

O senador parecia atordoado quando Ned lhe deu tapinhas nas costas. Camille se inclinou para um abraço de lado, mas ele a empurrou de leve, distanciando-os.

— Senador? — perguntou Fern, hesitante, com uma nota de preocupação na voz.

O senador Crowley se levantou devagar e estendeu a mão para Fern. Ela aceitou e seus dedos desapareceram completamente no aperto dele. Ele usou tanta força que os dedos dela ficaram brancos. Fern tentou se desvencilhar, mas o senador a segurou firme e a puxou para perto, cobrindo o microfone de lapela dela com uma das mãos.

— Eu sei o que você está aprontando e não vai se safar dessa — sussurrou ele em seu ouvido.

Uma onda de pânico atravessou Fern. O senador sabia. Sabia que ela trancara Cat na adega. Mas isso era impossível. Ele não tinha como saber. Após uma breve pausa, ela se virou e falou diretamente para a câmera:

— Obrigada a todos que nos assistiram hoje. Por favor, compartilhem com seus amigos. Todos esses momentos eletrizantes estão disponíveis para assistir quando quiserem, caso não consigam acompanhar ao vivo. Fiquem ligados porque nunca se sabe o que vai acontecer a seguir em *Um Ganhador de Sorte*.

Fern esfregou os dedos doloridos enquanto o senador saía do cômodo. O que ele quis dizer com "*não vai se safar dessa*"? Era compreensível que ficasse decepcionado por ter sido eliminado do programa, mas ela não teve nada a ver com isso. Era apenas a mensageira da palavra.

— Vai, vai — ordenou Alfonso, e os cinegrafistas correram atrás do senador. Para Fern, ele disse: — Preciso muito falar com a Cat. Estou ficando um pouco preocupado com a responsabilidade do programa. Quero dizer, de onde veio aquela faca? Não tinha nada sobre isso na minha cópia do roteiro. E por que ela não está respondendo às mensagens? Achei que ela ficaria por aqui durante a produção.

Fern não tinha pensado em todos os detalhes quando trancou Cat na adega. É claro que o diretor do programa esperaria conseguir entrar em contato com a produtora-executiva. Quanto mais tempo a chefe demorasse para responder, mais perguntas surgiriam.

— Sabe como a Cat é — respondeu ela, despreocupada. — Ela provavelmente está analisando todos os dados, conseguindo mais patrocinadores. Assim que eu falar com ela, avisarei que você quer conversar.

Alfonso assentiu com resignação e Fern relaxou.

— Tá bom. Depois que filmarmos a saída do senador, vamos encerrar por hoje — informou ele. — Mas diga a Cat que é importante.

Fern observou Alfonso se retirar e, antes de se dirigir ao grande salão para presenciar a despedida do senador, parou um pouco para recuperar o fôlego. Ficou chocada por Ned Bennett não ter sido eliminado. Na verdade, ele recebeu a maioria dos votos para ficar, superando até mesmo Samuel. Era claro que o público estava sedento por sangue e queria ver traição, sabotagem e ossos quebrados.

Quando Fern entrou no salão, o senador já estava no topo da escada, encarando-a com raiva. Ele até poderia ser um homem mais velho, mas também era grande e imponente. Ela tentou não se encolher sob o olhar furioso dele.

— Senador — disse, mantendo a voz firme. — Pronto para ir? Seu carro está esperando lá na frente.

Ele balançou a cabeça com pesar, mas não disse nada, apenas começou a descer as escadas, a mala batendo com força atrás dele nos degraus de mármore.

— Posso te ajudar com a mala? — perguntou Fern gentilmente quando ele chegou ao térreo.

Mas ele olhou para a frente, com o queixo erguido, as câmeras focando cada movimento seu.

Fern conduziu o senador pelo salão até a entrada principal. Ele parecia fervilhar de raiva. Não era possível que estivesse chateado com Fern. Se dependesse dela, mandaria Ned Bennett embora e manteria o senador Crowley. Mas regras são regras. O senador não venceu nenhum dos desafios — nem chegou perto — e foi eliminado pelo público.

Fern acelerou o passo.

— Seu motorista irá levá-lo diretamente ao aeroporto. Agradecemos pela participação e gostaríamos que sua estadia aqui pudesse ter durado mais.

— Eu acho — disse ele em seu tom grave de barítono enquanto agarrava o braço de Fern, forçando-a a parar de andar — que isso ainda não acabou.

O nojo e o ódio nos olhos dele eram inconfundíveis. Ela se encolheu diante do olhar. Não seria bom para o reality se o primeiro competidor eliminado agredisse a apresentadora. Isso só provaria a Cat que Fern não dava conta do recado. Não. O senador Crowley era um homem prático. Ela argumentaria com ele para fazê-lo entender a situação.

— Entendo que esteja chateado, senhor — disse com tristeza. — Mas acho que seria melhor para você sair do jogo com dignidade.

O senador deu uma gargalhada rouca.

— Dignidade? Um jogo? É tudo o que isso aqui significa para você? — Ele apertou o braço dela com mais força. — Você não tem ideia de com quem está se metendo.

— Fern — chamou uma voz. Ambos se viraram e encontraram Maire se apressando na direção deles. — Eu queria saber se a gente pode conversar rapidinho.

Fern escapou das garras do senador e forçou um sorriso.

— Com certeza — disse. — Espera só eu levar o senador Crowley e serei toda sua.

Ela empurrou as portas do pátio e ficou aliviada ao ver que o SUV que tiraria o homem dali estava parado na entrada.

O senador, sem esperar por Fern, começou a descer os degraus de pedra. Com os ombros caídos, parecia muito mais velho do que quando chegou. Ela queria deixá-lo ir sem trocarem mais nenhuma palavra, mas sabia que precisava manter a compostura. Seguiu-o escada abaixo, desejando que as câmeras fizessem o mesmo. Em vez disso, os cinegrafistas ficaram para trás, fazendo uma tomada à distância da partida do senador.

Lá embaixo, Fern estendeu a mão.

— Mais uma vez, obrigada. Toda a sorte do mundo para você.

Os lábios do senador se torceram com desdém. Ele ignorou a mão dela estendida.

— Você não entende que provavelmente arruinou minha vida? — perguntou, seu rosto contorcido em descrença. — A imagem da mulher no meu quebra-cabeça não foi acidental. E nem o que a doutora disse pouco antes do desafio.

Por que ele simplesmente não ia embora?

Fern reuniu sua coragem.

— Novamente, obrigada pela participação. Boa viagem.

— Isso ainda não acabou — insistiu ele enquanto o motorista saía do carro, pegava sua mala e a guardava no porta-malas; o senador se acomodou no banco de trás.

Fern prendeu a respiração até que o veículo se afastasse e as luzes traseiras fossem engolidas pela neblina.

Ciente de que Maire havia descido a escada atrás dela, Fern tentou não deixar sua expressão entregar o alívio que sentia pela partida do senador.

— Então, em que posso ajudar, Maire? — perguntou, esforçando-se para deixar o pânico de lado.

As coisas não iam bem. Cat estava trancada na adega, o senador parecia querer matá-la e havia outra longa noite pela frente.

— Tudo bem? — perguntou Maire. — Vi o jeito como Crowley te agarrou.

Fern sentiu um nó se formar na garganta, mas o engoliu.

— Estou bem. Ele ficou decepcionado. É compreensível. É muito dinheiro e ele é um homem acostumado a conseguir o que quer.

— Acho que não é só por causa do dinheiro — disse ela, notando os hematomas surgindo no braço de Fern. — Tome cuidado. As pessoas são perigosas quando se sentem encurraladas.

Fern tirou os olhos do celular e estudou o rosto de Maire. Parecia conter uma preocupação verdadeira e até um quê de aviso. Se a mulher soubesse do que Fern era capaz, do quão perigosa poderia ser, talvez Maire não estivesse tão tranquila.

O rosto de Maire parecia excepcionalmente pálido em contraste com o cabelo castanho-avermelhado. Ela embalava o braço direito de forma protetora contra o corpo.

— A verdadeira questão é: você está bem? — perguntou Fern.

Ela estava genuinamente preocupada. Maire parecia estar com dor e Fern não sabia o que significaria para o programa se uma competidora tivesse que deixar o reality por causa de uma lesão. Restariam apenas três participantes.

— Estou bem — garantiu Maire. — Tudo certo com meu ombro. Mas preciso falar com minhas filhas. Preciso saber se Dani está bem.

— Sinto muito — disse Fern. — Eu entendo. De verdade. Mas as regras são bem claras: nenhuma comunicação externa é permitida.

— Não dou a mínima para as regras — retrucou. — Estamos falando da minha filha e da saúde dela. Acho que você não tem noção do quão grave uma infecção pulmonar pode ser para ela. Quero meu celular. Agora.

As coisas estavam saindo do controle e Fern precisava manter o jogo e os competidores nas rédeas.

— Maire, simpatizo com sua situação — disse ela. — Mas, se insistir em usar seu celular, também será desclassificada. Perderá a chance de ganhar dez milhões de dólares. É realmente isso que você quer?

Fern viu a agressividade deixar o corpo de Maire.

— Não. Não quero ir embora, mas preciso saber se Dani está bem. Por favor, Fern — implorou —, me ajuda.

Era possível perceber a angústia de Maire. Talvez quebrar uma regrinha não fosse nada de mais. A menos que os outros concorrentes descobrissem. Isso seria caótico. Alguém reclamaria, diria que Fern dera uma vantagem injusta a Maire. Ela suspirou e estava prestes a dizer que a mulher poderia usar o celular, quando se lembrou de algo. Esquecera-se de enviar o comunicado à imprensa sobre a eliminação. Cat tinha sido muito clara. O e-mail deveria ser encaminhado a todos os meios de comunicação imediatamente após o anúncio da votação.

— Droga — sussurrou. — Sinto muito, Maire — disse brevemente —, preciso resolver uma coisa.

Maire balançou a cabeça, decepcionada, mas não discutiu mais. Virou-se e voltou para dentro.

Fern observou as portas se fecharem atrás dela, então seguiu para o labirinto. Atravessou o gramado bem-cuidado, passou pelas ninfas de mármore e entrou no labirinto. Não se preocupou em se perder — estava familiarizada com cada canto e curva. Acomodou-se num banco de pedra, o frio atravessando seu vestido. O vestido de Cat. Suas ações estavam começando a voltar para assombrá-la. Fern se achava tão inteligente, tão preparada. Mas não era. O ar fresco contra sua pele era bom, e sentiu-se feliz por escapar da vila por alguns minutos.

Pegou o celular de Cat até encontrar o rascunho do e-mail que a chefe havia escrito caso o senador fosse eliminado do programa. O assunto dizia: *Um Ganhador de Sorte* se despede do senador Richard Crowley.

A lista de destinatários incluía uma ampla variedade de mídias: *The New York Times, The Washington Post, People Magazine, US Weekly, Deadline Hollywood, Vulture* e dezenas de outras.

Para divulgação imediata:

Toda a equipe de *Um Ganhador de Sorte* gostaria de oferecer seu mais caloroso agradecimento e sua gratidão ao senador

Crowley por participar da estreia do nosso programa inovador. Desejamos-lhe boa sorte em todos os seus futuros projetos.

Fern clicou em *Enviar*, esperando que não fosse tarde demais para que isso fosse noticiado ainda esta noite.

Havia uma segunda mensagem que Cat queria que ela enviasse de um endereço de e-mail criptografado. Os destinatários eram os mesmos da primeira, e seu conteúdo era breve. Apenas uma frase:

Por gentileza, fique à vontade para utilizar os documentos anexos da maneira que julgar apropriada.

Fern clicou em *Enviar* outra vez, mordendo o lábio enquanto tentava pensar em como responder as vinte mensagens não respondidas de Alfonso para Cat.

Alfonso... já chega! Tá tudo *bem*! Deixa que eu lido com quaisquer questões de responsabilidade. Todos assinaram os termos. Se preocupe apenas em fazer o seu trabalho e me deixa fazer o meu. Ou preciso encontrar outra pessoa para fazer isso por você?

Pronto. Isso deveria calar Alfonso por enquanto. Fern precisava focar a competição do dia seguinte, a mais desafiadora até o momento, mas primeiro queria dar uma olhada em Cat. Ela abriu o aplicativo das câmeras de segurança e clicou na opção que mostraria a adega.

Era o segundo dia de Cat sendo mantida em cativeiro ali, e ela estava sentada na grande caixa de madeira, com o queixo apoiado nos joelhos dobrados, envolta em uma capa térmica usada para proteger as garrafas de vinho de temperaturas extremas durante as entregas. No chão, garrafas de água descartadas e um recipiente quase vazio de salgadinhos. Isso tinha saído completamente do controle.

Porém, o maior problema, pensou Fern, era o que Cat faria quando ela finalmente abrisse a porta da adega para deixá-la sair. Era tarde demais para alegar que trancá-la tinha sido um grande mal-entendido. Tudo não passava de um borrão. Por que ela tinha sido tão impulsiva? Isso não era nada típico dela.

Cat chamaria a polícia? Se Fern tivesse sorte, não. Cat não iria querer publicidade negativa. Ela morreria se as pessoas descobrissem que uma mera assistente conseguiu empurrá-la em uma adega para tomar conta de seu programa.

Fern imaginou que ela provavelmente não iria para a cadeia, mas com certeza seria demitida. Anos de horas exaustivas, salários ruins, trabalho duro, críticas verbais, tudo isso para nada. Mas será que ser demitida era mesmo ruim? Ela se livraria das garras de Cat. Poderia trilhar seu próprio caminho no mundo. Finalmente. Além disso, Fern agora era o rosto de *Um Ganhador de Sorte*. Cat não poderia tirar isso dela. E quem fez do programa um sucesso da noite para o dia? Não foi Cat. Quanto mais Fern pensava no assunto, mais acreditava que tinha sido Cat quem trouxera Ned Bennett para a vila. Para quê? Audiência? Não importava o motivo, era perverso. Talvez um tempinho a mais na adega pudesse fazer bem a Cat. Isso lhe ensinaria que não se pode brincar com a vida das pessoas em troca de sucesso ou entretenimento.

Mas não era isso que Fern estava fazendo agora? Brincando com a vida das pessoas? Ela não gostou do pensamento e o descartou depressa.

Só mais uma noite, Fern decidiu. Na noite do dia seguinte, depois do próximo desafio, soltaria Cat, entregando-lhe um roupão quente, uma xícara de café fumegante e sua refeição favorita do La Toque, o caranguejo com arroz tufado e, de sobremesa, dois quadradinhos de limão siciliano. Ela fingiria que nada aconteceu, que tudo não passara de um infeliz mal-entendido.

Fern jogou a cabeça para trás e soltou um longo suspiro. No que tinha se metido? Seu celular vibrou, alertando-a sobre uma nova mensagem. Provavelmente era Alfonso querendo reclamar de Cat.

Ela franziu a testa para a tela. A mensagem não era do diretor. Era do motorista que levava o senador ao aeroporto.

Só pra você saber: o senador fugiu antes de chegarmos ao aeroporto. Pulou do carro pouco depois de sairmos da propriedade. Estou dirigindo nos arredores, procurando por ele. E ele bebeu um monte de uísque. Estava falando sobre o *Daily Beast* ou algo assim. O que você quer que eu faça?

— Merda. — Fern respirou fundo, botando-se de pé num pulo. Uma nova dose de adrenalina percorreu seu corpo. Como se ela precisasse de mais essa. Um político bêbado e irritado perambulando pela região.

Ela digitou e enviou depressa duas palavras. ENCONTRA ELE. Apressou-se para fora do labirinto e atravessou o gramado, seus olhos indo de sombra em sombra. Acima dela, as gárgulas olhavam para baixo de seus poleiros. O que elas conseguiam enxergar que ela não era capaz? O senador estava ali, à espreita? Ele tentaria cumprir sua ameaça?

Fern subiu os degraus de pedra correndo, olhando por cima do ombro, meio que esperando o senador surgir cambaleando em meio à névoa. Quando chegou ao topo, parou para recuperar o fôlego. Ela precisava manter o foco e o controle. *O que Cat faria?*, ela se perguntou. Para começo de conversa, Cat nem teria deixado isso acontecer. Fern empurrou as portas e entrou no pátio, sentindo-se imediatamente mais protegida ali dentro. A ansiedade começou a deixar seu corpo, os músculos relaxando, a respiração se estabilizando. Ela tomaria um banho, falaria com o motorista para ter certeza de que o senador tinha sido localizado, e então dormiria, como tanto precisava.

Ela caminhou sob o campanário, apreciando por um momento o cheiro terroso do alecrim e o aroma cítrico penetrante da hamamélis no jardim de ervas, do lado de fora das molduras de janelas ao ar livre. *Amanhã será melhor*, pensou. As sombras à sua frente mudaram e ela sentiu o cheiro de algo diferente. Fern diminuiu o passo até parar. Alguém estava no breu, bloqueando sua entrada na propriedade. O cheiro doce e inconfundível de Bourbon a envolveu, e ela percebeu. Depois de fugir do motorista, ele deve ter voltado para a casa e ficado à espreita enquanto Fern estava no labirinto. Ela recuou devagar e ousou olhar por cima do ombro. Se ela se virasse e corresse, talvez conseguisse fugir.

— Eu disse que isso ainda não tinha acabado — falou o senador, com a voz arrastada.

E Fern percebeu que era tarde demais.

23

Em Washington, D.C., ShanaVivaRiaAme estava à mesa da cozinha revisando sua agenda online de compromissos enquanto Caleb fazia sua tarefa de matemática. Ela tinha uma reunião com um cliente esta noite, a babá chegaria em breve e ela precisava se trocar.

Uma notificação chegou em seu celular. Shana a ignorou e continuou prestando atenção na agenda. Se saísse às 19h, poderia chegar no restaurante às 20h. Então as notificações se tornaram incessantes e seu celular parecia uma metralhadora. Caleb ergueu os olhos de sua lição.

— Caramba, mãe — disse ele.

— Desculpe, querido — pediu Shana, bagunçando o cabelo dele e diminuindo o volume do aparelho. — Provavelmente é só a tia Stephanie. Ela deve ter alguma fofoca chocante.

Shana deu uma olhada nas mensagens e precisou ler a mais recente (enviada pela Gabriella, uma mulher do trabalho) três vezes antes de entendê-la. Você viralizou! E não no bom sentido!

Ela passou pelas mensagens, todas de pessoas diferentes. Meninas com quem trabalhava, sua melhor amiga, sua irmã, sua mãe. Outra mensagem de Gabriella chegou. Era um link para um vídeo do Instagram de JoJo Holt, uma influenciadora que, há alguns anos, ficou em segundo lugar em um programa de competição de confeitaria chamado *A Rainha dos Bolos*. Agora, ela comentava sobre episódios de reality-shows nas redes sociais ao mesmo tempo em que fazia tutoriais de culinária. Shana clicou no link e o rosto de JoJo apareceu na tela, praticamente brilhando de entusiasmo.

— Boa noite, Sortudos — disse JoJo para a câmera. — Vou direto ao ponto. Vocês provavelmente já sabem que o ex-senador Richard Crowley acabou de ser eliminado do programa.

Shana congelou. Richard tinha participado de um reality-show? Ela não falava com ele há mais de uma semana e nem o via há mais de um mês. Desde que ele se aposentou do Senado, não ia tanto a D.C. Ela deu uma olhada em Caleb, que voltara a se concentrar na tarefa.

Uma enxurrada de comentários invadiu a tela.

Que marmelada. Sou do Texas e Crowley é um presente de Deus. Sempre colocou os texanos em primeiro lugar.

Shana concordava completamente. Amém, ela digitou.

Bom, também sou do Texas e Crowley sempre *se* colocou em primeiro lugar.

Shana observou JoJo começar a medir xícaras de farinha.

— Esta história é uma loucura. Mas, antes disso, quadradinhos de limão. Como *Um Ganhador de Sorte* acontece em uma vila inspirada na Itália, vou compartilhar minha variação do clássico quadradinho de limão italiano. É a combinação perfeita entre algo doce e atrevido, assim como eu. — JoJo riu de si mesma. — Para a crosta, acrescentamos três xícaras e meia de farinha de trigo, meia xícara de açúcar de confeiteiro e meia colher de chá de sal. — Enquanto despejava todos os ingredientes secos em uma tigela, disse: — Então, Sortudos... Sei que o senador é uma figura controversa, mas esperem até ouvir isso.

Vários emojis de coração flutuaram pela tela. Shana fez sua própria contribuição.

— Se ainda não sabem, o senador Crowley teve um caso, traiu a esposa com quem está há cinquenta anos — disse JoJo.

Shana gelou. Uma imagem apareceu acima da cabeça de JoJo: uma mulher glamourosa com cabelos loiros na altura dos ombros e lábios vermelhos salientes. Ela usava um vestido cocktail preto caro, mas de muito bom gosto. Shana não conseguia acreditar no que estava vendo. Era uma foto dela.

— Caleb, benzinho — disse Shana, com a voz estranhamente alta. — Você pode limpar seu quarto antes que Katie chegue aqui, por favor?

Ela não precisou repetir. Ele saltou da cadeira e saiu correndo da cozinha.

— Mas tem mais — sussurrou JoJo em tom conspiratório. — Muito mais.

Shana se sentiu tonta. Enjoada.

— Aparentemente, a amante do bom senador... — JoJo fez aspas com os dedos enquanto dizia a palavra *bom* — era uma acompanhante de luxo de Washington, D.C.

— Por favor, não... — Shana sussurrou enquanto seu telefone vibrava com mais notificações.

Outra imagem de Shana surgiu na tela. Um cílio postiço pendia precariamente do olho direito, seu batom estava borrado e ela estava com uma expressão assustada. Era obviamente uma foto tirada pela polícia.

— Sortudos, conheçam Shana Stonehaven.

Shana pediu aos céus para que aquilo acabasse ali. Que não tivesse mais nada. Conseguiria lidar com isso. Poderia esconder isso de Caleb, explicar as coisas.

— Agora, misturem os ingredientes secos com meio quilo de manteiga sem sal gelada — prosseguiu JoJo — Isso aí, pouco mais de dois tabletes dessa maravilha. Pressionem tudo em uma assadeira e levem ao forno por cerca de trinta minutos a cento e oitenta graus. Mas isso ainda não é tudo, Sortudos — disse, com alegria. — Tem muito mais. Agora, para o recheio, vamos precisar de quatro xícaras de açúcar, dois terços de xícara de farinha para engrossar, meia colher de chá de sal e as raspas de um limão grande. Então, misturem os ingredientes. Esse caso com a acompanhante identificada como Shana Stonehaven não foi do tipo "pá, pum, obrigado, de nada" — ela falava enquanto continuava batendo a mistura —, mas sim um relacionamento duradouro com joias, férias e um apartamento caro em D.C.

Shana queria vomitar. Seu mundo estava colapsando.

JoJo ergueu um ovo.

— Ok, nossa receita leva oito ovos grandes. Por sorte, tudo que preciso fazer é ir até meu galinheiro e as madames de lá me darão os ovos de que preciso. Misturem os ovos com uma xícara e meia de suco de limão fresco. Frescor é o segredo. — JoJo começou a quebrar os ovos na lateral da tigela e a descartar as cascas. — Mas, infelizmente, tem mais coisa ainda na história do senador. Querem que eu conte, Sortudos?

Os comentários surgiram velozes e furiosos.

Sim! 👏

Como é possível ainda ter mais do que isso? 😮

Fake news! Cadê as provas? É de uma irresponsabilidade sem tamanho ficar propagando esses rumores infundados. 😠

— Não, por favor, não — implorou Shana em voz alta.

— Tá bom, vou contar — disse JoJo, como se não estivesse quase explodindo de alegria. — Ele bancou a amante usando fundos de campanha. — Ela arregalou os olhos e juntou os lábios em um beicinho desapontado.

Ai, merda, pensou Shana.

— Agora, uma dica. É muito importante não adicionar os ovos ao açúcar e à farinha antes da hora. Se fizer isso, poderá desandar a receita. Uma sujeira, não é? — perguntou JoJo, com um sorriso malicioso.

Shana queria quebrar a cara presunçosa dela.

— Quanto ao Senador Sugar Daddy, parece que a polícia vai entrar em cena — disse JoJo. — E haverá uma investigação meticulosa sobre o senador e suas... atividades extracurriculares.

Joguem ele na cadeia!

Mentiras!

Típico de políticos

— Agora, até onde sei — disse JoJo —, sua equipe ainda não se pronunciou. Mas coitadinha da esposa e dos filhos, né?

Alguém bateu à porta. A babá chegou.

— Ah, uma última coisinha — acrescentou a mulher enquanto despejava a mistura de limão sobre a crosta já resfriada. — Tem uma criança. Uma criança de 8 anos que é a cópia cuspida e escarrada do bom senador.

Shana escondeu o rosto nas mãos.

24

A Confidente

Mais uma vez, Camille se viu deitada na cama, encarando o teto. Desta vez, porém, ela tinha certeza de que os querubins no afresco a olhavam com ar de julgamento. Já passava da meia-noite e o terceiro dia da competição estava se aproximando.

Os aromas estranhos dos competidores ainda meio desconhecidos pairavam no ar e ela podia ouvir os sons noturnos deles. A respiração rítmica, o farfalhar dos lençóis, os murmúrios suaves do sono. Camille não conseguia dormir. Estava ansiosa demais para descansar.

Ela não conseguia parar de pensar em como o quebra-cabeça que montara no desafio era uma réplica da pintura de Alftan que havia comprado na França. Por quê? Não fazia sentido. Então o senador surtara e lhe dera um empurrão durante a eliminação. Sim, ela vencera o último desafio, mas Maire ganhara o do labirinto e o senador não atacou a outra mulher. Será que tinha sido o que Camille disse pouco antes do começo da corrida? *Não é como se algum de nós tivesse um filho de 8 anos.* Mas nenhum deles tinha um filho dessa idade, então o que isso poderia significar? Não fazia sentido. Assim como nenhuma das outras declarações que ela deveria dizer na presença dos competidores. Todas pareciam ridiculamente inocentes.

Esperou até ter certeza de que os outros haviam adormecido para sair da cama. Cada músculo de seu corpo gritou em protesto.

A pista de obstáculos a obrigara a ir além dos limites, mas de alguma forma resolveu o quebra-cabeça e ganhou a Super Pista, que, aliás, não fez sentido nenhum para ela.

Com dor, ela se ajoelhou e sua mão desapareceu no abismo preto debaixo da cama. Camille tentou não pensar em roedores e insetos mastigadores. Apesar da magnificência da propriedade, ela era antiga e provavelmente atraía criaturas que se sentiam mais à vontade em fendas escuras. Seus dedos encontraram a mala e ela a puxou, esforçando-se para abrir o zíper da frente sem fazer barulho. Ela enfiou a mão lá dentro e pegou os papéis dobrados. Empurrou a mala de volta para seu lugar e foi até a porta, estremecendo quando ela se abriu com um rangido. Camille saiu rapidamente do quarto e se deparou com o breu do longo corredor. Arrepios percorreram sua pele.

A pista de obstáculos tinha sido brutal. O arame farpado, o atirador, *os escorpiões*. Suas costelas ainda latejavam graças à bola de tinta que a atingira, e sua panturrilha doía por causa do escorpião.

Tudo naquele jogo parecia ter sido projetado para deixá-los instáveis e desequilibrados. Fazia sentido, é claro. Afinal, o prêmio era dez milhões de dólares, e os criadores não poderiam facilitar as coisas. Ainda assim, parecia haver algo distorcido, até maléfico, na competição, e isso não estava exatamente trazendo à tona o melhor deles.

Por exemplo: Ned Bennett. Ele não teve escrúpulos ao cortar a corda na parede de escalada. Foi um milagre Maire não ter quebrado o braço, ou pior. Porém, Maire também estava dando seu máximo — ela não hesitou em usar o *taser* em Samuel. Até o senador, aparentemente gentil, pareceu bastante peçonhento quando soube que foi o primeiro eliminado.

Ela pensou nos dois pedaços de papel que escondera no bolso. O Modificador de Jogo e a Super Pista. Queria pegá-los e examiná-los de novo, mas estava escuro demais no corredor para enxergar algo.

A Super Pista era um atestado de óbito com todas as partes importantes apagadas. Não havia nome, estado ou causa da morte. A única informação que ela conseguiu extrair do documento foi que o falecido era do sexo masculino e tinha 32 anos. Poderia ser qualquer pessoa, de qualquer lugar, e em qualquer momento da história.

Camille conhecera um homem que morrera aos 32 anos. Ou ele tinha 33? Ela deveria ter se lembrado desse detalhe, mas destruiu todo e qualquer documento que a ligava a Travis Wingo.

A última sessão não oficial dele foi no dia 18 de dezembro passado, aquela em que Wingo lhe disse que estava sem dinheiro e Camille lhe informou que não poderia mais se encontrar com ele. Wingo não aceitou muito bem. Na noite seguinte, ele voltou. Então, de novo e de novo. Noite após noite, após noite, até ele morrer.

Ninguém sabia sobre suas sessões particulares de terapia com Wingo, nem como ele, felizmente, pagava em dinheiro. Ninguém sabia por que ele realmente estava em seu escritório no dia após o Natal. Camille se certificou disso. Não, aquele não era o atestado de óbito de Wingo — não poderia ser —, mas a fez pensar nele.

Camille seguiu pelo corredor sinuoso, passando por portas e janelas fechadas, tentando afastar Wingo dos pensamentos. Ela virou aqui e ali sem parar até se perder completamente. A propriedade era ainda maior do que pensava. *Que tipo de pessoa morava aqui?*, ela se perguntou. Não havia fotos pessoais ou desenhos de crianças, nenhuma indicação de que uma família morasse neste lugar. Então, quem?

Outra curva naquele corredor e estava de volta à escadaria principal. Ela deve ter dado uma volta completa. Colocou uma das mãos no corrimão de ferro e o sentiu balançar levemente sob seus dedos. *Perigoso*, pensou.

Um barulhão veio do andar de baixo, seguido por um grito. Camille congelou, esperando que algo mais acontecesse, mas só recebeu silêncio. Seu coração acelerou. Fora um grito de dor ou de surpresa? Ela não tinha certeza.

Ouviu passos hesitantes vindos do quarto.

— O que está acontecendo? — sussurrou Maire.

— Não sei — disse Camille, tentando espiar as sombras abaixo. — Acho que ouvi alguém gritar.

Maire se inclinou sobre o corrimão para ver melhor, o ferro forjado pendendo levemente com o movimento, e Camille a puxou para trás.

— Cuidado, o corrimão está solto.

— Obrigada — agradeceu Maire. — Também ouvi gritos. Você acha que deveríamos ir até lá?

— Shh — ordenou Camille. — Ouça.

Outro grito distante chegou até elas, novamente seguido por um barulho.

Com um sobressalto, Maire agarrou o braço de Camille. Seus olhos estavam arregalados de medo. Camille mordeu o lábio, como se decidindo o que fazer.

— Ned? Samuel? — perguntou.

Maire sacudiu a cabeça.

— Acho que ainda estão no quarto. O que deveríamos fazer?

O silêncio foi o que incentivou Camille a descer as escadas. Ela quase perdeu o equilíbrio no mármore escorregadio, mas se agarrou ao corrimão antes de cair. Ouviu passos atrás dela. Maire estava vindo também. O que quer que fosse encontrar, pelo menos não estaria sozinha.

Ao chegar no andar de baixo, Camille deu meia-volta, tentando decidir em qual direção seguir.

— Por ali — disse Maire, apontando para o pátio.

Elas correram e Camille empurrou a porta da frente.

A neblina se dissipou, e o brilho perolado da lua se espalhou pelo chão do pátio onde a estátua de mármore de Afrodite havia sido derrubada de seu pedestal. Sua cabeça sem corpo parou lentamente aos pés de Camille.

O senador tinha prendido Fern contra a parede de pedra, com as mãos em volta de sua garganta. Os olhos dela se arregalaram enquanto olhava ao redor, por fim pousando-os em Camille. Os dedos da mulher se esforçavam desesperadamente para afrouxar o aperto, mas ele a segurava com firmeza.

Camille não conseguiu se mexer. Era como se seus pés estivessem presos no cimento. Ela deve ter emitido algum som porque o senador olhou por cima do ombro, os olhos febris; o rosto, uma máscara de raiva.

O rosto de Fern estava ficando azulado, seus braços caindo ao lado do corpo enquanto ela começava a perder a consciência.

— O que você está fazendo? Pare! — gritou Maire enquanto as duas mulheres avançaram, entrando em ação.

Desta vez, o senador nem sequer olhou na direção delas. Na verdade, os nós dos dedos ficaram brancos quando ele apertou ainda mais a garganta de Fern.

— Solta — gritou Camille, puxando o braço do senador. Ele cambaleou, atingindo-a no rosto, e ela tropeçou para trás.

Fern ficou mole e escorregou até o chão; os sons gorgolejantes desesperados que estivera fazendo segundos antes cessaram. Momentaneamente desnorteada com o golpe do senador, Camille observou Maire empurrá-lo no chão e depois agarrar um dos braços de Fern e começar a arrastá-la para um local seguro.

— Que porra é essa? — disse a voz perplexa de um homem. Camille olhou para cima. Samuel.

Mas o senador ainda não havia terminado. Estava de pé novamente e seus olhos, brilhando de raiva, ainda estavam fixos em Fern.

— Façam ele parar — implorou Fern entredentes.

— Ei, cara — chamou Samuel, colocando-se entre o senador e as mulheres. — Relaxa.

— Relaxa? — O senador riu. — Relaxa? Ela destruiu minha vida — disse, apontando um dedo trêmulo para Fern, que lutava para respirar. — Vagabunda — murmurou e mais uma vez avançou na direção da apresentadora.

— Ei — gritou Samuel, agarrando o senador pela cintura e, com um movimento rápido, derrubou o homem mais velho no chão, prendendo um de seus braços às costas.

Maire deixou Camille com Fern e colocou todo seu peso nas pernas do senador até que ele parasse de se debater. O único som era a respiração pesada de todos. O odor rançoso de suor e bebida exalava do senador.

Camille, com a bochecha vermelha por causa do golpe do senador, parou perto deles, com um pedaço afiado de mármore em mãos, pronta para atacar se Crowley escapasse.

— Por quê? — falou Fern, com a voz rouca, usando os dedos para massagear o pescoço, que já começava a ficar repleto de hematomas. Ela se arrastou para longe de Maire e se esforçou para ficar de pé, tentando alisar as rugas do vestido branco e deixando manchas vermelhas de sangue no tecido. — Não entendo.

— Precisamos chamar a polícia — disse Camille, observando os hematomas e o vestido rasgado de Fern. Ela sentiu uma presença nova ao seu lado e viu que Ned havia se juntado ao grupo em algum momento.

— Não. — Fern negou com a cabeça. — Não façam isso — pediu com suavidade, apoiando-se pesadamente na parede de pedra, a lua iluminando um ferimento em sua têmpora.

— Mas isso não faz sentido — disse Camille, confusa. — Ele tentou te matar.

— Não — respondeu Fern, engolindo com dificuldade. — O programa. Se a polícia vier, será o fim.

— Eu vou te *destruir* — balbuciou o senador.

— Fern — disse Camille, indo para o lado da mulher mais nova. — Ele está surtado. Olhe para você.

Fern olhou para os próprios dedos, para as unhas quebradas e ensanguentadas graças à luta contra o senador. Também havia perdido um sapato no meio da confusão.

— Não — insistiu Fern, pigarreando. — Vou pedir ao motorista para voltar. Por favor, tirem ele daqui.

O senador ergueu o queixo do chão e fixou o olhar embriagado em Camille.

— Você faz parte disso também. Como descobriu? Quem te mandou fazer isso?

— Não sei do que você está falando — protestou Camille. — Estou apenas jogando.

— Isto não é um jogo — rosnou ele. — Está em todos os noticiários. Acabou pra mim. Minha família foi destruída. E você ao menos parou para pensar no que fez com aquele pobre garotinho?

— Não sei sobre o que ele está falando — insistiu Camille, olhando para os outros em busca de apoio. — Ele está bêbado.

— Estou dizendo... — o senador se esforçou para se livrar das mãos que o agarravam — que você contou ao mundo que eu tenho um filho de 8 anos. Uma criança da qual minha esposa não tem conhecimento, tampouco meus filhos.

— Quem era naquela foto? — perguntou Maire, de repente. — Quero dizer, no quebra-cabeça que você montou. A mulher na foto de identificação policial. Quem é ela?

O senador não respondeu, apenas virou a cabeça e encostou o rosto no chão. Foi então que Camille entendeu.

— Era a mãe, né? — perguntou. — Você tem um filho, aquela mulher é a mãe, e sua esposa não faz ideia da existência deles.

O senador voltou a erguer a cabeça, com lágrimas escorrendo pelas bochechas.

— Não somos nós que estamos jogando este jogo — disse ele. — O jogo é que está jogando com nossas vidas. Um de vocês será o próximo.

Fern deu um passo à frente.

— Ele não sabe mais o que está dizendo. Vamos levantá-lo e tirá-lo daqui. Agora.

Camille olhou para os outros.

— Isso está errado, certo? Precisamos chamar a polícia.

Mas, se Camille pensou que conseguiria o apoio de Maire e Ned, se enganou. Eles desviaram o olhar, recusando-se a fazer contato visual. Então ela entendeu. Eles queriam que o programa continuasse. Queriam os dez milhões de dólares. Apenas Samuel parecia tão incerto quanto ela.

— Inacreditável — disse Camille, erguendo as mãos, derrotada. Mas, se fosse honesta consigo mesma, também queria os dez milhões de dólares.

Fern se abaixou e pegou o celular que devia ter deixado cair durante o conflito. Então, para surpresa de Camille, a apresentadora pegou outro a poucos metros de distância. *Quem precisa de dois celulares?*, Camille se perguntou enquanto Fern apertava alguns botões e pressionava um dos aparelhos contra o ouvido, estremecendo com o contato.

— Esperem só — disse o senador, com saliva e sangue escorrendo pelo canto da boca. — Vocês são os próximos — gritou por cima do ombro enquanto Samuel e Ned o colocavam de pé e começavam a arrastá-lo pátio afora.

Um objeto retangular de plástico estava no chão e Camille se abaixou para pegá-lo. Era um cartão de acesso. Tinha uma foto de Fern e seu nome completo. Fernanda Espa.

— Venha buscá-lo imediatamente — ordenou Fern friamente pelo celular. — E garanta que ele não volte mais.

Camille sabia que já tinha ouvido aquela voz antes. Estava tudo se encaixando. Os tênis Converse, os óculos escuros, o chapéu, o contexto, tudo explicava por que ela não havia feito a conexão antes. Pensou em sua antiga cliente, Fern. Fernanda. Nan.

Fern era Nan, a mulher que aparecera em seu escritório meses atrás. A mulher que confidenciara a Camille sobre uma chefe implacável que destruiria qualquer um que a contrariasse. A mulher que desaparecera sem deixar rastro.

— Nan? — murmurou Camille.

Fern cobriu o microfone do aparelho e estreitou os olhos para Camille.

— O que disse?

— Deixa pra lá — respondeu, afastando-se de Fern com o coração martelando contra as costelas.

Ela queria sacudir Nan, ou Fern, ou seja lá qual fosse o nome dela, e exigir saber o que diabos ela estava tramando. Que tipo de joguinho perigoso ela estava jogando e por que arrastou Camille para o meio dele?

25

A Melhor Amiga

Maire estava sentada no chão do quarto, a luz do entardecer que entrava pela janela aquecendo seu rosto. Tentava processar tudo o que aconteceu nos últimos dias. Na noite anterior, o senador quase matara Fern. Os outros quatro competidores foram necessários para afastar suas mãos do pescoço dela. O que Fern poderia ter feito para provocar tamanha ira?

Pegar no sono não foi uma tarefa fácil para nenhum deles, e ninguém falou sobre a afirmação do senador de que um deles seria o próximo. Porém, será que tinha sido apenas a paranoia da embriaguez ou ele falara a verdade? E ainda havia Camille. Como ela *sabia* sobre o filho secreto de 8 anos do senador? Ela era uma infiltrada, enviada para causar intrigas e incerteza entre os competidores?

O dia se arrastou dolorosamente. Nenhum desafio novo foi anunciado e os outros já haviam saído do quarto há horas; Maire, no entanto, se contentou em ficar no cômodo, dormir e pensar melhor em tudo. Agora eram quase 17h e ela precisaria descer em breve.

Pensou nos desafios perigosos e nas pistas estranhamente familiares, ameaças aparentemente veladas. Não tinha sido por acaso que ela e Samuel foram escolhidos para o mesmo reality-show. Mas o que poderia fazer sobre isso? De repente, pensou na árvore genealógica. A Super Pista que ganhara depois de ser a primeira a achar a saída do labirinto.

Levantou-se do chão e pegou o travesseiro. Dentro da fronha estava a árvore genealógica e o envelope contendo o Modificador — o pequeno comprimido branco. Maire desdobrou a árvore genealógica e examinou suas ramificações. À primeira vista, parecia não haver ligação com o senador. Nenhum sobrenome estava legível e muitos dos primeiros nomes tinham sido editados. Maire prestou atenção nas datas.

Um nome que fora ocultado continha uma data de nascimento que poderia muito bem ser do senador. Ela correu o dedo pela página. A ramificação dessa pessoa mostrava quatro filhos homens, todos nascidos há mais de trinta anos, correspondendo ao que Maire sabia sobre o senador e sua esposa. Projetando-se para a direita, havia um ramo que ligava o patriarca desconhecido a outra mulher e, a partir daí, um único filho. Um menino chamado Caleb, nascido há oito anos.

Então era verdade. O senador tinha mesmo um filho secreto.

Ela sentiu alguém a observando e ergueu o olhar, encontrando Camille parada à porta. Ela vestia seu traje amarelo de *Um Ganhador de Sorte* e encarava Maire.

— O quê? — perguntou Maire, incerta. Tudo em relação à Camille era intimidador. Sua inteligência, sua beleza, seu olhar afiado, a forma como dominara a corrida de obstáculos. — O quê? — perguntou novamente, uma pitada de impaciência na voz.

— Nada. — Camille balançou a cabeça. — Só estou meio surtada por causa da noite passada. Fico pensando no que teria acontecido se não tivéssemos ouvido o senador atacando Fern. Poderíamos ter acordado e dado de cara com um cadáver.

— Pois é, foi assustador — concordou Maire.

Ela não confiava naquela mulher. De alguma forma, Camille tinha conhecimento prévio do segredo do senador. Mas será que tinha mesmo? Maire recebera a mesma informação e não percebera seu significado até agora.

— Você conhece a Fern? — perguntou Camille, baixinho. — Quero dizer, de fora do programa? Você já a tinha visto antes?

— Eu? Não — respondeu Maire, surpresa com o rumo que a conversa havia tomado. — O que te faz pensar isso?

Camille mordeu o lábio.

— Você viu como o senador ficou chateado. Parecia, sei lá, algo pessoal. Como se tivessem tido algum tipo de relação ou encontro passado.

— Perder dez milhões de dólares provavelmente foi o bastante para fazer o senador se voltar contra ela. — Maire encolheu os ombros, tentando disfarçar suas próprias suspeitas sobre Fern, sobre o programa. Ela precisava de mais tempo para pensar no assunto. — Ele devia estar desesperado por dinheiro. *Você* conhece a Fern? — Jogou a pergunta de volta.

Maire pensou ter visto algo cruzar o rosto de Camille. Culpa ou, quem sabe, medo, mas logo desapareceu.

— Não, também não a conheço — disse a mulher, levantando-se. — Bem, é melhor descermos. Ned e Samuel já estão lá embaixo. O próximo desafio começa em breve. E uma pessoa da equipe avisou que deveríamos usar nossos trajes de banho hoje.

Assim que Camille saiu do quarto, Maire encontrou um maiô enfiado no meio de um agasalho cor-de-rosa do programa limpo. Se o desafio de hoje fosse como os anteriores, tudo poderia acontecer. E tudo o que Maire poderia fazer era dar o seu melhor e torcer para que isso bastasse. Ela hesitou antes de fechar a porta do quarto.

O Modificador de Jogo, o comprimido, ainda estava escondido na fronha. Ela realmente poderia colocar uma pílula não identificada com efeitos desconhecidos em uma bebida e observar um de seus concorrentes bebê-la?

Poderia. Ela faria qualquer coisa pelos dez milhões de dólares e talvez até mais para guardar seu segredo. Maire voltou para o quarto, pegou o envelope com o comprimido e o guardou no bolso.

Enquanto caminhava pelo longo corredor em direção à escadaria principal, um pensamento lhe ocorreu. Talvez houvesse uma maneira de conseguir o dinheiro mesmo que ela não ganhasse o programa. Parte dele, pelo menos. Cinco milhões de dólares eram tão bons quanto dez. Se conseguisse se aliar a um dos outros concorrentes, conspirar para trabalharem juntos e contra os demais, talvez, apenas talvez...

Mas isso significava que ela precisaria confiar em outra pessoa.

Ao pé da escada, encontrou os outros em volta de uma mesa de bufê repleta de diversas comidas.

— Que bom que pôde se juntar a nós — disse Ned, tomando um gole de uma lata de refrigerante. A pele ao redor de seus olhos estava da cor de berinjela, e seu nariz, vermelho e inchado por causa do chute de Camille durante a corrida de obstáculos.

— Foi mal — murmurou Maire.

— Sem problemas — disse Ned suavemente, mas seus olhos faiscaram com irritação. — Tem só uma produção multimilionária esperando por você, mas, ei, não se preocupa com a gente.

Maire estava prestes a responder quando Camille interveio.

— Adorável, Ned. Aposto que as pessoas ao seu redor amam seu senso de humor.

— Como assim? — perguntou Ned, inocentemente. — Todo mundo me ama.

— Ah, tenho certeza de que sim — disse Camille, escolhendo uma garrafa de água em cima da mesa. — Não é como se você encurralasse mulheres no seu escritório e enfiasse a mão nas saias delas.

Todos no cômodo congelaram. Até os membros da equipe que ainda estavam por ali pararam de conversar para prestar atenção.

— O que você acabou de dizer? — perguntou Ned, com a voz dura.

Um rubor tomou conta do rosto de Camille, mas ela manteve os olhos fixos nele.

— Nada — respondeu ela, destampando a garrafa. — Eu não disse nada.

— Um caralho que não disse — rebateu ele. — Você deveria tomar cuidado com o que fala.

— Como assim? — Camille piscou os olhos com inocência. — Você deve ter me ouvido errado.

Mas Maire a ouvira. Assim como todo mundo. Qual era a de Camille? Primeiro, aquela declaração sobre o filho de 8 anos do senador, e agora isso. Será que esse comentário também era verdadeiro?

Depois do que Ned fez com Maire na parede de escalada, era ele quem ela desejava que fosse o próximo eliminado. Ela colocou a mão no bolso da jaqueta, procurando o comprimido. Deveria usá-lo? A hora era agora?

— Que tal falarmos sobre o que aconteceu ontem à noite? — perguntou Samuel, limpando a boca com um guardanapo e deixando seu prato de lado.

— Shh — sibilou Maire, olhando ao redor. Os cinegrafistas estavam conversando e vários membros da equipe andavam apressados pelo espaço, sem nem prestar atenção neles, mas ela sabia que havia câmeras escondidas por toda parte. — Não tem o que falar — disse enquanto o grupo se reunia. — O senador foi eliminado e surtou. Precisamos simplesmente esquecer isso e seguir em frente.

— Tem alguma coisa muito errada com este jogo — disse Samuel.

Maire olhou para ele. Ela precisava que ele ficasse quieto, que apenas agisse como se nada tivesse acontecido. Se ele causasse, o jogo poderia ser encerrado.

— Cala a boca, cara — sussurrou Ned, colocando a lata de refrigerante em cima da mesa. — Vamos só jogar este maldito jogo.

Maire lançou um olhar para Samuel, implorando silenciosamente para que ele parasse. Não havia a menor chance de ela deixá-lo estragar tudo. Samuel balançou a cabeça, incrédulo, mas se calou.

Maire olhou para a bebida de Ned em cima da mesa. Ela havia perdido a chance de colocar o comprimido na lata? Se o fizesse agora e ele não desse outro gole, ela teria desperdiçado sua oportunidade.

Ela pegou o comprimido e foi, despreocupada, até a frente de Ned na mesa do bufê, fingindo examinar as opções de sanduíches, saladas e sobremesas. Pegou um wrap de peito de peru com uma das mãos enquanto colocava a pílula na lata de refrigerante de Ned com a outra.

Maire se afastou da mesa. Estava feito. O que quer que acontecesse a seguir estava fora de seu controle.

A estagiária de Alfonso foi até eles.

— Boa noite a todos — disse alegremente. — Espero que tenham conseguido o merecido descanso. É hora de irmos até o próximo desafio.

Maire se perguntou se alguém contara a Alfonso o que havia acontecido na noite anterior. Por algum motivo, ela duvidava disso. Será que o diretor sequer sabia quais eram as Super Pistas e os Modificadores de Jogo, ou estava tão no escuro quanto eles?

Pelo canto do olho, Maire viu Ned pegar a lata e levá-la aos lábios. Ela prendeu a respiração quando ele tomou um gole, depois outro.

— Hoje será ao ar livre de novo — informou a estagiária. — E posso garantir que este desafio fará com que os espectadores falem sobre isso durante anos. Vamos?

Ned inclinou a cabeça para trás, bebeu o resto do refrigerante e deixou a latinha de lado.

— Eu estou pronto, mas a pergunta é: a Maire está pronta?

Maire conteve a resposta. Ela não poderia deixar Ned Bennett afetá-la.

A estagiária os conduziu pelo corredor principal e pelas mesmas portas por onde haviam saído na noite do primeiro desafio. Depararam-se com o céu cor de tangerina do início da noite. Maire ficou de olho em Ned, procurando por algum sinal de que a pílula estivesse funcionando. Ele parecia bem e caminhava com a arrogância de sempre.

Ali perto, era possível ver o que pareciam ser uma centena de cruzes pretas preenchendo um espaço vazio. *Um cemitério*, pensou Maire. Vendo a perturbação em seu rosto, Camille se inclinou e sussurrou:

— São treliças para as uvas. Elas sustentam as vinhas.

Maire assentiu, mas a imagem era tão inquietante que ela não conseguia desviar o olhar. Com uma sensação crescente de desconforto, seguiu a estagiária por um caminho de paralelepípedos.

Logo a paisagem se abriu e Maire piscou várias vezes, tentando processar o que estava vendo. Gelo. Parte do lago estava coberta de gelo. Impossível. O medo envolveu seu coração.

— Você está bem? — perguntou Camille, estabilizando-a com a mão firme em seu braço.

Maire não foi capaz de responder. Ela foi transportada de volta para Tanglefoot; quase podia sentir o vento soprando em seu rosto, a ardência da água fria contra sua pele. Forçou-se a não olhar para Samuel. Se o fizesse, ela desmoronaria. Percebeu que nada disso era coincidência. Maire queria fugir, mas para onde poderia ir? As câmeras estavam ligadas, o mundo estava assistindo. Ela estava encurralada.

Semicerrou os olhos para enxergar melhor. É claro que o lago não estava coberto de gelo. Era uma capa flutuante branca enorme, mais ou menos do tamanho de um campo de futebol. Ela já tinha visto essas capas de alta densidade muitas vezes, mas nunca uma tão grande quanto aquela. Talvez ela tivesse exagerado. Talvez isso não tivesse nada a ver com Tanglefoot e fosse apenas mais um desafio. No entanto, teve a sensação incômoda de que tinha todos os motivos para estar com medo.

Fern esperava por eles na beira do lago, usando um vestido longo vermelho de um ombro só e com uma gola alta que cobria os hematomas em volta do pescoço. Ela ergueu uma das mãos.

— Boa tarde, Sortudos. Espero que tenham tido um bom dia. Vamos direto ao ponto. Como podem ver, o sol está começando a se pôr e é importante terminarmos este desafio antes do anoitecer.

Maire notou que Fern havia disfarçado habilmente os hematomas que seu vestido não cobria. Apesar da maquiagem pesada, havia olheiras sob seus olhos, e nenhuma quantidade de corretivo conseguia esconder sua exaustão.

— Vocês quatro sobreviveram à primeira eliminação — disse Fern. — Bem-vindos ao desafio mais intenso até agora. Como podem ver, uma parte do lago atrás de nós está coberta, exceto por um buraco de um metro de circunferência.

Maire se sentiu enjoada. Mesmo vinte anos depois, ainda conseguia sentir as garras congelantes do lago tentando afundá-la.

— Vamos caminhar até a abertura no lago, mas não se preocupem, é seguro — informou Fern, e foi até a capa cobrindo a água.

Maire deu um passo para testar, depois outro. O plástico duro nem oscilou embaixo dela.

Em fila única, o grupo caminhou cerca de cinquenta metros pelo lago. Fern os conduziu até um grande gazebo de mármore branco, com teto abobadado e colunas feitas a partir de esculturas de deusas romanas. Era incrível. A quantidade de trabalho e dinheiro gastos para criar o cenário do programa deveria ter sido impressionante. Um cinegrafista esperava lá, e atrás dele estava Alfonso, estudando sua prancheta.

Fern subiu no gazebo e encarou o grupo.

— Bem-vindos ao terceiro dia de *Um Ganhador de Sorte*! Apelidamos este desafio de Mergulho Polar. Logo atrás de vocês há um buraco. Ele será o portal de entrada e saída do lago. Vocês também verão que alguns metros além do buraco temos quatro bandeiras, cada uma correspondendo à cor da sua roupa. Rosa, verde, amarela e laranja. Sua tarefa é mergulhar no buraco e nadar até encontrar uma bolsinha. — Fern ergueu uma sacola preta de pano do tamanho de um punho.

— E como é que vamos enxergar? — perguntou Ned, incrédulo. — Vai estar um breu lá embaixo.

A cabeça de Maire se voltou para o homem. Será que tinha ouvido sua fala um pouco arrastada? A pílula estava começando a fazer efeito?

— Não se preocupe — garantiu Fern. — Não tem como não ver. Ao encontrar uma bolsinha, desamarre-a de onde estiver e nade de volta até o buraco, saia, deixe a bolsa no local designado e então volte para a água. A pessoa que mais as coletar vence o desafio e ganhará uma Super Pista.

— Entendi — disse Ned, e cambaleou. A pílula estava mesmo funcionando. Então um novo temor a invadiu. E se ele desmaiasse na água e se afogasse? Ela seria uma assassina. De novo.

Ela temia pular no lago, mas tinha ainda mais medo de que outra pessoa pegasse a Super Pista. Se a dica tivesse informações incriminatórias sobre ela, Maire queria ser a pessoa a pegá-la. Seu ombro estava doendo, mas ela nadava bem. Seria capaz de enfrentar o desafio.

— Parece perigoso — observou Camille. — A temperatura da água está boa para nadar?

— E só tem uma saída — acrescentou Samuel, o tom sério.

Maire o olhou. Tantas pistas apontavam para Tanglefoot e aquela noite fria há muito tempo. Ambos sabiam disso. Será que Samuel desistiria? Ela não podia, independentemente do que acontecesse.

— Você quer dizer que alguém pode se afogar? — perguntou Camille, estreitando os olhos. — Certamente não é o caso, né?

— A escolha de participar ou não é sua, Camille — disse Fern. — Como sabem, todo desafio traz riscos. Agora, se estiverem prontos, começaremos.

— Que cuidados estão sendo tomados? — pressionou Camille. — Há salva-vidas a postos? Paramédicos? Quem vai mergulhar e nos salvar se algo der errado?

Maire teve vontade de tapar a boca da mulher com a mão, embora ela compartilhasse desses mesmos medos.

— Meu Deus, Camille — disse Ned. — Você quer jogar ou não?

Fern lançou um sorriso gentil para Camille, mas havia um brilho de irritação em seus olhos.

— Você pode não participar desta vez, Camille, mas isso a coloca em risco de ser eliminada do programa. Só você pode decidir se os dez milhões de dólares valem o risco.

— Bem, para mim valem — disse Ned, abrindo o zíper do agasalho e tirando as calças. — Vamos lá.

— Não estou gostando disso — sussurrou Camille no ouvido de Maire. — Tem alguma coisa muito errada.

Camille tinha razão. Essa competição inteira era distorcida e masoquista, mas Maire já tinha ido longe demais. Se houvesse uma mínima chance de ganhar o dinheiro, precisava tentar.

— Desiste, então — Maire foi direta, tirando os sapatos e o agasalho até ficar só de maiô.

Com cautela, caminhou até a beira do lago, as rochas contra a sola dos pés, e se juntou a Ned. Foi seguida por Samuel e Camille.

À direita, havia um buraco escuro que contrastava com a extensão branca da capa. Ela tentou engolir o terror. Tudo ali era estranhamente semelhante à aparência do Lago Tanglefoot naquela noite. Até o vestido carmesim de Fern a lembrou do sangue que se acumulou na beira do gelo quebrado.

Ela espiou dentro do buraco. A água era turva e parada. Como veriam para onde estavam indo? A ideia de ficar presa embaixo do lago escuro fez seu pulso acelerar. Ela não conseguiria mergulhar. Sem chance. De repente, algo no abismo piscou para ela. Maire recuou, surpresa, mas logo percebeu que se tratava de uma luz. Voltou a se aproximar do buraco, curvando-se para ver melhor. Pontinhos brilhantes suaves oscilavam lentamente na água.

— São quatorze bolsinhas. Todas contam com uma luz e estão presas a uma corda conectada à superfície — explicou Fern, e Maire sentiu uma onda de alívio tomar conta dela. Não precisariam entrar na água completamente às cegas. — E certifiquem-se de sempre saber onde estão em relação ao buraco. Lá embaixo pode ser bem desorientador, e ele é a única saída de vocês — alertou. — Alguma pergunta?

— O que tem nas bolsinhas? — perguntou Camille. — Pistas?

— Só flutuadores, para impedir que afundem — disse Fern. — A Super Pista vai para quem pegar mais bolsas. Mais alguma dúvida?

Ninguém disse nada. Fern entregou um par de óculos para cada um, e Maire se apressou a colocar os seus.

— Certo — disse Fern, erguendo a pistola de largada.

Isso estava realmente acontecendo, pensou Maire. Um estalo preencheu o ar, seguido pelo grasnido de pássaros assustados.

Samuel foi o primeiro a mergulhar, sumindo de vista imediatamente. Maire se lançou em direção ao buraco, mas Ned foi mais rápido. Agora restavam apenas Camille e Maire. A primeira parecia insegura, assustada.

— Vamos — encorajou Maire. — Não podemos deixar os caras ganharem esta.

— Tá bom — disse Camille, com a voz trêmula.

Ela segurou a mão de Maire. Juntas, pularam de pé para dentro do buraco. O choque da água fria foi como um milhão de caquinhos perfurando a pele de Maire. Não conseguiu continuar segurando a mão de Camille e perdeu o equilíbrio. Por um momento terrível, ela não fazia ideia de onde era cima ou baixo. Então ela viu: um pontinho de luz. E outro, e mais um. As bolsinhas estavam visíveis, conectadas a vários comprimentos de corda flutuante.

Samuel e Ned já tinham uma bolsinha cada e estavam nadando de volta para o buraco. Isso significava que só restavam doze. Camille passou por ela com um joinha. Ela também segurava uma das sacolas. Agora eram onze. Algo macio e escorregadio roçou as pernas de Maire e pedaços de detritos passaram flutuando. Ela estremeceu, convencendo-se de que não havia nada ali que pudesse machucá-la.

Foi então que Maire tomou uma decisão. O tiro poderia sair pela culatra e ter consequências catastróficas, mas agora ela estava determinada. Nadou por cada uma das bolsinhas restantes, contando-as conforme avançava. Fern nunca disse que eles precisavam subir para respirar entre as capturas. Dez, onze, doze, treze. Na décima quarta, Maire parou e começou a desamarrá-la da corda a qual estava presa. Ao soltá-la, enfiou a bolsinha no maiô e nadou alguns metros até a décima terceira. Novamente, ela desatou o nó e ele se soltou com facilidade. Ela enfiou a bolsa dentro do maiô junto com a outra.

Maire sabia que precisaria reunir oito bolsinhas para garantir a vitória, mas imaginou que se conseguisse pelo menos cinco teria uma boa chance. Enquanto os outros brigavam entre si pelas mais próximas da superfície, Maire reunia as que estavam mais abaixo. Ela passou para a próxima bolsinha. A pressão em seu peito aumentava, mas ela se concentrou em desatar o nó. Seus dedos estavam dormentes e ela remexeu desajeitadamente no emaranhado de corda que mantinha a bolsa no lugar. Depois do que pareceu uma eternidade, o nó se soltou e ela passou para a seguinte. Acima dela, a água rodopiava e se agitava. Os outros estavam cada vez mais perto.

Seus pulmões estavam gritando. Há quanto tempo estava embaixo d'água? Um minuto? Mais? Ela não fazia ideia. Pegou a próxima bolsinha, e agora tinha quatro enfiadas no maiô. Tentou fazer as contas. Se ela tinha quatro e Samuel, Camille e Ned tinham uma cada, isso significava que restavam mais sete. Se Maire conseguisse mais duas, imaginou que teria uma vantagem.

Parecia que seus braços estavam amarrados a uma âncora e os músculos de suas panturrilhas se contraíam dolorosamente.

Ela conseguiria. Precisava. Nadou para cima, rumo à próxima luz, mas de repente o feixe desapareceu. Não, ela pensou. Estava tão perto. A luz reapareceu e, através da escuridão, pôde ver que outra pessoa também estava se aproximando da bolsinha. Tudo o que Maire pôde fazer foi evitar arfar atrás de ar — ar que ela sabia que não estaria ali.

Com toda a força que conseguiu reunir, ela impulsionou as pernas para avançar em direção à luz. Agarrou a bolsinha, mas algo afastou sua mão.

Ned.

Sua garganta estava queimando e todo o oxigênio que lhe restava nos pulmões desaparecera. Mais uma vez, ela agarrou a bolsinha e, de novo, Ned a afastou, desta vez tirando os óculos de seu rosto.

Ela se debateu, tateando às cegas; milagrosamente conseguiu segurar a bolsa, que se soltou da corda. Conseguira. Maire começou a nadar em direção à abertura, mas um puxão no tornozelo a deteve. Ela sacudiu a perna, mas Ned a segurou com força. Caso não se livrasse dele, ela se afogaria. Desespero a dominou e Maire começou a se debater.

Então, era isso. Não havia nenhum jeito de ela conseguir vencê-lo. Maire precisava chegar à superfície ou morreria. Suas filhas não teriam mais mãe. Teriam apenas Shar para cuidar delas, ou pior, o pai.

Ned a arrastou para baixo, mas uma força invisível agarrou seu cabelo e a puxou para cima. A dor queimou seu couro cabeludo. Samuel. Ele estava tentando libertá-la das garras de Ned. As unhas de Ned arranharam sua pele quando ela escapou, e a dor em sua cabeça desapareceu. Ela estava livre. Samuel passou por ela nadando para as bolsas, mas tudo em que Maire conseguia pensar era em chegar à superfície. Ela bateu as pernas e tentou usar os braços para se impulsionar, mas a água parecia espessa. Cada movimento era como se mover na lama.

Acima dela, pôde ver a abertura fantasmagórica no lago que significava que ela ficaria bem. Seus pulmões clamavam por ar. Maire estava tão perto, mas seus braços não queriam mais funcionar, suas pernas eram inúteis, e ela começou a afundar de novo, desta vez devagar. Suavemente. Achava que morrer afogada seria frio e aterrorizante, mas, assim que o pânico passou, seus membros ficaram agradavelmente quentes e, enquanto a água enchia seu nariz, sua garganta e seus ouvidos, ela estava estranhamente em paz. Não havia mais nada que ela pudesse fazer.

A abertura desapareceu. *Que ironia*, refletiu, *morrer assim*. Ela não merecia nada menos do que isso. Tentara brincar de Deus naquela noite, afinal. Pensou em suas filhas adoráveis e suas lágrimas se juntaram à água do lago. *Sinto muito*, pensou várias vezes. *Tentei ser melhor; todos os dias tentei ser uma boa pessoa, uma boa mãe*. Maire rezou para que as filhas jamais descobrissem o que ela havia feito, como ela era uma assassina e uma covarde.

De repente, sentiu mãos agarrando-a e puxando-a, então foi içada do lago e jogada sobre uma superfície dura e firme. Após a escuridão debaixo d'água, a luz machucava seus olhos e ela ainda não era capaz de respirar. Dois rostos repletos de preocupação surgiram acima dela. Camille e Fern. Esta parecia tão molhada quanto Camille, com o cabelo escuro grudado no rosto. Ambas pularam na água para salvá-la? *Estranho*, pensou. Não era Fern quem estava tentando destruí-la? Fazê-la pagar por seus pecados?

Uma enxurrada de água do lago irrompeu de sua garganta e Maire conseguiu respirar de novo. Seu peito subiu e desceu com o esforço de reunir o máximo de ar possível. Todas as terminações nervosas estavam pegando fogo. A dor explodiu pelo corpo. Seus pulmões queimavam e seus membros estavam frígidos. Alguém a envolveu em um cobertor seco e quente, e Maire gemeu de alívio.

— Você está bem? — perguntou Fern, batendo os dentes, e com o vestido lindo colado na pele.

Maire assentiu, ainda incapaz de falar. Camille, enrolada em seu próprio cobertor, colocou um braço em volta dela.

— Achei que você não voltaria — disse Camille. — Pensamos que você estava morta.

— Eu também — Maire conseguiu dizer. Olhou em volta. As bandeiras coloridas pendiam frouxas. Abaixo da verde, de Samuel, havia cinco bolsinhas, das de Ned e Camille, duas. — E os meninos?

Fern havia caminhado de volta até a abertura na água e estava olhando para o breu profundo.

Camille negou com a cabeça.

— Eles ainda não voltaram. Precisamos fazer alguma coisa.

Maire pensou em Samuel, em como, por alguns momentos felizes, há tantos anos, ela pensou que estava se apaixonando por ele. E pensou no comprimido que tinha colocado na bebida de Ned. Sem pensar, ela correu até o buraco e pulou de volta.

26

A Melhor Amiga

Passado

Corre — repetiu Samuel, mas Maire estava congelada, incapaz de se mover, com os olhos fixos no cano que o homem segurava. À medida que ele se aproximava, ela percebeu que ele cambaleava.

— Seus merdinhas — balbuciou. — Vocês se acham engraçados — disse, erguendo um pouco mais o cano.

Maire fechou os olhos, preparando-se para o impacto, então sentiu um puxão forte em seu braço.

— Corre! — gritou Samuel, tentando afastá-la dali.

Maire abriu os olhos. O homem havia parado de avançar, o cano escorregou por entre seus dedos e caiu no chão.

Um barulho estranho e gorgolejante veio do peito do homem e Maire assistiu, horrorizada, quando ele caiu de joelhos, seus olhos se arregalando de medo instantes antes de uma torrente de vômito sair de sua garganta. Sua cabeça pendeu e ele caiu de lado, com os joelhos dobrados, um braço preso desajeitadamente sob o corpo.

Com Samuel ainda a segurando pelo cotovelo, Maire deu um passo à frente e encarou o homem imóvel. Seus olhos estavam abertos, a pupila direita anormalmente grande.

— Ele está morto? — sussurrou Maire.

— Não sei — respondeu Samuel, com a voz falhando.

— Precisamos buscar ajuda. Os gêmeos têm um telefone — disse Maire, virando-se em direção à falésia. — Um de nós deveria ir...

Samuel se agachou e deu uma sacudida hesitante no homem.

— Ei, cara — disse. — Levanta.

Nenhuma reação.

— Ele está respirando? — perguntou Maire.

— Não sei — respondeu Samuel. — Não sei dizer.

Com o coração martelando contra o peito, Maire tirou as luvas e colocou dois dedos no pescoço do homem, quase engasgando por causa da viscosidade e do cheiro rançoso do vômito.

— Acho que ele está morto — sussurrou Maire. — Nós o matamos.

À distância, o brilho de faróis que se aproximavam. Alguém estava vindo.

— Devíamos chamá-los. Pedir ajuda.

Mas Samuel já estava negando com a cabeça.

— Não — disse ele bruscamente. — Precisamos dar o fora daqui. As pessoas farão perguntas. Não podemos deixar ninguém saber que estamos por trás disso.

— Mas foi um acidente — falou Maire. — Não queríamos que isso acontecesse.

Samuel balançou a cabeça.

— Maire, não somos crianças. Você tem uns... 20 anos? Eu tenho 22. Estou tentando entrar na faculdade de direito. Fizemos besteira, e se formos presos...

— Presos? — Ela levantou o rosto. — Pelo quê?

— Sei lá, Maire — disse Samuel, elevando a voz. — Crime contra o patrimônio, conduta imprudente, lesão corporal, destruição de propriedade, assédio. Você quer que eu continue a lista?

Ela olhou para o corpo a seus pés. Samuel tinha razão. Eles precisavam dar o fora. Alguém veria os destroços e encontraria o homem. Ela olhou para Samuel outra vez, seus olhos escuros suplicantes. Maire assentiu e ele agarrou a mão dela. Começaram a correr. Logo, foram envolvidos por fileiras e mais fileiras de finas bétulas, a anterior uma réplica branca e fantasmagórica da seguinte.

Eles correram até que Maire não conseguisse dar mais nem um único passo. Ofegante, ela se encostou em uma árvore.

— Não entendi — disse Maire, sem fôlego. — Como ele se machucou tanto?

— Não sei — respondeu Samuel, curvando-se, com as mãos nos joelhos e a respiração entrecortada. — Talvez ele não estivesse usando cinto de segurança. Ele estava em alta velocidade. Bateu a cabeça no para-brisa. Caramba, não faço ideia de onde estamos.

— Sinto muito mesmo — disse Maire, a realidade do que tinham feito tomou conta dela. — Foi muito idiota. Eu não pensei direito.

— É, sim, foi idiota, mas eu também estava lá — falou Samuel. Ele examinou o solo. — Acho que não deixamos muitas pegadas. Está bem frio, a neve está muito compacta. Para qual lado você quer ir?

— Não podemos voltar por aquele caminho. — Maire apontou na direção de onde vieram. — Vamos encontrar o lago. Talvez consigamos achar a fumaça da fogueira de lá.

Samuel assentiu.

— Certo. Parece que tem um leve declive no solo naquela direção. Faz sentido que o lago esteja pra lá.

— Acho que está escurecendo — disse Maire, olhando para o céu.

O brilho das estrelas havia diminuído, mal iluminando o caminho à frente.

Em silêncio, começaram a andar, olhando furtivamente por cima dos ombros. Os únicos sons eram os de seus pés se movendo pelo chão coberto de neve e as respirações irregulares enquanto seus batimentos cardíacos se acalmavam aos poucos.

As árvores à frente pareciam estar se tornando mais escassas, sendo substituídas por arbustos cada vez menores. Maire pediu aos céus para que fosse o lago. Esfriava a cada minuto, e ela enfiou as mãos nos bolsos para procurar as luvas.

— O que diremos aos outros? — perguntou Maire, deslizando os dedos para dentro das luvas, grata pelo calor e ainda mais agradecida por cobrir o sangue que manchava sua pele.

— Eu sei o que não vamos dizer — disse Samuel, afastando um arbusto espinhoso e dando um passo ao lado para que Maire pudesse passar. — Não vamos contar que fizemos um cara perder o controle na estrada, nem que ele veio atrás de nós com um cano e morreu. Isso não, com certeza. Vamos dizer apenas que nos perdemos, e aí vamos esquecer que isso aconteceu.

— Você acha que Figgy vai deixar pra lá? — perguntou Maire, querendo pensar em qualquer coisa, menos no homem morto. — Ela odeia que você esteja namorando com a Lina, sabia?

— A Figgy? — disse Samuel, com surpresa genuína em sua expressão. — Por que ela se importaria?

— Vocês dois costumavam ter algo, não?

— Ah, não — disse Samuel, prolongando as palavras. — Ela é a rainha do drama, o tempo todo. Dispenso, obrigado. Saímos algumas vezes, mas foi só isso. A Figgy pode até ter desejado mais, mas eu definitivamente não estava interessado.

— Mas ela disse que vocês transaram — contou Maire. — Por que ela mentiria?

— Por que eu mentiria? Nunca aconteceu. Nem vai acontecer — falou com tanta firmeza que Maire quase acreditou nele. Então, com alívio, acrescentou: — Finalmente.

Maire saiu de trás de Samuel. Os ventos fortes tinham varrido toda a neve remanescente e o Lago Tanglefoot parecia uma bandeja de prata polida diante deles. Em vez de sentir alívio, ela se lembrou outra vez de como eles estavam sozinhos.

— Tá vendo a fogueira? — perguntou Maire, vasculhando o horizonte em busca de fumaça.

— Lá. — Samuel apontou para o oeste. Gavinhas brancas de fumaça se erguiam acima das árvores. — Acho que, se seguirmos a beira, conseguiremos voltar. Não é longe.

Ele começou a descer a encosta rochosa, então se virou, oferecendo a mão para Maire. Ela aceitou e, juntos, desceram uma escada de pedras escorregadias até a beira do lago.

— Você acha que vai nos aguentar? — perguntou Maire. O lago parecia congelado, mas no dia anterior a temperatura estava bem acima de zero. Ela não curtia a ideia de seu pé romper a camadinha de gelo e cair na água gelada.

— Está, tipo, zero grau. Tenho certeza de que está tudo certo — garantiu Samuel, e eles começaram a andar.

Foi uma jornada lenta. Juncos congelados na altura do peito e alpiste estalavam conforme caminhavam ao longo da margem congelada. Maire se manteve perto de Samuel e, embora soubesse que não tinha ninguém os perseguindo, cada farfalhar e assobio fazia seu coração disparar.

Samuel, sentindo sua apreensão, segurou sua mão enluvada.

— Está tudo bem — sussurrou ele. — Estamos chegando lá.

Maire sorriu com gratidão. Era errado segurar a mão de Samuel? Eles estavam apenas tentando se firmar, evitar que o outro tropeçasse. Mas o que Lina diria caso descobrisse? Maire afastou a imagem da expressão magoada da amiga, e também a do sorriso de satisfação de Figgy. Ela apreciou a sensação da mão de Samuel na sua, desejando que a lã da luva não fosse uma barreira contra o calor da pele dele.

Algo acontecera entre os dois. Uma conexão. Mas talvez isso se devesse à perigosa pegadinha na estrada. Os sentidos deles estavam aguçados, mas talvez o relacionamento de Samuel e Lina tivesse chegado ao fim. Talvez Maire tivesse uma chance. Ela parou de andar.

— Qual é o problema? — perguntou Samuel, parando com ela.

Maire tirou as luvas, enfiou-as nos bolsos e pegou a mão de Samuel. A pele dele estava fria, mas uma corrente elétrica passou entre os dois.

— Maire — disse Samuel gentilmente. — O que você está fazendo?

Ela sabia que aquele não era o momento. Era mórbido, errado. Mas Maire não queria conversar, não queria pensar no homem morto, em Lina, em Figgy, nem em Damon e nos gêmeos. Ela estendeu a mão e tocou o rosto dele, traçou seus lábios com o dedo e se inclinou. Seus lábios se tocaram e a mão de Samuel deslizou por baixo do casaco dela em busca de pele.

Foi quando ela o viu. A silhueta de um homem agachado entre os caniços. Maire congelou enquanto ele se levantava, de maneira lenta e instável, de seu esconderijo.

— Acham que vão se safar? — A voz dele era baixa e perigosa.

Era impossível saber sua idade sob a luz soturna das estrelas; Maire não conseguia enxergar o rosto dele. Ele era apenas sombras e palavras.

Impossível. Ele estava morto. Maire tinha certeza disso.

— Sentimos muito — falou Samuel, erguendo as mãos com as palmas abertas.

Por trás dos caniços, a respiração do homem saía em redemoinhos brancos e parecia quase tingida com o odor pungente de uísque. Maire recuou, com sua mão ainda agarrada à de Samuel.

De repente, ela foi puxada para longe dos caniços, em direção ao lago.

— Corre — disse Samuel, com os dentes cerrados.

Ela permitiu que ele a puxasse até começarem a correr, lutando para se equilibrar no gelo, sem ousar olhar por cima dos ombros, certos de que o homem com o cano não estava muito longe.

27

A Assistente

Fern observou Maire e Camille pularem de volta no lago antes de mergulhar atrás delas. A água não estava tão fria como da primeira vez, quando entrou para resgatar Maire, mas uma onda de adrenalina a percorreu. Quanto tempo alguém poderia ficar debaixo d'água até perder a consciência? Ned e Samuel já estavam lá há bastante tempo. Três minutos, talvez mais.

Ela sentiu algo roçar em seu braço. Camille. Ela estava apontando para algo na água turva; foi então que Fern viu a grande sombra se movendo na direção delas, como um cardume de peixes. Três figuras. Duas batendo os pés furiosamente, uma sendo puxada pela água. Samuel, Ned e Maire. Ned parecia estar inconsciente.

Camille deu um tapinha no próprio peito, como se indicasse que estava sem ar, então apontou para cima e desapareceu, agitando a água enquanto nadava até a superfície. O progresso dos outros estava desacelerando e Fern nadou até eles, ciente de que todos poderiam acabar mortos no fundo do lago se não saíssem de lá depressa. Fern tateou em busca de algo no que se agarrar, um braço, uma perna, qualquer coisa que pudesse ajudá-la a puxar um deles para cima. Seus dedos encontraram o músculo definido do bíceps de Samuel. Ela acenou para ele e para Maire e os dois colocaram Ned em seus braços, em seguida nadaram até a superfície para respirar.

Ela passou os braços em volta do peito de Ned e começou a nadar em direção ao buraco, usando a corda que prendia as bolsinhas como apoio. Foram subindo, a superfície brilhando acima dela. De repente, mãos surgiram, agarrando tecido, pele, qualquer coisa que servisse para puxá-los para a segurança. Ned foi tirado da água primeiro, seguido por Fern. Ela se arrastou para fora do buraco, ofegando em busca de oxigênio. Viu Camille ajoelhada e observou enquanto a mulher apertava o nariz de Ned, cobrindo a boca dele com a sua, e respirava. Ela iniciou as compressões torácicas e Fern notou que estava contando em voz alta junto com Camille.

— Vinte e oito, vinte e nove, trinta.

Depois do que pareceu uma eternidade, Ned tossiu, virou a cabeça e expeliu a água do lago. Ele ficaria bem.

Por que ela simplesmente não o deixou se afogar? Depois do que fizera a Fern tantos anos atrás, ele merecia. Alguém colocou um cobertor nos ombros dela; Fern olhou para cima e viu Samuel encarando-a, inquieto. Será que ele notou a expressão de decepção no rosto dela quando Ned finalmente voltou a respirar? Fern assentiu para agradecê-lo.

— Aqueles salva-vidas teriam sido úteis agora, hein? — disse ele de maneira sombria.

Fern o ignorou e a equipe médica de prontidão se aproximou. Ela observou enquanto eles cuidavam de Ned, que, assim como uma barata, não se afogava. Ele recusou depressa a recomendação de uma ida até o hospital para fazer um check-up. Ele queria aquele dinheiro. Maire, Camille e Samuel estavam enrolados em cobertores, tremendo de frio. Maire estava praticamente inconsolável. Mesmo depois de ficar claro que Ned ficaria bem, ela enterrou o rosto nas mãos e soluçou.

Um deles poderia ter morrido no lago. Ned Bennett quase morreu. Não que ela fosse lamentar o falecimento dele — o mundo seria um lugar melhor sem ele —, mas aquilo seria terrível. Meu Deus, que horror. Ela odiava Ned Bennett (e com razão), mas não desejava a morte de ninguém, desejava?

Fern podia ouvir a voz de Cat em sua cabeça:

— Eu sabia que você ferraria com tudo, Fern. Caramba, você pegou um conceito brilhante e o arruinou. Sua inútil.

O ponto era que Cat teria razão. Fern *havia* ferrado com tudo. Essa inacreditável oportunidade de ouro caiu bem no seu colo e ela a destruiu. No curto espaço de três dias, Fern trancou a chefe na adega, tomou a liderança de um reality-show, quase foi morta por um ex-senador dos Estados Unidos e assistiu a quatro quase afogamentos. Ela queria voltar para o lago, cair em suas águas acolhedoras e desaparecer. *Isso* sim seria um episódio imperdível. A audiência iria às alturas.

Ela não tinha certeza de como chegara até ali. Ambição? Ganância? Provavelmente os dois. Mas havia algo mais. Tinha que haver. Não fora ela quem planejara os desafios perigosos, não fizera a curadoria das pistas estranhas, nem convidara Ned Bennett. Mas isso não importava. No fim das contas, Fern é quem pagaria o pato. Era o nome dela que as pessoas se lembrariam, que seria alvo de mil piadas. Ela já podia ver os memes.

Já estava na hora, pensou Fern. Estava na hora de desistir, de elaborar um novo plano. Hora de dizer aos competidores para irem para casa, de libertar Cat da adega, de enfrentar as consequências. Ela voltaria para casa, talvez até para a faculdade. Melhor ainda: iria para um país distante e desapareceria no anonimato. Primeiro, arrumaria algumas coisas, pegaria seu passaporte, talvez até um pouco do dinheiro de Cat. Não seria roubo — não é como se Fern não tivesse merecido a grana. Isso poderia ser considerado um pagamento por serviços prestados.

Ela deixaria um recado para os competidores, junto com seus celulares, informando que o jogo havia acabado. Mas como tiraria Cat da adega sem ser pega? Isso seria um pouco mais complicado. Ela estava tentada a deixá-la lá, mas isso seria assassinato. Fern era muitas coisas, mas não uma assassina.

Ela poderia libertar Cat e deixar a vila em seguida. Quem sabe Cat estivesse fraca e cansada demais para arrumar confusão. Entretanto, conhecendo a chefe, no momento em que estivesse livre, ela faria um inferno e chamaria a polícia, o FBI e uma equipe da SWAT para ir atrás de Fern. Ela precisaria mandar uma mensagem para alguém soltar Cat somente depois que ela fugisse.

— Fern — disse uma voz. Ela foi tirada dos próprios pensamentos e encontrou Samuel parado ao seu lado. — Isso é inaceitável — falou, com o rosto franzido de frustração. — Isso é negligência pura.

— São dez milhões de dólares — respondeu ela mecanicamente. — Você sabia que a competição seria desafiadora. Assinou os termos.

— Nada vale passar por isso — disse Samuel, levantando as mãos. — Eu desisto.

— Mas você ganhou — disse Fern. — Venceu o desafio. Conseguiu a Super Pista. — Ela ergueu uma urna azul que estava no gazebo. — Aqui.

Samuel balançou a cabeça, recusando-se a pegar o objeto.

— Você ganhou. Ficou em primeiro lugar, e Ned em último. Pegue.

Samuel enfiou a mão dentro da urna.

— Um abridor de cartas? — perguntou, incrédulo. — O que diabos eu deveria fazer com isso?

Ele se afastou, balançando a cabeça.

Ainda encharcada, Fern atravessou o lago em direção à margem. O sol já havia desaparecido há tempos. O céu azul-marinho estava salpicado de um milhão de estrelas, os drones dos cinegrafistas zumbiam no alto, captando cada segundo desse fiasco.

Eles continuaram a caminhar. Um bando de coitados. Fern os levaria até o quarto para que tomassem banhos relaxantes e vestissem roupas secas. Ela garantiria que eles jantassem e bebessem um café quente. Havia algo muito distorcido com este jogo e ela não queria mais participar dele. Ela faria com que os participantes se acomodassem em suas camas durante a noite e, quando acordassem pela manhã, Fern teria ido embora e eles também estariam livres para partir.

Ao chegarem à porta do quarto, Fern parou.

— Segundo nosso cronograma, haveria mais um desafio hoje à noite, mas diante... — Ela se esforçou para encontrar as palavras certas. *Do desastre? Da experiência de quase morte? Da catástrofe do caralho?* — Diante dos eventos — decidiu-se, enfim —, acho que adiaremos para amanhã.

— Nem ferrando — disse uma voz suave. Maire. Sua pele pálida estava quase translúcida agora. — Chegamos até aqui, e eu quero jogar.

— Não sei, não — disse Camille, em dúvida. — Acho que precisamos de uma boa noite de sono. E conversamos sobre isso pela manhã.

— Concordo com a Camille — falou Samuel, com os olhos pesados de cansaço.

— Então vocês desistem. — Maire elevou a voz. — Vocês desistem. Eu quero isso gravado. Quero que as pessoas saibam que desejo continuar. Que não vou desistir.

— Espera aí — pediu Samuel, levantando as mãos. — Ninguém está desistindo. Estamos apenas chegando a um acordo mútuo de fazer uma pausa esta noite, para nos recompormos.

— Eu concordo — disse Camille. — E você, Ned?

— Quase me afoguei agora há pouco — respondeu Ned. — Então uma pausa seria bem-vinda.

— Ou seja, vocês desistem — argumentou Maire, triunfante, fixando o olhar em Fern. — O que seu livrinho de regras diz sobre não participar dos desafios?

Fern apertou os lábios. Se um competidor se recusasse a participar de um dos desafios, seria eliminado do jogo.

— Tecnicamente, ela está certa. Precisamos seguir o cronograma — admitiu Fern. Na realidade, isso não importava. Ela iria embora mesmo. Que eles pensassem que este jogo duraria para sempre; ela não dava a mínima.

— E então? — perguntou Maire. — Topam ou não?

Silêncio. Todos se entreolham, tentando ler os pensamentos uns dos outros.

— Acho que estou dentro, então — disse Ned. — Mas, meu Deus, este jogo vai acabar me matando de um jeito ou de outro.

Samuel assentiu sombriamente.

— Isso é um grande erro — comentou Camille, com tristeza.

— Certo, então — disse Fern. — Continuaremos.

Ela checou o relógio, os ponteiros quebrados às 18h31. Tinha parado quando ela entrara na água. Olhou para um relógio na parede do corredor. Eram quase 20h.

— Nos encontraremos no pátio às nove. A parte boa, eu acho, é que o próximo desafio não é tão físico quanto os anteriores. Mas, só para vocês saberem, também haverá uma votação para mandar alguém para casa esta noite. E, Maire, a estagiária está te esperando no Cofre. Desça e ela vai te preparar.

Fern se afastou, deixando os competidores para trás. A primeira coisa que precisava fazer era se aquecer. Bem ciente das câmeras filmando-a — sempre atentas — ela manteve as costas eretas e o queixo erguido, tentando se mover casualmente pelo corredor até seus aposentos. Uma vez na segurança do quarto, Fern tirou o vestido vermelho de Cat, agora arruinado, e o jogou no chão. Ela ignorou os dois celulares e suas telas se acendendo por causa das notificações e entrou no chuveiro, deixando a água quente cair sobre sua pele. Enquanto lavava o cabelo para tirar a água do lago, percebeu que sua vida como conhecia havia acabado.

Com a pele vermelha e agradavelmente sensível por causa da água quente, Fern desligou o chuveiro com relutância. Ela precisava continuar com o que estava fazendo. Enrolou o cabelo em uma toalha, vasculhou a mala e vestiu jeans wide leg pretos, uma gola alta cinza e seus tênis Converse favoritos.

Ela se sentou na beira da cama e abriu o aplicativo da câmera de segurança em seu telefone. Cat estava deitada de bruços no chão de pedra, coberta por uma manta térmica. Uma onda de pânico atingiu Fern no peito. Por que ela não estava se mexendo?

Fern apertou o botão de comunicação no aplicativo.

— Cat — chamou. — Cat, acorda. Você está bem? — Ela estava chorando. Lágrimas quentes de arrependimento. Como as coisas tinham saído tanto do controle? — Por favor, acorda — implorou. — Eu sinto muito.

Fern estava chorando tanto que quase não notou o movimento dos dedos de Cat.

— Ah, graças a Deus — sussurrou Fern. — Não se preocupa, Cat. Vou te tirar daí. Tem alguma coisa errada com a fechadura — mentiu. — Estou trabalhando para consertar.

Cat levantou a cabeça do chão de pedra e olhou para cima. Sentou-se com dificuldade e Fern pôde sentir seu desespero através da câmera. Cat pigarreou e um som semelhante ao de unhas contra uma lixa surgiu.

— Por que você está fazendo isso? — perguntou ela, com a voz rouca. — Depois de tudo o que fiz por você.

— Sinto muito — disse Fern, enxugando o rosto.

— Você sente muito? — repetiu, levantando-se e aproximando-se da câmera, com os olhos flamejando de raiva. — Se você sente muito mesmo, então me tira daqui, porra!

— Tudo bem — gritou Fern, incapaz de conter as lágrimas. — Tô indo. Eu prometo.

Fern desligou a câmera. Ela havia traído a única pessoa que a defendera. Cat poderia ter deixado Fern para encarar Ned Bennett e seu cargo executivo há dez anos, mas não o fez. Cat entendeu que Fern estava em perigo, precisando de ajuda, e interveio sem se importar com ela mesma. Abandonou um ótimo emprego e ainda levou Fern com ela.

Fern tinha ficado cega pela própria ambição. Mas não mais — ela colocaria um fim nisso. Deixaria Cat sair da adega e cuidaria dela como a chefe cuidou de Fern. O jogo poderia esperar uma noite. Assim que Cat conseguisse comer alguma coisa, tomasse banho e dormisse em sua própria cama, Fern devolveria as rédeas de *Um Ganhador de Sorte* à pessoa de direito. O alívio a inundou. Tudo se acertaria. Cat faria com que tudo ficasse bem novamente.

O celular de Fern vibrou outra vez e ela olhou para a tela, ansiosa para chegar na adega logo. Era Alfonso.

Você já deu uma olhada no alcance?, perguntou.

Alcance? Demorou um pouco para Fern entender do que ele estava falando. O estômago dela embrulhou.

É um recorde!, Alfonso enviou. Dezesseis milhões de espectadores e os números seguem aumentando.

Fern congelou. Dezesseis milhões?

Todos estão de olho. Milhões de pessoas. Todo mundo só fala disso. Mandei uma mensagem para Cat, mas não tive resposta. Cadê ela?

Fern hesitou. Isso mudava tudo. Dezesseis milhões. E era mérito dela. Ela trouxera essa audiência. Mais algumas horas na adega não fariam mal a Cat, não é? Fern precisava agir com cuidado. Ela não poderia alegar saber onde Cat estava naquele momento e depois fingir ingenuidade sobre seu paradeiro. Fern precisava de uma história e tinha que segui-la, independentemente do que a chefe dissesse quando saísse da adega.

Acabei de falar com ela. Está enfiada no escritório trabalhando no próximo comunicado à imprensa.

Caso a veja, dê os parabéns. Isso é INCRÍVEL! E parabéns também, Fern. Você está famosa.

Fern sentiu seu rosto esquentar. Famosa. Ela nunca havia sonhado que o programa seria visto por tantas pessoas. Todos estavam de olho. Todo mundo. Talvez houvesse uma saída para a situação, afinal. Talvez ela não precisasse deixar o país. Obrigada, ela digitou. O próximo desafio será transmitido ao vivo às 21h.

Dezesseis milhões de espectadores. Fern precisava encontrar alguma coisa para vestir.

28

A Melhor Amiga

O Cofre

Qualquer pessoa teria pulado na água para tentar salvar alguém, concordam? Todo mundo, exceto Ned, é claro. Era ele quem estava tentando me afogar.

"Acho que não fiz nada de mais. Fiquei com medo? Sim, fiquei — era assustador estar debaixo d'água e não saber se conseguiria chegar à superfície. Só conseguia pensar nas minhas filhas e em como preciso voltar para elas. Mas primeiro tenho uma missão aqui.

"O que acho dos meus concorrentes? Bem, vocês já sabem como me sinto sobre o Ned. Mas, depois que Camille pulou na água para me salvar, a maneira como a vejo realmente mudou. No início, achei que ela fosse muito arrogante, mas não acho mais que seja o caso. Ela é autoconfiante e parece ter uma boa bússola moral. Não vou dizer que gosto dela, mas a respeito.

"Não tenho nada a dizer sobre Samuel Rafferty.

"Bem, não preciso de dez milhões de dólares, mas preciso de dinheiro. Não vou comprar uma mansão, carros luxuosos ou fazer viagens exóticas. A única coisa de que preciso são das minhas filhas, Keely e Dani. Minha caçulinha, Dani, tem fibrose cística. Ela tem 10 anos. Às vezes, fica tão doente que não consegue sair da cama.

“Desculpe. Eu não queria chorar. Odeio quando as pessoas choram por esse tipo de coisa. Mas Dani deveria ir à escola e brincar fora de casa com as amigas. Em vez disso, ela passa semanas no hospital, tomando bandejas cheias de remédios. E alguns dias... alguns dias, cada respiração é uma luta.

“Não, não preciso de dez milhões de dólares. Mas preciso pagar os medicamentos da Dani, as internações, as nebulizações, as terapias enzimáticas pancreáticas, os exames de sangue, as densitometrias ósseas, os ultrassons, as tomografias de tórax, os raios-x, as biópsias transtorácicas. E, no futuro, muito provavelmente, um transplante de pulmão. Keely precisa da irmã, e eu, da minha filha. Então, por favor, estou implorando, mantenham-me aqui o máximo possível. Para minha família, *Um Ganhador de Sorte* é um caso de vida ou morte.”

CapítuloeVerso1990 — Tô chorando. Alguém dá todo o dinheiro para ela!

Não_É_Uma_Simulação — Ela deveria abrir uma vaquinha e ficar em casa com as filhas. Por que ela está no reality?

CapítuloeVerso1990 — Consigo pensar em dez milhões de motivos.

Frankie_Gee — Chamem o pai aqui de cético... Esqueçam a Melhor Amiga, o negócio é apoiar o Executivo.

CapítuloeVerso1990 — Sou cética em relação a qualquer um que começa uma frase com “chamem o pai”...

CaitlynCB3 — Alguém mais percebeu que o Executivo parecia um pouco estranho? Ele estava cambaleando o tempo todo.

CisterPower — Vocês também podem doar para a Fundação de Fibrose Cística no link https://www.cff.org/ — juntos podemos encontrar uma cura!

CriaDelowa — Eu conheço a Melhor Amiga e o Namorado. Quero dizer, sei quem eles são, mas nunca conversamos. Fomos para a mesma faculdade há muito tempo. Haha. Se me lembro bem, algo muito ruim aconteceu no Lago Tanglefoot. Alguém morreu ou quase morreu; não sei dos detalhes. E, depois de um tempo, a Melhor Amiga e o Namorado simplesmente sumiram do campus. Foi estranho.

PudimDeFiggy13 — Ah, eu tava lá naquela noite. Sei o que aconteceu.

29

A Confidente

Camille se sentou na cama com as mãos em volta de uma caneca de café fumegante. Vestida da cabeça aos pés com roupas brancas de *Um Ganhador de Sorte*, ainda tremia por causa do caos no lago. Usando a mesma cor, Ned, Samuel e Maire estavam sentados com suas xícaras de café, esperando pelo próximo desafio às 21h.

Se ela ao menos tivesse conseguido convencê-los a esperar até o dia seguinte para o próximo desafio, talvez fosse capaz de entender o que de fato estava acontecendo ali. Mas não havia como convencer Maire ou Ned. Apesar de quase terem morrido, ambos pretendiam continuar.

Quanto mais Camille pensava sobre isso, mais certeza tinha de que os cinco foram escolhidos para o programa por um motivo além da batalha por dez milhões de dólares. Como os outros poderiam não entender isso?

Fern era a resposta. O senador havia participado do jogo, perdido, deixado a propriedade e voltado pronto para matá-la, alegando que ela vazara uma informação muito prejudicial sobre ele. Isso significava que Fern sabia podres de todos eles?

Camille tinha certeza de que toda a informação que Fern poderia ter sobre ela era em relação à dívida que acumulara ao longo dos anos. Mas e daí? Grande coisa. Muita gente estoura o limite do cartão ou se atola em dívidas. Fern não tinha como saber sobre os pacientes que ela atendia por fora, aqueles sobre os quais não mantinha registros. E ela definitivamente não sabia sobre Wingo.

Camille estava certa de que Fern era Nan, sua antiga paciente que contou sobre sua chefe horrível que deveria pagar pelo que havia feito. Ela e os outros quatro competidores eram essas pessoas horríveis? Só podia ser o caso. Fern, passando-se por Nan, teria visto a pintura de Alftan em seu escritório. Sentiu-se enjoada ao pensar em seus delitos estampados em todos os jornais.

— Eu gostaria que vocês repensassem a decisão — comentou Camille. — Precisamos conversar sobre as coisas, descobrir o que realmente está acontecendo aqui.

— Esquece isso — retrucou Maire. — Vamos jogar.

— Talvez seja mesmo melhor não conversarmos — disse Ned, de sua cama próxima à janela. — Calem a boca e vamos só acabar com isso.

— Pro cara que tentou me matar é fácil falar — disse Maire, lançando um olhar de desaprovação para Ned.

— Quem tentou matar quem? Fui eu que acabei precisando ser reanimado! — rosnou Ned.

— Você só engoliu um pouquinho de água — retrucou Maire. — Ficaria bem de qualquer maneira.

— Parem — pediu Samuel, levantando-se da beirada de sua cama. — Só parem. A culpa de estarmos nesta situação é nossa. É um jogo brutal. O que esperavam por dez milhões de dólares? Acharam mesmo que seria mamão com açúcar? Vamos apenas concordar que não vale a pena morrer pelo dinheiro, ok? Quem vencer, precisa ser de forma justa.

— Não acho que alguém vá ganhar — sussurrou Camille.

— O quê? — perguntou Ned.

Dos quatro, ele parecia o mais acabado. Apesar de sua atitude péssima, Camille se encolheu ao ver o nariz quebrado e o rosto machucado.

— Eu disse que não acho que alguém vá ganhar — repetiu. — Acho que é uma armação. Que Fern nos trouxe aqui por um motivo bem específico.

— Uma armação? — questionou Ned. — Mas por quê? Porque o senador disse isso? Não. — Balançou a cabeça. — Ele só estava procurando alguém para culpar pelo próprio comportamento. Por que diabos ela iria querer armar para *mim*?

Camille não sabia o quanto deveria revelar sobre sua teoria.

Quando dito em voz alta, parecia maluquice até para si mesma.

— Deixa pra lá — disse ela. — Estou cansada e com frio. Só me ignorem. Não estou falando nada com nada.

— Acho que nisso todos podemos concordar — respondeu Ned, levantando-se. — São quase 21h. Vou descer.

Camille observou enquanto ele saía mancando do quarto.

— Esse cara precisa ir para casa. Hoje — disse Maire, indo até Camille. — Todos os acidentes foram culpa dele. Pense nisso. Ele joga sujo. Ele cortou minha corda e quase nos afogou.

— A única maneira de fazermos isso acontecer é garantindo que ele não ganhe o próximo desafio — falou Samuel, esfregando os olhos e indo em direção à saída. — A Fern disse que não era um jogo físico, graças ao bom Deus.

— Sim, mas vencê-lo não será suficiente — insistiu Maire. — Ele precisa ser eliminado. Ned é famoso e popular. E essa é uma combinação difícil de superar. O público é quem manda neste jogo.

— Você acha que o público não enxerga quem Ned é de verdade? — perguntou Camille. — Acha que eles não percebem como ele joga sujo?

— Ou não percebem, ou não se importam — respondeu ela, com uma risadinha triste. — Eu não entendo. Mas se eu perder para aquele filho da puta... — Levantou-se e bateu a xícara de café em uma mesinha lateral.

Isso não acabaria bem.

— Espera. — Camille ficou de pé. — Vamos abrir o jogo. O que vocês fizeram?

Maire a encarou sem expressão, mas ela pensou ter visto uma centelha de medo nos olhos de Samuel.

— Escutem, eu a conheço. Conheço Fern e ela não é quem diz ser.

Maire cruzou os braços sobre o peito.

— Como assim? Mais cedo, você tinha dito que não sabia quem ela era. Disse que nunca a tinha visto.

Camille levantou uma mão.

— Eu sei, mas antes eu ainda não tinha certeza. Agora tenho. Ela era uma das minhas pacientes.

— Uma paciente? — Samuel olhou para ela, incrédulo. — Isso não faz sentido.

— Certa vez, uma mulher foi ao meu consultório com um boné de beisebol e óculos escuros grandes. Ela se apresentou como Nan, mas acho que era a Fern. Eu vi a identidade dela. Seu nome completo é Fer*nan*da.

— Está dizendo que ela usava um disfarce? — Maire deu uma risada de descrença. — Como em algum filme? Qual é, Camille, posso não ser uma doutora, mas não sou idiota. — Ela se virou para Samuel. — Percebeu o que ela está fazendo? Tentando nos sacanear. Está nos zoando para poder ganhar o dinheiro.

— Quero ouvir o que ela tem a dizer — disse Samuel.

Camille notou o olhar duro que Maire lançou para ele. Um aviso.

— Eu quero ouvir — repetiu ele com mais ênfase, e voltou a se sentar.

— Tá bom — cedeu Maire, por fim, erguendo as mãos em sinal de derrota. — Conte-nos sobre a *Nan*.

Camille sabia que esta poderia ser sua última chance de fazê-los enxergar a situação. Fazê-los entender.

— Há cerca de nove meses, do nada, uma mulher foi até meu consultório. Ela se apresentou como Nan e disse que estava tendo problemas com a chefe.

Maire revirou os olhos, mas Camille continuou.

— Pensem nisso. Por que não conhecemos a chefe de Fern? Por que não temos nem ideia de quem é a pessoa por trás do programa?

— Estou perdendo o interesse — avisou Samuel.

— Nan... Fern disse que a chefe era cruel e faria qualquer coisa para se vingar das pessoas que erraram com ela. Vejam o que aconteceu com o senador.

— E você acha que ela criou este reality-show para se vingar de nós? — Samuel coçou a testa. — Sinto muito, mas isso, isso... — Ele balançou a cabeça.

— Não faz sentido — concluiu Maire, mas Camille notou que havia tocado num ponto sensível. — Quem desejaria se vingar de todos nós?

— Eu sei — disse Camille, percebendo o quão ridícula a teoria soava em voz alta. — Mas tenho certeza de que é ela. Acho que reconheci a tatuagem que ela tem. — Camille apontou para a parte interna do pulso. — Uma libélula.

— Eu não vi tatuagem nenhuma — falou Samuel. — Camille, qual é.

— Ela a cobre com maquiagem para o programa, eu acho. — Eles estavam cada vez mais desinteressados. — Sei que é difícil de acreditar. Mas pensem no assunto. Nos quebra-cabeças. O de vocês estava relacionado especificamente a vocês? A algum momento ou evento específico de suas vidas?

A expressão de Samuel endureceu e Maire negou com a cabeça com impaciência.

— Meu quebra-cabeça era uma pintura que fica no meu escritório — confessou Camille. — Como alguém saberia disso a menos que já tivesse ido lá? Fern já foi lá. Tenho certeza.

Quando nenhum deles respondeu, Camille sabia que só restava mais uma tentativa. Ela pensou em seu Modificador. Ainda havia duas frases para falar diante das câmeras e tinha certeza de que elas tinham alguma relação com Maire e Samuel.

— Você já sentiu a adrenalina de se deitar no meio da estrada e esperar que um carro viesse na sua direção em alta velocidade? — perguntou baixinho.

Samuel congelou como um animal na mira de um rifle.

— O que disse? — perguntou Maire, semicerrando os olhos.

Camille sabia que eles a tinham ouvido direitinho.

— Você já foi beijada na floresta, perto de um lago congelado, por um garoto que não era seu? — disse Camille, mantendo os olhos em Maire.

— Isso é baboseira — disse Maire, balançando a cabeça. — Você está fazendo joguinhos mentais. Eu estou indo embora. Dez milhões de dólares nos esperam.

Ela saiu do quarto furiosa, batendo a porta atrás de si.

— É melhor irmos — falou Samuel, olhando para o chão. — Estamos atrasados.

Ela tinha perdido a chance por enquanto. Era hora de ir. O próximo desafio estava prestes a começar.

— Tá — disse Camille. — Vamos apenas entrar em um consenso de que precisamos fazer de tudo para garantir que Ned Bennett seja o próximo eliminado. Depois podemos nos organizar. Conversar mais e tentar entender exatamente o que está acontecendo. E, Samuel. — Ela pegou a mão dele. — Eu realmente não quero saber o que você fez. Eu não ligo. Só quero sair daqui viva.

Ele a afastou.

— Isso é moleza, então — disse Samuel, olhando fixamente para ela —, porque eu não fiz nada.

Um medo congelante percorreu sua espinha, então Camille assentiu e o deixou passar. Ela seguiu Samuel escada abaixo, onde uma estagiária os esperava. Ela os conduziu através do átrio e de sua fonte gorgolejante. A deusa de mármore sorriu benignamente para ela enquanto água escura jorrava da máscara que ela segurava.

— É por aqui — disse a estagiária, segurando uma porta de ferro forjado para eles.

Camille passou pela soleira e quase engasgou com a beleza do pátio. Era como viajar para a Itália Velho Mundo. Era um espaço mais intimista, ao contrário dos outros lugares da vila. Menor, mais quente. Dezenas de velas de vários tamanhos estavam nos parapeitos das molduras das janelas.

As paredes eram feitas de pedra e Camille ergueu os olhos e viu um pergolado com enormes vigas de madeira entrelaçadas por videiras. Estas, emaranhadas em luzes cintilantes e cheias de uvas pretas, pendiam tão baixas que Camille conseguiria estender a mão e pegar um punhado. Alfonso estava em um dos cantos e acenou, distraído, para Camille e Samuel quando eles passaram.

— Fern estará aqui em instantes e então começaremos.

— Sem câmeras hoje? — perguntou Camille, notando que não havia nenhum cinegrafista à vista.

Alfonso lhe lançou um sorriso astuto.

— As câmeras estão sempre presentes.

Camille procurou por indícios de que havia alguma câmera, mas não encontrou nada. Entretanto, sabia que elas estavam ali, só não era capaz de vê-las. A lua cheia salpicava as folhas e formava uma poça no chão de pedra azulado. Uma mesa redonda com cinco cadeiras de espaldar alto estava no centro do pátio. Em cima da mesa, taças de cristal brilhavam à luz das velas. Fileiras e mais fileiras de garrafas de vinho e bebidas foram dispostas atrás de um bar esculpido na mesma pedra das paredes. Música clássica tocava suavemente em um alto-falante oculto e o aroma picante de fúcsia preenchia o ar noturno. Ned andava de um lado para o outro e Maire estava sentada no parapeito de uma moldura de janela rachada, olhando para o lago escuro.

Camille lutou contra a vontade de correr. Apesar da música suave e da iluminação ambiente, a tensão era palpável. Ela ainda tinha uma chance. Poderia desistir e Fern chamaria um carro para buscá-la, e então estaria em casa, em sua própria cama, dentro de algumas horas. Mas precisava admitir que estava igualmente aterrorizada e curiosa sobre o que a noite reservava.

O único som era o tranquilo encontro da água do lago com a margem e os passos de Ned na pedra. Depois de alguns minutos, Fern entrou, vestindo uma regata de gola alta que cobria os hematomas no pescoço.

— Camille, você senta aqui, ao meu lado — disse Fern, puxando uma cadeira.

Foi como se um buraco crescesse em seu estômago. Fern estava planejando uma performance e tanto esta noite.

Camille se aproximou e ficou ao lado da apresentadora. Os olhos de Fern reluziam intensamente à luz das velas, emitindo um brilho quase febril. Era como se os terríveis acontecimentos no lago nunca tivessem ocorrido. Camille olhou para o braço de Fern. Mais uma vez, nada da tatuagem.

— Samuel e Maire, sentem-se lá — orientou Fern. — E, Ned, você está ali. — *Ela estava recuperando parte do controle que perdeu durante o desafio do lago*, pensou Camille. Queria que todos soubessem quem estava no comando, quem era a mestre do jogo. — E, Alfonso, acho que está tudo certo. Você está liberado.

— Ele vai embora? — perguntou Samuel. — Por quê?

— Está no roteiro — respondeu Fern simplesmente.

Camille observou, com o estômago se agitando, enquanto Alfonso e a estagiária entravam na casa, deixando-os sozinhos com Fern.

Fern se acomodou e Camille ocupou a última cadeira vazia.

— Nossas roupas — falou Camille. — Estamos todos de branco. Por quê?

— Por que não? — rebateu Fern. — Algo diferente para um tipo diferente de desafio.

— Achei que talvez tivesse mais significado — disse Camille. — Tudo em *Um Ganhador de Sorte* foi planejado metodicamente. Achei que significasse algo.

Fern inclinou a cabeça e uma ruga pensativa apareceu entre suas sobrancelhas.

— Tipo? — questionou.

— Tipo... talvez estejamos usando o mesmo tom porque devemos pensar que agora estamos todos no mesmo time.

Ela sorriu.

— Ou, doutora, uma jaqueta branca é apenas uma jaqueta branca.

Camille assentiu, como se concordasse com o argumento, e relaxou a postura.

— Tomei a liberdade de servir uma taça de Cabernet Sauvignon para cada um de vocês. É o nosso melhor vinho e só o usamos nas ocasiões mais especiais. — Fern pegou sua taça e olhou para eles com expectativa.

Maire fez o mesmo, pegou sua taça e tomou um gole do vinho tinto.

— Está sentindo o gosto da baunilha? — perguntou Fern. — Vem da maturação no carvalho.

— Estou sentindo — concordou Ned, tomando outro gole, pensativo. — E notas de cereja preta e pimenta-verde.

— Sim! — exclamou Fern, com alegria. — Como é bom ter outro apreciador de vinhos por aqui.

Camille e Samuel se entreolharam. Como Maire e Ned poderiam não sentir a tensão ali? Ou talvez sentissem e estivessem apenas entrando na onda melhor do que eles dois.

— Vamos começar? — perguntou Fern. — Como prometi, este desafio não tem esforço físico como os anteriores, mas precisarão estar mentalmente ligeiros e tomar decisões em frações de segundos. Este é um jogo de inteligência.

Camille soltou um suspiro mental de alívio. Cada músculo de seu corpo doía por causa dos dois últimos desafios. Não tinha a menor chance de ela correr, nadar ou escalar nada.

— Este jogo se chama Girar, Falar, Atirar — revelou Fern, depois fez uma pausa.

— Atirar? — perguntou Samuel. — Atirar no quê?

Era a mesma dúvida de Camille.

Fern deu um sorriso enigmático e Camille teve mais certeza do que nunca de que ela era a mulher que se autodenominara Nan. Aquela que disse que a chefe estava obcecada com retaliação. Camille a observou estender a mão por baixo da mesa, tirar um objeto e colocá-lo no centro do tampo.

Uma arma. Um revólver de cano longo e elegante.

Não era um simples *taser* ou uma espingarda usada para atirar em alvos de papel como nos desafios anteriores. Esta era uma arma feita para matar.

— Não fiquem tão assustados — disse Fern, provocativamente. — É claro que não está carregada.

Para provar seu argumentou, Fern ergueu a arma, o cano apontado para cima, e puxou o gatilho. Camille se encolheu, mas o único som foi um clique fraco, como uma língua estalando no céu da boca.

— Viram? — perguntou Fern, pousando-a de volta na mesa. — Descarregada.

— Então, qual é o jogo? — questionou Ned.

— Já ouviram falar em Verdade ou Desafio, certo? — questionou Fern.

— Não vou beijar ninguém — disse Maire, sem rodeios.

— Aposto que beijaria por dez milhões de dólares — falou Ned.

— Só nos seus sonhos — respondeu Maire.

— Na verdade, não — disse Ned, casualmente.

Camille só queria que eles calassem a boca.

— Nada de beijos — garantiu Fern. — Mas o jogo se chama Girar, Falar, Atirar por um motivo. Em vez de girar uma garrafa, como no Verdade ou Desafio, você gira a arma e, para quem o cano apontar, é a pessoa que deve responder a uma pergunta. — Outra vez, ela enfiou a mão embaixo da mesa e tirou quatro decks de cartas. Cada deck tinha uma cor diferente: rosa, verde, amarelo e laranja. — Se o cano apontar para você, tirarei uma carta da sua pilha e você responderá à pergunta escrita no verso.

— Parece fácil demais — comentou Samuel. — Qual é a pegadinha?

— Excelente pergunta — disse Fern. — Pode ser que surja uma questão que você não queira responder. E isso é aceitável, mas, se optar por não responder, então deve pegar a arma, mirá-la na própria cabeça e puxar o gatilho.

O lugar foi preenchido por um silêncio atordoado.

— Que doentio — disse Camille, por fim.

Fern manteve a expressão passiva e profissional.

— É claro que é simbólico. Mas, se você se recusar a responder a três perguntas, você perde. Está fora do desafio e corre o risco de ser eliminado do programa.

— Que tipo de perguntas? — questionou Camille, notando o modo como Maire lançava olhares frequentes para Samuel do outro lado da mesa.

— Bem, por que não descobrimos? — disse Fern, girando o revólver. — Vamos começar?

Camille observou a arma girar, um cata-vento preto e prateado. Passou por ela de novo, e de novo. Ela não queria ser a primeira a responder e desejou que passasse direto por ela. Não havia para onde ir, para onde correr. O cano passou voando por Ned, Fern e Maire antes de começar a desacelerar. A princípio, ela teve certeza de que pararia na frente de Samuel, mas passou por ele e parou em Maire, com o cano apontado diretamente para ela.

— Maire — disse Fern, com alegria. — Você é a sortuda da vez. Vou puxar uma carta do seu deck, lê-la e você decidirá o que fará: Fala ou Atira.

Camille observou Maire, nervosa, esconder os dedos nas coxas; seu rosto tenso de antecipação. Fern pegou uma carta do topo e leu sua pergunta em silêncio. Olhou do cartão para Maire, e de volta para o cartão, gerando suspense.

— Maire, conte-nos: onde você estudou durante a faculdade?

Camille suspirou de alívio. Ela esperava que todas as perguntas fossem fáceis assim. Não havia nenhuma razão para que Maire se recusasse a responder, pensou, mas, se o fizesse, teria usado um de seus nãos.

Maire estava demorando demais para falar.

— E então, Maire? Fala ou Atira? — impeliu Fern.

— Escolho falar — disse Maire. — Fui para Tanglefoot, em Iowa. Eu estudava arte lá.

— Viram? — Fern olhou para cada um deles. — Fácil, né? — Maire soltou um suspiro. — Ok, Maire, é sua vez de girar.

Usando o polegar e o indicador, Maire girou a arma. Foi uma tentativa desajeitada e o revólver completou apenas duas voltas em torno da mesa antes de parar apontado para Ned. Camille sentiu um pouco da tensão deixar seu corpo.

— Ned — disse Fern, puxando uma carta do deck laranja. — Sua pergunta: você já cometeu um crime? — perguntou ela com firmeza. — O que vai fazer? Fala ou Atira?

Camille notou como Fern parecia ficar tensa durante toda interação que tinha com Ned. Não podia culpá-la; ela também se sentia assim. Ned era grosseiro e arrogante.

Ele deu uma risadinha.

— Um crime? Bem, já recebi algumas multas de trânsito, mas, fora isso, não. Posso dizer honestamente que nunca cometi nenhum crime.

Fern encarou Ned por um momento, a cabeça inclinada para o lado, como se o incentivasse a acrescentar algo.

— E essa é minha resposta final, Fern — disse Ned, inexpressivo. — Minha vez? — Sem esperar pela resposta dela, ele girou a arma com vontade. Ela pareceu levar uma eternidade até desacelerar e parar. E, quando isso aconteceu, voltou a apontar para a mesma pessoa, a mira em Ned. — Ah, eita. Posso girar de novo, certo?

— Receio que não — respondeu Fern. — Para quem quer que o cano aponte, é a pessoa escolhida da rodada. Você receberá a outra pergunta.

— Tá bom — disse Ned, olhando em volta com uma risadinha nervosa. — Manda.

Camille olhou para seu próprio deck. Que tipo de perguntas lhe aguardavam? Dúvidas sobre seu passado? Sua dívida? Seus pacientes? Wingo? Se Fern lesse uma carta questionando sobre um de seus pacientes, Camille teria que escolher Atirar. Talvez, pensou, ela devesse simplesmente desistir agora. Boicotar-se de propósito na esperança de ser a próxima eliminada. Ao menos se libertaria deste jogo estranho e torturante.

Camille percebeu o leve tremor nos dedos de Fern enquanto ela descartava a carta do topo do deck laranja. Por que estava tão nervosa? Camille se sentiu tonta com a possibilidade do que poderia vir a seguir.

Fern hesitou antes de falar, seus olhos escuros indo de Ned para a carta e vice-versa.

— Você já fez um funcionário assinar um NDA? — perguntou Fern.

Os olhos de Ned se estreitaram.

— Um NDA? — repetiu ele.

— Sim — respondeu ela com uma paciência forjada. — Um Termo de Sigilo e Confidencialidade.

— Eu sei o que é — retrucou Ned suavemente. — Só não sei por qual motivo isso seria relevante.

— Isso é um "não vou responder"? — Fern arqueou uma sobrancelha.

Ned olhou fixa e demoradamente para Fern, os olhos brilhando de raiva. Alarmes começaram a soar na cabeça de Camille. *Precisamos dar o fora daqui*, ela sentiu vontade de gritar. Queria passar o braço pela mesa, derrubando as velas, o vinho e os decks de cartas no chão. Ela olhou para as luzes cintilantes acima e lá estava — uma luzinha vermelha. As câmeras. As malditas câmeras estavam por toda parte.

Finalmente, Ned falou:

— É claro que meus funcionários assinavam termos de sigilo. É uma prática padrão no ramo do entretenimento. Não poderíamos arriscar ter funcionários divulgando informações cruciais sobre *Verdade Nua e Crua* e seus episódios antes de irem ao ar. — Ned deu de ombros. — Imagino que meus termos eram bem semelhantes àqueles que todos nós tivemos que assinar para participar de *Um Ganhador de Sorte*.

— Justo — disse Fern, quebrando o contato visual com ele.

Ele sorriu e girou a arma. Em vez de observar o revólver, Camille prestou atenção nos outros. Samuel, Maire e Fern observavam a arma, e Ned estudava Fern. Camille viu o momento exato em que seu rosto passou de irritação a uma compreensão inquietante. Ficou claro para ela que Ned por fim reconheceu Fern. Ele a conhecia como Nan, assim como ela? Ou como outra pessoa?

Camille teve a sensação desagradável de saber qual era o crime de Ned. *Degenerare*. Degenerado. Hoje em dia, NDAs pareciam ser sinônimo de má conduta sexual no trabalho. Será que Ned tinha feito alguma coisa com Fern?

De repente, todos os olhares se voltaram para Camille. Ela olhou para baixo e viu a arma apontada para ela. Suor frio se acumulou em suas têmporas, e seu estômago vazio se embrulhou. Quais segredos seriam revelados pelas cartas? Porque, por mais que ela tentasse se convencer de que estava ali como espectadora, como algum tipo de testemunha, ela tinha sua cota de segredos que preferia manter assim, secretos.

Fern pegou uma carta amarela e olhou para Camille com um sorriso malicioso.

— Então, Dra. Tamerlane, você já perdeu um paciente?

Camille sentiu um aperto no peito. Fern tinha feito a tarefa de casa, precisava admitir. Ninguém sabia sobre Wingo, ou era o que Camille achava. Ele não tinha sido seu paciente de verdade. Não no papel, pelo menos. Como ela poderia responder àquela pergunta? Esse era o ponto-chave. Se fazer de boba? Fingir que Wingo nunca existiu? Ou seria melhor responder de forma vaga e espontânea? Não. *Não confirme, não fuja. Apenas não responda.*

— Receio que a confidencialidade me impeça de responder a quaisquer perguntas relacionadas ao meu trabalho — informou Camille, sentindo os lábios tremerem. Será que Fern notaria? O público perceberia?

— Então você se recusa a responder? — perguntou Fern.

— Isso mesmo — disse Camille, colocando a confiança profissional no tom de voz. — Não responderei a nenhuma pergunta sobre minha profissão.

— Então Atira — concluiu Fern, pegando a arma e oferecendo-a a Camille.

Camille fitou a arma e descobriu que não conseguia levantar as mãos. Como algo tão pequeno poderia parecer tão sinistro, tão pesado? *Não está carregada,* ela lembrou a si mesma. *A câmara está vazia.*

— Pegue a arma, Camille — incentivou Fern com delicadeza.

Ela segurou o revólver. Era ainda mais pesado do que imaginara. Um peso frio e sem vida em suas mãos. Olhou para Fern em busca de ajuda. O que deveria fazer a seguir?

— Apenas encoste o cano na sua cabeça e puxe o gatilho — disse Fern. Apesar do queixo levantado e confiante de Fern, Camille percebeu em seus olhos perturbados que aquela situação também não lhe agradava, ela insistiu mesmo assim. — Não se preocupe. Não está carregada. Lembre-se, isso é só um jogo.

— Isso é doentio — disse Samuel, afastando a cadeira da mesa. — Você não precisa fazer isso, Camille. Todos nós podemos simplesmente recusar. O que ela vai fazer, então? Todo mundo perde?

A verdade é que Camille havia perdido pacientes. Assim como todos os médicos. Talvez não da mesma forma que ela perdeu Travis Wingo. Uma bala por uma bala.

— Não — respondeu Camille, decidida. — Está tudo bem, eu atiro.

Seria melhor acabar logo com isso. Ela ergueu a arma e descobriu que precisava das duas mãos para sustentar o peso dela. Trêmula, guiou o cano até a própria têmpora, o aço frio ardendo contra a pele.

— Meu Deus. — Ela ouviu Maire murmurar.

Não está carregada, Camille disse a si mesma. Colocou o dedo no gatilho. *Não está carregada.* Fechando os olhos, puxou o gatilho.

30

A Confidente

Passado

A chuva gelada atingia a janela do quarto da Dra. Tamerlane. Ela desviou a atenção do prontuário do paciente que estava lendo para olhar lá fora. O céu noturno trazia a ameaça de neve; algo incomum, mas não inédito em São Francisco. O cheiro suave de fumaça fez cócegas em seu nariz. Era difícil acreditar que os incêndios florestais ainda pudessem estar acontecendo mesmo naquele clima, mas Camille sabia que o cheiro era capaz de viajar por muitos quilômetros.

Ela colocou a pasta de documentos no travesseiro ao seu lado, ciente de que levar trabalho para casa, mesmo que seu escritório já fosse no andar debaixo, era uma má ideia. Camille prometera a si mesma que tiraria alguns dias de folga, mas o fim de ano tinha sido difícil para muita gente, especialmente para alguns de seus pacientes. Então ali estava ela, pensando em Chelsea Weatherly. Ela finalmente decidiu se separar do marido e, surpreendentemente, Doug parecia ter aceitado a decisão e estava deixando Chelsea em paz. No entanto, ele ainda aparecia onde quer que Camille estivesse. Aparecendo do lado de fora do consultório, da casa, do supermercado e da academia. Ele nunca falava uma palavra, apenas se certificava de que ela o visse. Doug Weatherly estava informando a Camille que a culpava pelo fim de seu casamento.

E a noite em que a pedra quebrou a janela de seu escritório foi sucedida por vários outros atos de vandalismo e mais buquês de flores. Camille sabia que as flores vinham de Wingo, mas a destruição de propriedade era outra coisa. Não era típico de Wingo ser destrutivo. Isso combinava mais com a personalidade inconstante de Doug. Camille não fazia ideia.

Camille pegou a xícara de chá na mesinha de cabeceira. Tinha esfriado enquanto ela lia. Relutante, saiu da cama quente e atravessou o corredor escuro, com a caneca na mão, até a escada que levava para a cozinha no andar de baixo. O cheiro de fumaça estava mais forte ali. Será que tinha esquecido uma janela aberta? No início do dia, a temperatura estava mais quente, até amena, e então a chuva e o granizo apareceram.

Sua casa de três andares no Marina District era grande demais para uma pessoa só, e muito mais do que sua realidade financeira poderia pagar, mas ela adorava cada cantinho dali. E, depois que viu o escritório com entrada separada, sabia que precisava daquele lugar.

Segurando a caneca com uma das mãos e o corrimão com a outra, desceu com cuidado os degraus de madeira que rangiam com seus passos e levavam à sala de estar escura como breu. No pé da escada, estremeceu. Ali, a temperatura estava nitidamente mais baixa, consolidando o pensamento de que havia deixado uma janela aberta. Talvez duas. Tateou ao redor em busca do abajur em cima da antiga mesa de jacarandá onde colocava a correspondência todos os dias, remexeu sob a cortina e finalmente encontrou o interruptor. Quando o apertou, nenhuma luz acendeu. Tentou outra vez. Nada.

Estava sem energia? Não, ela ainda conseguia ver o brilho distante da luz do quarto no andar de cima. Colocou a caneca em cima da mesa e caminhou às cegas em direção a outra luminária. Mais uma vez, mexeu no interruptor e nenhuma luz ligou. Esquisito. Camille procurou a lâmpada, pensando que girá-la a ajustaria no bocal, mas em vez disso, encontrou um buraco vazio. A lâmpada havia sumido.

A confusão deu lugar ao medo, e Camille paralisou no lugar. Ela não removeu a lâmpada, então quem o fez? Ela tinha usado aquela lâmpada na noite anterior. Geraldine não estava no escritório desde pouco antes do Natal, então não poderia ter sido ela. E se a pessoa ainda estivesse na casa?

O celular. Ela precisava do celular. Estava lá em cima, na mesinha de cabeceira, carregando.

Poderia subir correndo e pegá-lo, ligar para a polícia. Ou ir até o telefone do escritório. Era um telefone fixo. Estava mais perto e poderia usá-lo para pedir ajuda. Ou deveria apenas sair da casa? A indecisão a congelou.

Ela ouviu um clique suave. Então outro, e mais um. Não conseguiu identificar de onde o som vinha até uma pequena chama amarela surgir no escuro e sumir em seguida. Voltou a aparecer e a desaparecer. Um isqueiro. Alguém estava sentado no sofá dela, acendendo um isqueiro.

— Eu sei que você não permite que fumem no seu escritório. — Uma voz veio do escuro.

Era Wingo, o homem que era seu cliente, mas não era seu cliente ao mesmo tempo. Um dos vários que pagavam em dinheiro para não deixar rastros. Mutuamente benéfico, ela sempre dizia a si mesma. Dinheiro significava a ausência de registros em papel, mas também significava que ela não precisava declarar a renda e não pagaria impostos. Tinha funcionado muito bem até Camille entender que Wingo não queria ajuda. Nunca quis. Ele ficou obcecado por ela enquanto ouvia seu podcast e agora queria Camille.

— Wingo — disse Camille, assim que conseguiu recuperar o fôlego. — Nós já conversamos sobre isso. Pedi para você não vir mais aqui. — Ele era um homem confuso e solitário que se tornou muito dependente dela. — Eu te disse: você precisa encontrar outro terapeuta. Eu te indiquei alguns.

Wingo acendeu o isqueiro novamente. Desta vez, a chama não foi apagada, iluminando seu rosto largo e pálido.

— Eu sei — disse ele. — Mas realmente acho que estávamos chegando a algum lugar. Eu estava me sentindo melhor. Sei que eu não deveria ter entrado, mas a janela estava aberta.

— Não, Wingo — falou Camille, com a voz impaciente. — Você não deveria ter entrado. Isso é contra a lei. Você precisa ser convidado para entrar na casa de alguém.

— Eu sei, eu sei. Sinto muito — pediu ele. A chama se apagou. — Você vai chamar a polícia? — perguntou, infeliz.

— Não, não vou — respondeu Camille, sentando-se ao lado dele no sofá. — Mas isso tem que parar. Você precisa ir embora.

— E se eu prometer ligar antes e marcar uma consulta? Você vai começar a me atender de novo?

— Não, Wingo, não posso. Já conversamos sobre isso. — Era quase possível sentir o desespero vindo dele no escuro. — Você está pensando em se machucar?

— Não — disse. — Só quero conversar.

— Que bom, fico feliz em ouvir isso. Mas existem jeitos melhores de pedir ajuda. Vá pra casa. Liga pra um dos terapeutas que te passei. Eles poderão te ajudar. — Wingo não respondeu. — Por que você removeu as lâmpadas?

Ela o sentiu se encolher ao lado dela.

— Eu não queria que você me visse. Sabia que ficaria brava.

Ela suspirou.

— Não estou brava, Wingo, só preocupada. Você não é meu cliente. Achei que tinha deixado isso claro. — Ao longe, foi possível ouvir o som de uma sirene. — Não tem motivo para se envergonhar de precisar de ajuda — disse Camille pela, talvez, centésima vez. — Todos nós precisamos falar com alguém de vez em quando.

As sirenes estavam cada vez mais próximas. Ela podia ver luzes vermelhas piscando do lado de fora das janelas da sala. Os vizinhos dela devem ter visto Wingo se esgueirando pela janela e chamaram a polícia. *Droga*, ela pensou. Isso só complicava as coisas.

— Não quero falar com mais ninguém. Só com você. Mas eu posso te pagar. Prometo que consigo o dinheiro. Meu pai disse que me daria — disse Wingo, um quê de esperança surgindo em sua voz.

Um alarme soou na cabeça dela. Camille ouviu o barulho de uma porta de carro sendo batida.

— Não, Wingo — disse ela, com firmeza. — Conversamos sobre isso, lembra? Você não pode contar a ninguém sobre nosso acordo. Eu estava fazendo isso para te ajudar. Eu poderia ter problemas por te ver depois do expediente, por não manter um prontuário oficial das sessões. Você queria que fosse assim, lembra?

— Sim, mas você disse que eu não deveria me sentir mal por pedir ajuda — lembrou Wingo, levantando-se.

— Você precisa ligar para um dos outros terapeutas que indiquei, Wingo — insistiu ela. — Eles poderão te ajudar, e é isso que queremos: que você se sinta melhor.

— É a polícia? — perguntou ele. — Por que você chamou a polícia?

— Não, não fui eu. Provavelmente foi um vizinho — disse Camille, tentando pensar rápido.

Como ela explicaria a presença de Wingo em sua casa a esta hora da noite? O pai de Wingo era um juiz da região. Se ele descobrisse que Camille estava vendo seu filho de maneira não oficial, ele poderia destruí-la. Haveria uma investigação, uma auditoria de sua prática. Ela poderia perder a licença, ou até pior. O que havia acontecido com ela?, Camille se perguntou. Em algum momento ao longo da carreira trocou seu profissionalismo pela autopreservação.

— Vamos apenas dizer a eles que você estava confuso — disse Camille. — Que entrou aqui por acidente. Só não se esqueça de que não nos conhecemos.

Houve uma batida à porta da frente.

— Polícia — informou uma voz grave. — Tudo bem por aqui, Dra. Tamerlane?

— Mas eu não estava confuso — sussurrou Wingo. — Você precisa dizer a eles que você é minha médica. Caso contrário, vão me prender.

— Só um momento — gritou Camille.

Ela gaguejava de medo, mas não era de Wingo que tinha medo. Tinha medo do mundo descobrir que ela era antiética, uma ladra.

— Não posso fazer isso, Wingo — disse Camille. — Seu pai é juiz. Ele vai te ajudar. Apenas diga que sente muito. Que entrou na minha casa por engano. Que não nos conhecemos. Prometo que não vou prestar queixa.

Ouviram-se mais batidas à porta.

— Dra. Tamerlane — repetiu o policial. — Abra a porta, por gentileza. Recebemos uma ligação informando que alguém invadiu sua casa. Precisamos saber se você está bem. Você está segura?

Wingo acendeu o isqueiro para que ela conseguisse ver seu rosto.

— Diga a eles que você está segura — sussurrou, seus olhos implorando. — Diga que me conhece.

Ela não podia. Não podia fazer isso. Era a carreira dela em jogo. A vida dela.

Pânico tomou conta da expressão dele. Wingo largou o isqueiro, que caiu no chão, e a sala ficou escura.

— Não estou segura — gritou Camille bem alto. — Por favor, me ajude. Ele está em algum lugar da casa. E acho que está armado.

31

A Melhor Amiga

Maire se encolheu quando Camille puxou o gatilho, esperando ouvir um estrondo, ver uma explosão de sangue e massa cinzenta. Mas não se ouviu nada além de um clique baixinho.

Com as mãos trêmulas, Camille devolveu a arma ao centro da mesa. Ela parecia tão pequena, tão derrotada. Este jogo era cruel, sádico, e estava ficando cada vez mais claro que talvez não houvesse mesmo um pote de ouro no fim deste arco-íris macabro. Mas... se existisse uma minúscula, pequenininha chance de que o dinheiro fosse real, Maire queria ser a pessoa a ganhá-lo.

— Beleza, então — disse Fern, com um tremor na voz. — Camille tem um strike. E lembrem: com três strikes vocês perdem. Vá em frente e gire a arma, Camille.

Ela não se mexeu. Apenas ficou ali, sentada, com o rosto e os ombros moles, frouxos.

— Camille? — repetiu Fern, mas mesmo assim ela não pegou o revólver. Em vez disso, balançou levemente a cabeça.

— Não, pra mim já deu. Não vou mais jogar — disse, com os olhos brilhando de lágrimas. — Isso é tortura psicológica. E não quero fazer parte disso.

Esse desdobramento dos fatos era bom para Maire. Significava que havia uma pedra a menos em seu caminho até o dinheiro, mas ela pensou na forma como Camille foi em seu socorro no lago e sentiu uma pontada de culpa. Não, Ned era quem deveria ser o próximo eliminado.

— Gira a arma, Camille — Maire se viu dizendo. — Eles querem nos deixar em pânico para que a gente perca o controle. Essas coisas aumentam a audiência. Não desista.

— Que porcaria é essa? — zombou Ned. — Não a incentive. Se ela quiser desistir, deixa ela.

— Cala a boca, Ned — disse Maire, mantendo os olhos em Camille. — Está tudo bem — falou gentilmente, querendo estender a mão por cima da mesa para pegar a de Camille. — Lembre-se, é só um jogo.

Ela sustentou o olhar de Maire. Lágrimas brotaram de seus olhos e Maire percebeu que Camille tinha seus próprios segredos. Coisas que não poderia revelar. Pelo menos tinham isso em comum.

Maire encarou Samuel. Ele envelhecera nesses três dias desde que chegaram à vila. Seu olhar se tornou assombrado, perseguido, e sua pele estava pálida e rígida à luz das velas. Depois de duas décadas mantendo o segredo, se a pergunta certa fosse feita, ele talvez o revelasse. Maire desejou que ele olhasse para ela, mas seu foco estava na arma.

Por fim, Camille pegou o revólver e o girou, hesitante. A arma rodou uma, duas, três vezes e, na quarta, parou de novo apontada para Ned.

— Nem fodendo — disse Ned, incrédulo. — Tem um ímã aqui embaixo?

Ele se abaixou para olhar por baixo da mesa e, quando voltou a se endireitar, revirou os olhos. *Ele ainda não entendeu*, pensou Maire. Ainda não percebeu que alguém estava armando para eles. Para ele.

— Pode mandar — disse ele, batendo no tampo da mesa como se estivesse jogando vinte-e-um em Las Vegas.

Fern pegou a carta do topo do deck de Ned, mas ele estendeu a mão e a colocou sobre a dela. Um espasmo de repulsa se espalhou pelo rosto de Fern, e Maire pôde sentir a raiva irradiar dela enquanto afastava a mão. Camille estava certa. Este jogo era pessoal, pelo menos para Fern. Mas não para Maire. Ela tinha certeza de nunca ter visto a apresentadora antes de entrar na propriedade há alguns dias. Usar um reality-show para se vingar? Era ridículo demais para ser verdade.

— Posso escolher a carta? — perguntou Ned. — Só para variar?

— Tá — disse Fern, de maneira engessada. — Mas sem espiar.

Ned fez uma ceninha ao espalhar as cartas restantes de seu deck em cima da mesa, virar a cabeça e escolher uma carta de olhos fechados. Ele a ergueu triunfante e a entregou a Fern com um floreio.

Com cautela, Fern pegou a carta das mãos de Ned. Ela perdeu o equilíbrio e, por um momento, Maire pensou que ela poderia escorregar da cadeira. Usando uma das mãos, Fern se firmou e começou a ler:

— Você já... — começou Fern. — Você já... — Tentou de novo, mas vacilou.

— Desembucha — disse Ned.

De alguma forma perversa, ele estava gostando deste jogo. Ned era um homem poderoso que provavelmente estava acostumado a não precisar ser responsabilizado pela maneira como tratava os outros. Não era o que tinha mostrado repetidas vezes durante a competição? Ele não teve problemas em tentar derrubar Maire da parede de escalada, cortar sua corda ou deixá-la se afogar no lago.

— Você já foi acusado de importunação sexual no local de trabalho? — questionou Fern, com a voz embargada.

— Não — respondeu ele, olhando para Fern desafiadoramente. — Minha vez de girar.

Ele se moveu na direção do revólver; desta vez, no entanto, Fern ergueu a mão para detê-lo.

— Espera. Era apenas parte da questão. Tem mais — disse Fern. Ela fez uma pausa para dar um gole no vinho. Quando falou de novo, sua voz estava mais forte, mais firme. — Você já segurou uma subordinada contra uma parede...

— Não — disse Ned.

— E pegou um abridor de cartas...

Os olhos de Ned se estreitaram, desconfiados.

— Não. Não, nunca. — Mas Maire percebeu que as palavras tiveram um impacto nele. — Isso está ficando ridículo — disse, olhando para os outros em busca de apoio.

Ninguém retribuiu seu olhar. Samuel passou a mão pela cabeça. Camille não conseguia tirar os olhos do rosto de Fern. Maire observava, um véu de pavor caindo sobre ela.

Fern prosseguiu como se estivesse em transe:

— E passou aquele abridor de cartas ao longo da coxa dela, tirando sangue... e, usando aquele abridor de cartas, cortou a calcinha da subordinada...

— Não! — gritou Ned, seu rosto ficando vermelho. — É melhor você calar a boca agora. Isso é difamação. Eu vou te processar, caralho.

Ele bateu o punho contra a mesa, provocando ondulações nos vinhos dentro das taças.

Mas Fern ergueu o tom de voz para se igualar ao de Ned.

— E, usando aquele abridor de cartas, cortou a calcinha da subordinada, mesmo que ela estivesse chorando, implorando para você parar?

Maire não tinha certeza se ouvira Fern direito. Um abridor de cartas? Ela se sentiu enjoada.

— Não, eu não fiz isso — disse Ned, cruzando os braços sobre o peito. — Isso nunca aconteceu.

— Isso precisa parar. — Maire ouviu Camille sussurrar.

Fern se inclinou para a frente na cadeira, os olhos fixos em Ned.

— Tem certeza? É sua resposta final?

A sala ficou em silêncio. O único som era o das respirações ofegantes.

— O que você está fazendo? — inquiriu Samuel, finalmente quebrando o silêncio e se levantando. — Isso não é engraçado.

Ele estava certo. Camille estava certa. Isso tinha ido longe demais.

— Fern, para com isso, por favor — implorou Maire.

Fern ignorou todo mundo.

— Ned? Fala ou Atira? A escolha é sua.

Ned ergueu o queixo, o desafio brilhando em seus olhos, enquanto ele calmamente pegava a arma e apontava-a para Fern. Todos arquejaram.

— Isso não é engraçado — disse Maire. — Abaixa isso.

— Não se preocupe, não está carregada, certo, Fern? — perguntou ele. — É só um jogo.

Fern cruzou os braços.

— Fala ou Atira? — perguntou novamente. Um desafio.

— Escolho Atirar — respondeu Ned, levantando-se e pressionando o cano contra a própria têmpora. — Talvez aqui — falou, com um sorriso distorcido. — Ou quem sabe aqui? — Ele deslizou a arma pela lateral do rosto, para a parte de baixo do queixo.

— Para com isso! — choramingou Maire. — Só para!

— Mas, por mim — disse, apontando mais uma vez para Fern —, eu escolheria aqui.

Ele puxou o gatilho e Maire esperou o clique suave de uma câmara vazia. Em vez disso, a arma explodiu e uma bala passou por um triz da sua orelha; uma nuvem de estilhaços se ergueu. A arma disparou várias vezes. Com os olhos bem fechados, Maire se jogou no chão, cobrindo a cabeça com os braços, os ouvidos zumbindo. Ela sentiu a vibração dos corpos caindo ao seu lado e líquido quente penetrando no tecido de suas roupas.

Ela tinha levado um tiro? Não sabia dizer. Todas as suas terminações nervosas pareciam em chamas e seu coração batia tão forte que ameaçava explodir no peito. Maire se atreveu a abrir os olhos e viu que estava deitada em uma poça vermelha. Sentiu o grito escapar, esganiçado, de sua garganta, mas não conseguiu ouvi-lo, não conseguia ouvir nada por causa do zumbido nos ouvidos.

Ela virou a cabeça e encontrou Samuel deitado no chão gelado ao seu lado, os olhos fechados, sangue escorrendo de um ferimento na têmpora. Ela estendeu a mão para tocar o rosto dele. Era isso. O dia chegou. Eles finalmente pagariam pelo que tinham feito, assim como ela sempre soube que aconteceria.

32

A Assistente

Fern se encolheu no chão, mal registrando os vidros estilhaçados ao redor, as garrafas de vinho quebradas, o cheiro de pólvora no ar. A arma estava carregada. Como é que estava carregada? Ela mesma havia verificado pouco antes do início da competição, há quatro dias.

Pelo terror estampado no rosto de Ned, ele estava tão chocado quanto ela. Sua boca se movia freneticamente, mas os tiros fizeram os ouvidos de Fern zumbir. Ela não conseguia decifrar o que ele dizia. Ned jogou o revólver no chão e caiu de joelhos.

Fern percebeu vagamente que os outros também estavam caídos no chão. Tinham sido baleados? Por que ela não conseguia se mover? Seus membros estavam dormentes, pesados. Será que uma bala atingiu sua coluna? Esfregou as pernas, desejando voltar a sentir algo. Mas não havia ferimentos de bala.

Ned ainda estava de joelhos, o rosto contorcido pela angústia. Fern não se importou. Ela o detestava, odiava-o pelo que ele tinha feito com ela, odiava as cicatrizes que deixara nela.

Ela precisava ver se uma bala tinha atingido algum dos outros participantes e chamar uma ambulância. Mas não conseguia se levantar, e estava com tanto frio que não conseguia parar de tremer. Provavelmente estava em estado de choque.

Fern observou enquanto Camille se levantava um pouco e engatinhava até Maire e Samuel, ajudando os dois a se sentarem, as mãos percorrendo seus corpos à medida que verificava se tinham ferimentos de bala. Camille pressionou um guardanapo de linho branco num corte na têmpora de Samuel. Eles estavam sentados em uma poça de vinho tinto que, à primeira vista, Fern achou que fosse sangue. Ela deveria buscar ajuda, mas não conseguia se mover.

Quem carregou a arma? Cat? Alguém entre as dezenas de membros da equipe e prestadores de serviço que entraram e saíram da propriedade? Mas por quê? Não fazia sentido.

— Fern — chamou uma voz distorcida. — Fern. — O rosto de Camille surgiu em seu campo de visão. — Você está bem? Foi atingida?

— Estou bem — disse Fern, a sensação de formigamento diminuindo. — Samuel está bem?

— Ninguém foi baleado. Mas você está sangrando. — Camille acenou com a cabeça em direção aos braços de Fern.

Fern olhou para baixo e viu que seus braços estavam cobertos de pequenos cortes. Os estilhaços de vidro. Ela deve ter caído sobre eles quando se jogou no chão para se proteger. Caquinhos estavam presos sob sua pele. Ela puxou um fragmento irregular da palma da mão e o jogou de lado. Precisaria de uma pinça para tirar o resto.

— Que porra foi essa? — rosnou Ned. — Por que diabos você nos daria uma arma carregada?

Fern se assustou com o veneno na voz dele.

— Não fui eu. Juro que não sabia — disse Fern. — Não sei o que está acontecendo.

— Claro, claro — disse Ned, levantando-se e empurrando uma cadeira para o lado, fazendo-a bater contra a parede. Fern saiu do lugar, mantendo a mesa entre eles. — Eu poderia ter matado alguém!

— Não estou aprontando nada. Juro — gritou Fern. — Por que eu lhe daria uma arma carregada? Você poderia ter me matado. Você quase *me* matou.

— Devíamos apontar a arma para nós mesmos — lembrou Samuel, acusadoramente. — Foi um milagre que Ned não tenha se dado um tiro. Por que você está fazendo isso? Por que estamos aqui?

Ai, meu Deus. As câmeras. Esse completo fiasco estava sendo transmitido ao vivo para milhões de celulares, TVs, tablets e computadores. Os espectadores devem ter visto a arma disparar. Ela girou a cabeça em busca das câmeras. A que fora colocada no meio das garrafas de vinho estava agora em algum lugar entre os cacos de vidro. Aquela acima de suas cabeças foi atingida. Parecia que metade do pátio havia sido destruído.

Fern sentiu o celular vibrar, incessante, fazendo cócegas em seu quadril. Cat. Mas não, Cat ainda estava na adega. E sua chance de mostrar à chefe que poderia apresentar, produzir e administrar um programa de sucesso tinha ido pelo ralo. Não faria diferença que milhões de pessoas assistissem, que os anunciantes clamassem para colocar seus produtos em *Um Ganhador de Sorte*. Um tiroteio no set seria a sentença de morte para o reality. Para Fern.

— Isto não é um jogo — disse Ned. — Não mais. Nada vale esse dinheiro. Nada. Pra mim deu. Eu não me importo, cansei. — Ele se virou e voltou para dentro de casa.

O celular de Fern continuou a vibrar. Frustrada, ela o tirou do bolso. Uma dúzia de chamadas perdidas e mensagens de texto de Alfonso. Claro, ele era covarde demais para ir pessoalmente até o pátio para checar o que estava acontecendo. Ela precisava pensar rápido.

Estamos bem, ela digitou. Foi um problema em um adereço. As câmeras ainda estão gravando?

Alfonso respondeu de imediato: Não, nós as desligamos. As redes sociais estão surtando. Você precisa avisá-los. Quando quer que religuemos as câmeras?

Ela não conseguia se concentrar, nem pensar. Camille, Maire e Samuel a olhavam acusadoramente. Ned não estava em nenhum lugar que ela conseguisse ver. Ainda bem que todos estavam bem, mas tudo pelo qual Fern havia trabalhado foi destruído. Arruinado. Ela nunca mais arrumaria emprego. Seria processada, presa. Precisava sair de lá, entrar no carro e dirigir. Ela tinha ferrado com tudo. O jogo tinha acabado, certo?

Outra mensagem. O que você quer que façamos? Ela checou o relógio. Quanto tempo levaria para ela resolver as coisas? Uma hora — era tudo que precisava.

Entre ao vivo em sessenta minutos, ela enviou, e Alfonso respondeu com um emoji de joinha.

— Você vai nos contar o que está acontecendo? — perguntou Camille, seu rosto corado de raiva.

— Para ser sincera, não faço ideia — disse Fern, pressionando as pontas dos dedos nas pálpebras.

— Como você não sabia que a arma estava carregada? — perguntou Maire enquanto pressionava um guardanapo no corte de Samuel. — Tem algo estranho neste jogo desde o início.

— Tô fora — disse Samuel, tirando o tecido da cabeça. O corte era longo, mas superficial, e finalmente tinha parado de sangrar. — Não vale a pena perder a vida por isto. Eu desisto. — Ele saiu do pátio e entrou na casa, com Maire em seu encalço. No último minuto, ela parou e se virou.

— Seja lá o que você pensa que sabe, está errada. Não existem provas. Nada. Tentamos levar nossas vidas com bondade. Somos boas pessoas. Pelo menos, Samuel e eu. — Maire apontou o dedo para Fern, com lágrimas escorrendo pelo rosto. — E por quê? Audiência? Você não está fazendo isso só conosco, comigo. Está fazendo isso com as minhas filhas.

Fern estava coberta de cacos de vidro e vinho, e sua cabeça doía. Esfregou a testa, desejando que elas simplesmente fossem embora. Ela precisava pensar. Mas Maire e Camille ficaram ali, esperando que ela falasse alguma coisa.

— Você realmente achou que eu não te reconheceria? — perguntou Camille. — Que eu não somaria dois mais dois? Eu não ligo para o que essas pessoas fizeram. Não quero participar do seu plano de vingança.

— Vingança? — repetiu Fern, levantando-se sem muita estabilidade.

— Você vai ficar aí e negar que entrou em meu consultório há nove meses e me contou uma história ridícula sobre seu nome ser Nan?

Fern ergueu as mãos.

— Não faço ideia do que você está falando — disse ela, tentando contornar Camille e voltar para dentro da casa, mas a mulher bloqueou seu caminho. Fern precisava sair dali e ir para o aeroporto.

— Qual é, Fer*nan*da. Eu sei que era você por trás dos óculos escuros — disse Camille, exasperada. — O mesmo cabelo, a mesma voz, os mesmos maneirismos, o mesmo tênis. — Ela olhou para o Converse branco de Fern. — Você foi até meu consultório e falou sem parar sobre pessoas terríveis e como elas precisavam pagar por seus crimes. Eu sei que você é a Nan.

— Para! — pediu Fern. — Eu nunca, jamais fui ao seu consultório. Eu não conhecia nenhum de vocês antes do programa. — Ela vacilou. Estava mentindo; será que perceberiam? Ela já conhecia Ned. Mas ele nem sequer a reconheceu, não é? Ele não tinha ideia de quem ela era. Era tão insignificante assim, tão esquecível?

Camille agarrou o braço de Fern, virando-o para expor a parte interna do pulso. Fern tentou se desvencilhar, mas Camille segurou firme.

— Cadê? Cadê sua tatuagem? — Camille esfregou a pele de Fern com força, tentando tirar a maquiagem que escondia a tinta.

— Me larga — disse Fern, empurrando a mulher com sua mão livre. Camille soltou o braço, mas não se afastou. Fern precisava acalmar todo mundo e, de alguma forma, sobreviver à próxima hora. — Eu não faço ideia do que você está falando. Nunca tinha visto nenhum de vocês antes do programa. Não sei por que a arma estava carregada.

Ela se abaixou e pegou o revólver de onde Ned o havia largado. Fern se lembrava de ter ouvido três tiros. Havia mais balas na câmara?

Maire estendeu a mão.

— Me deixa ver — pediu. Fern hesitou, não queria entregar o revólver nas mãos de alguém que estava tão zangada. — Dá a arma, Fern. Vou me certificar de que não esteja carregada. Não queremos que isso aconteça de novo.

Fern permitiu que Maire pegasse a arma e observou enquanto ela abria a câmara e olhava lá dentro.

— Está vazia — informou Maire, colocando o revólver em cima da mesa.

— Ótimo — disse Fern. — Agora, se me dão licença, preciso enviar um comunicado à imprensa informando que um adereço não funcionou como esperado e que estamos todos bem.

Maire e Camille trocaram olhares.

— Os dez milhões de dólares sequer existem? — perguntou Camille. — Algo neste programa é real? E por que não aproveita e já nos conta quem é sua chefe?

Fern deu uma risada aguda.

— Claro que é. Olhem ao redor. Olhem para esta propriedade. Para a corrida de obstáculos, para o labirinto de cerca viva. Isso parece de mentira para vocês? Cada pedacinho daqui é real. Olhem! Vejam o que as pessoas estão dizendo sobre o programa.

Fern começou a ler algo no celular.

— *Esse programa é o que há, o melhor que já assisti, não consigo desgrudar. Incrível! Mal consigo esperar para ver quem vai ser campeão.* — Fern ergueu os olhos, tentando forçar um tom de confiança na voz. — Já temos mais de vinte milhões de espectadores e os números só crescem. Depende de vocês, mas a última pessoa que restar ganha os dez milhões de dólares. Vamos nos encontrar na biblioteca em uma hora. Fiquem, saiam, não ligo. As câmeras voltam a funcionar em uma hora. Com ou sem vocês.

Então, Fern passou por Camille e Maire e entrou na casa.

Com o coração disparado, ela passou apressada por Ned, que estava sentado no chão do corredor, com as costas apoiadas na parede e o rosto entre as mãos. Ela não podia se preocupar com ele agora. Que ele se afundasse na ideia de que poderia ter matado alguém. Que sofresse. Quando descobrissem que ela havia partido, ela já estaria longe.

33

A Confidente

O Cofre

Eu nem sei o que dizer. O fato de eu estar sentada aqui conversando com milhões de pessoas depois de quase ter levado um tiro deveria falar por mim. Sim, está todo mundo bem. Ninguém ficou gravemente ferido, mas ter uma arma carregada e de livre acesso no set nunca deveria ter acontecido. Nunca. Foi um acidente? Espero que sim. No entanto, este jogo é cruel. É distorcido, doentio e perigoso. Não sei se algum dia descobriremos quem realmente está por trás do programa, mas quem quer que seja, parabéns, você conseguiu. Conseguiu dar vida ao seu próprio Coliseu e nós somos apenas seus gladiadores desavisados, atacando uns aos outros para sua diversão pessoal e privada.

"E para todos que estão de olho agora, aqueles que estão sentados em casa se deleitando com cada segundo do drama que se desenrola diante de vocês, não se esqueçam de que isso é real. Somos pessoas de verdade e alguém poderia ter morrido esta noite. Alguém ainda pode morrer.

"Então, o que vai acontecer agora? Não sei e, sinceramente, não ligo. Se eu ganhar o dinheiro, ótimo. Vou usá-lo para ajudar a saúde mental e o bem-estar dos que estão em situação de vulnerabilidade. Se eu não ganhar, tudo bem também. Eu só quero que tudo isso acabe.

"É isso. Não tenho mais nada a dizer. Por mim já deu."

BláBláBlá1000 — Uau, um pouco dramática, hein?

BabyLicoricePreto — Dramática? Ela quase levou um TIRO! Não acredito que o programa ainda não foi cancelado.

BourbonTrecoseBolo — Não tenho a mínima dó. Todos eles se inscreveram para isso. São dez milhões de dólares! O que eles estavam esperando? Se ela quiser ir para casa, então vamos mandá-la para lá.

RainhaDoPickleball65 — Amo a Dra. Camille. O podcast dela é incrível. Ela é inteligente, engraçada e realmente se preocupa com as pessoas. Todos vocês, haters, precisam ouvir o podcast dela agora mesmo. Vão mudar de ideia.

LeezieSuaveNaNave — Mais alguém percebeu como todos eles dizem que "uma parte" dos ganhos irá para a causa que defendem? Isso pode significar dez dólares para a saúde mental e todo o restante para o bolso da médica. A única pessoa que de fato nos disse exatamente para onde vai o dinheiro foi a Melhor Amiga: para cuidar da filha. Espero que ela ganhe. Ela parece a mais genuína, a mais autêntica de todos eles.

BabyLicoricePreto — Quanto cinismo.

BenzinhoDeSãoFran — Ela é uma fraude. Eu sei quem ela é. Ela age como se fosse uma médica atenciosa, mas isso é uma máscara. Minha amiga era paciente dela (embora ela vá negar) e me contou que um cliente foi baleado pela polícia no consultório dela. A Confidente o acusou de ter uma arma. Ele NÃO tinha uma arma, era um canivetezinho de nada e estava guardado no bolso quando foi baleado. Ele não era perigoso. Era inofensivo e não machucaria uma mosca... Ele estava levando flores para ela, pelo amor de Deus.

MãeDePet4 — Vi notícias disso há um tempo. Sinto muito, mas não a vejo como a vilã nessa situação. Ele invadiu a casa dela e estava com uma arma. É triste, mas a polícia só a estava protegendo.

BenzinhoDeSãoFran — Tem muito mais nessa história, mas ninguém ouve. #justiçaparawingo

34

A Confidente

Acreditam em mim agora? — perguntou Camille, entrando no quarto depois de passar pelo Cofre. Ela ainda estava tirando cacos de vidro do cabelo quando um estagiário a apressou para falar sobre seus sentimentos.

— Gostaria de não acreditar — disse Maire suavemente; estava perto da janela. — Por que nós? Nunca encontrei Fern. Não entendo por qual motivo ela está fazendo essas coisas.

— Isso importa? — retrucou Samuel, fechando o zíper de sua bagagem de mão. — Eu só quero pegar meu celular e dar o fora daqui.

— Você sabe que isso não vai acabar quando a gente sair desta propriedade — disse Camille, jogando os cacos de vidro em uma lixeira. — Fern acha que tem podres nossos. Ela deve ter arquivos disso em algum lugar.

— Mas e o dinheiro? — perguntou Maire, ainda olhando pela janela. Camille foi para o lado dela. Talvez ela estivesse pronta para ouvi-la agora. — Eu realmente precisava daquele dinheiro — acrescentou, e Camille pôde ver a tristeza, o desespero, em seus olhos.

— Caramba, Maire — disse Samuel. — Você não vê que isso é maior do que dez milhões de dólares? Fern está atrás de nós. No mínimo, ela quer nos destruir. Ela está tentando nos matar ou fazer com que matemos uns aos outros desde que chegamos aqui. Então, Maire, odeio te dizer isso, mas não, não acho que você vá receber dinheiro nenhum.

Maire se voltou abruptamente para Samuel.

— Você acha que eu queria ganhar por ostentação? Minha filha está doente e, se ela não receber o melhor tratamento, os melhores médicos, ela pode morrer.

Maire estava chorando, e Camille sentiu a vergonha esquentar suas bochechas. Camille queria o dinheiro por motivos puramente egoístas — para pagar carros, casas e bancar seus gastos descontrolados, para ajudar a enterrar qualquer indício de má conduta profissional. Mas ali estava uma mulher que só queria uma coisa: salvar a filha.

— Existem recursos para isso — disse Camille. — Organizações. Vou te ajudar a resolver isso quando sairmos daqui.

— Por que você faria isso? — perguntou Maire. — Você acha que somos pessoas horríveis, como você mesma disse.

— Todos temos nossos segredos — disse Camille. — Vimos as pistas. — Quando Maire e Samuel não disseram nada, ela ergueu as mãos, frustrada. — Quantas vezes preciso dizer que não me importo com o que fizeram? Eu não dou a mínima. Vamos apenas compartilhar o que achamos, analisar todas as pistas. Se alguma delas têm relação com um de vocês, é só não dizer nada, não ligo. Mas, se vocês encontraram uma pista relacionada a mim, eu quero saber. — Eles não retribuíram seu olhar. Camille balançou a cabeça. — Tudo bem, eu começo: a Super Pista que ganhei depois da corrida de obstáculos foi um atestado de óbito com nome e local apagados.

Quando Maire levantou a cabeça depressa, Camille hesitou. O que será que ela deveria compartilhar com esses dois, uma vez que eles estavam bem calados sobre as próprias pistas?

— Você conseguiu alguma outra informação do atestado? — perguntou Samuel.

— Só que o falecido era um homem e tinha 32 anos — disse Camille.

Maire e Samuel trocaram um olhar. *Interessante*, pensou Camille.

— Maire, durante o último desafio, Fern perguntou onde você estudou. Isso deve significar alguma coisa, certo? — Camille procurou por algum tipo de confirmação, mas não obteve nada.

— Então, baseado nas perguntas que Fern fez a Ned, ele é um predador — disse Samuel. Não era uma pergunta. Eles sabiam que era um fato. — Quando ganhei o desafio do lago, minha Super Pista foi um abridor de cartas. — Ele finalmente compartilhou algo. — Não fazia sentido, até que Fern perguntou a Ned sobre isso.

— E ainda tem aquelas garrafas de vinho com rótulos estranhos — disse Camille, tirando a agora vazia garrafa de Ned da lixeira. — A do Ned diz *Degenerare*. Quando a vimos pela primeira vez, todos pensamos em "degenerado", certo? Faz sentido. O meu diz *Sfasciafamiglie* — informou Camille, balançando a cabeça. — Não sei o que isso significa.

Samuel foi até a cômoda ao lado da cama vaga do senador.

— E o do senador diz *Imbroglione*. Ele teve um caso e um filho secreto. Não sei, talvez signifique adúltero? Infiel?

— Faz sentido — concordou Camille. — E a sua?

— *Traditore* — disse Samuel, indo até sua mala e tirando a garrafa.

— Na minha opinião, parece "traidor" — disse Camille. — Isso faz algum sentido para você?

— Nenhum — respondeu Samuel, com firmeza. — E você, Maire?

Maire franziu a testa.

— *Uccisore* — disse ela, impaciente. — Mas quem se importa? São apenas garrafas de vinho. Não provam nada.

— Olha — disse Camille. — Não acho que as pessoas sejam totalmente boas ou ruins. Seja lá o que você tenha feito, eu não quero saber, assim como você não quer saber sobre mim. E é melhor assim. O que precisamos fazer agora é descobrir como convencer Fern a não levar isso adiante.

— E como você sugere que façamos isso? — perguntou Samuel, sentando-se na beira da cama. — Ela está envolvida demais. Pense bem: tudo o que ela investiu no programa, todo o dinheiro e recursos. O que ela vai dizer ao público? "Foi mal"?

Um pensamento terrível, ou talvez maravilhoso, ocorreu a Camille.

— E se não houver um programa?

— O que você quer dizer? — perguntou Maire, jogando-se na cama ao lado de Samuel.

— O que quero dizer é: e se não houver mesmo um programa? E se for apenas uma parte do plano de vingança dela?

Maire e Samuel fizeram um silêncio atordoado.

— Mas e os comentários sobre o programa... — disse Maire debilmente. — Fern leu alguns deles para nós. Ela contou que é um sucesso, que milhões de pessoas estão assistindo.

Samuel esfregou os olhos e balançou a cabeça.

— Então, durante todo esse tempo, estamos jogando para um público de uma pessoa só?

Camille deu de ombros.

— Talvez. Não sei. Nada disso faz sentido. O que sei é que, se quisermos manter nossos assuntos pessoais em sigilo, precisamos colocar as mãos no computador de Fern.

— Tá bom, e como vamos fazer isso? Vamos encurralá-la e mantê-la prisioneira até que ela o entregue? — perguntou Samuel. — Eu, particularmente, não quero adicionar sequestro à minha lista de crimes imputáveis.

Camille percebeu o olhar que Maire lançou para Samuel — suave, quase saudoso. É, aqueles dois definitivamente tinham uma ligação.

— Não acho que precisaremos chegar a esse ponto — disse Camille. — As câmeras estão desligadas, certo?

— Se eles realmente estavam gravando, então, sim — confirmou Samuel. — Fern tinha dito que voltariam em uma hora. Ainda temos cerca de... — ele checou o relógio — trinta minutos.

Camille ergueu um pedaço de plástico fino e retangular. Era o cartão de acesso de Fern, com sua foto e seu nome completo impressos. Fernanda Espa.

— Acho que isso nos levará aonde precisamos ir.

35

A Assistente

Ao chegar no quarto, Fern trancou a porta e olhou em volta freneticamente, sem saber o que fazer primeiro. Precisava limpar os cortes, trocar as roupas manchadas de sangue e enviar o comunicado à imprensa explicando que o programa continuaria. A última tarefa era a prioridade. Ela abriu o telefone de Cat e digitou uma atualização sem muitos detalhes: Um infeliz acidente ocorreu no set de *Um Ganhador de Sorte* há pouco. As balas de festim de uma arma cenográfica dispararam, assustando a todos e fazendo com que um dos competidores acidentalmente esbarrasse em uma vitrine de vinhos Bella Luce, derrubando algumas garrafas no chão. Estamos ansiosos para continuar o jogo. A transmissão ao vivo será retomada em breve.

Fern releu a mensagem. Não estava perfeita, mas teria que servir. Ela clicou em Enviar.

Quanto a Cat, quando estivesse bem longe da propriedade, chamaria alguém para destrancar a adega. Se Cat fosse à polícia e Fern fosse detida, ela se faria de sonsa. Alegaria que não tinha ideia de que Cat acidentalmente ficou presa no porão, que só percebeu quando já estava no aeroporto e verificou as câmeras de segurança pelo celular. Cat era famosa por se esconder em seu escritório por horas a fio, e não era segredo que queria ficar nos bastidores durante a produção de *Um Ganhador de Sorte*, que não queria que seu envolvimento tirasse o foco do programa.

Então Fern só precisava ir embora, desaparecer.

Ela entraria no carro e iria direto para o aeroporto. Portugal parecia uma boa escolha.

Fern lavou crostas de sangue seco de sua pele, onde os cacos de vidro causaram pequenos cortes. Trocou-se e jogou algumas roupas na mala. Estava na hora de ir. Olhou para a cama, onde havia jogado o celular de Cat.

Dinheiro. Ela precisava de dinheiro. Pegou o telefone de Cat e acessou o aplicativo do banco. Quanto deveria transferir? Se fosse muito, Cat notaria. Se fosse pouco, chegaria no máximo em Chicago. Ela digitou doze mil. Não era o suficiente, e era demais ao mesmo tempo. Não conseguiu continuar. Isso era roubo, e Fern poderia ser um monte de coisas, mas não era ladra.

Havia, ainda, o celular de Cat. Não poderia deixá-lo no próprio quarto, tampouco poderia levá-lo com ela. Precisaria escondê-lo em um lugar difícil de se encontrar. Debaixo de um sofá, talvez atrás de uma prateleira.

Lentamente, abriu a porta do quarto e espiou o corredor. Estava vazio. Puxando a mala atrás de si, Fern seguiu em direção à escada dos fundos, com o cheiro de flores mortas impregnado no ar. Na agitação do jogo, acabou se esquecendo de colocar flores frescas nos vasos. Ambos os celulares começaram a vibrar de repente. Provavelmente Alfonso outra vez.

Fern abriu a porta estreita que dava para a escada dos fundos. Apertou o interruptor de luz e parou no topo da escada de ferro em caracol que a levaria para baixo em uma espiral apertada. Ali. Era ali que deixaria o telefone de Cat. A chefe levaria uma eternidade para encontrá-lo. Fern desligou o aparelho e usou a camisa para limpar as impressões digitais, depois o colocou no degrau mais alto.

Sua cabeça latejava. Tudo isso era tão surreal. Ela andou com cuidado pela escada, seus pés ecoando nos degraus de ferro, certa de que todos na casa conseguiam ouvi-la. No fim, uma porta dava para a lavanderia que ficava ao lado da cozinha. Ela respirou fundo. *Pense*, Fern disse a si mesma. Tinha tudo de que precisava? Ela não voltaria mais naquele lugar. Nunca.

O passaporte dela estava em seu apartamento. Teria que parar lá e pegar alguns outros pertences também: o colar que fora da mãe, algumas fotos. Ela não tinha muita coisa. Então, pensou no notebook de Cat, lá na mesa do escritório. Aquele notebook guardava a vida inteira da chefe. Seus e-mails, arquivos, segredos. E talvez contivesse as respostas para o programa e como ele havia saído totalmente dos trilhos. Fern queria aquele computador.

Fern deixou a mala na porta dos fundos e caminhou sem fazer barulho pela cozinha rumo ao corredor. Procurou por qualquer evidência de que Alfonso já tivesse religado as câmeras, mas não encontrou nada. A casa estava silenciosa e escura, o restante da equipe reunida no pátio, limpando a bagunça. Tinha apenas uns vinte minutos até que voltassem com a transmissão ao vivo. Tudo o que precisava fazer era ir até o escritório de Cat, pegar o notebook, entrar no carro e sair dali.

Onde estavam os outros? Em seus aposentos? À espreita em um canto? Talvez já tivessem saído dali, pulado o muro e pedido carona. Ela não podia culpá-los. A luz da lua brilhava através das janelas, lançando sombras distorcidas pelo chão enquanto ela atravessava o corredor lenta e cuidadosamente. Ela podia ouvir o plim, plim, plim de água vindo de algum lugar.

É só dar meia-volta, disse a si mesma. *Volte para a cozinha, saia pela porta dos fundos e não olhe para trás*. Mas ela queria aquele notebook. No pior dos casos, seria um seguro. Se Cat ameaçasse prendê-la, Fern poderia achar documentos e revelar que havia encontrado alguns segredinhos sujos de Cat que valiam a pena permanecer enterrados.

Só mais um pouquinho. Mais à frente, havia um corredor com portas fechadas, exceto por uma. Era o antigo escritório do marido de Cat. A porta estava entreaberta. Fern não a tinha trancado? Deve ter esquecido. Outra tarefa que andou negligenciando. Pelo menos não havia nada de valor ali. Ela tateou o bolso. Não estava com a velha chave mestra. Com um empurrão suave, fechou a porta pesada.

Acabe logo com isso, Fern disse a si mesma. *Você só está desperdiçando preciosos segundos.* Ela se obrigou a seguir pelo corredor, ignorando a sensação de que alguém estava às sombras, observando, esperando.

Prendendo a respiração, ela se apressou pela última curva até parar em frente à porta do escritório de Cat. Enfiou a mão no bolso, procurando seu cartão de acesso. Não estava lá. Fern tirou a bolsa do ombro e começou a remexer em seu conteúdo. Seu celular ainda estava lá dentro, assim como a carteira com um pouco de dinheiro e alguns cartões de crédito, protetor labial, moedinhas perdidas, mas nada do cartão de acesso. O pânico tomou conta dela. Deve tê-lo deixado cair. Ela precisava daquela chave. O notebook e seu conteúdo eram sua única vantagem contra Cat.

Fern parou de se preocupar em fazer barulho e correu pelo corredor, seus passos martelando desesperados contra o piso. Ela parou quando passou outra vez pelo antigo escritório. A porta estava aberta novamente. Ela havia fechado. Tinha certeza de que sim. Sua mão foi até a maçaneta para fechar a porta, mas não pôde evitar espiar lá dentro. O cômodo estava um breu.

Incapaz de continuar no escuro, Fern pegou o celular e ligou a lanterna. Usou a luz para averiguar o lugar. Tudo parecia igual à última vez que ela esteve ali — um caos de serragem, latas de tinta velhas e ferramentas abandonadas. Apenas uma coisa estava fora do lugar: uma grande grade de ferro preto que servia para cobrir uma ventilação no piso havia sido removida e estava encostada na parede.

Que estranho, pensou Fern, perguntando-se para onde aquela ventilação levava. De repente, o forro de plástico que pendia do teto farfalhou e uma figura apareceu. O medo, espesso e oleoso, pareceu deslizar por ela. Fern se virou para correr, mas uma mão se fechou em torno de seu pulso e a puxou mais para dentro do cômodo.

O celular dela caiu no chão com a tela para cima, extinguindo a fonte de luz. Fern abriu a boca para gritar, mas a mão tapou seus lábios com violência, abafando o berro. Ela não conseguia ver quem a agarrou, mas sabia quem era. Seu cheiro e seu toque seriam coisas que ela jamais esqueceria. Ned Bennett. Ele sempre quis ficar sozinho com ela. E, desta vez, Cat não estava por perto para salvá-la.

36

A Melhor Amiga

Você roubou o cartão de acesso dela? — perguntou Maire, olhando para o objeto de plástico rígido com o nome completo e a foto de Fern que Camille segurava com força. Fernanda Espa. Camille estava certa sobre o nome de Fern. Será que a apresentadora poderia realmente ser essa Nan de quem ela lhes contou? Indo pegar o cartão, acrescentou: — Qual porta isso abre?

Camille puxou a mão antes que Maire pudesse pegá-lo.

— Eu vi Fern entrando e saindo de alguns cômodos trancados. Imagino que um deles seja o quarto dela e o outro possa ser um escritório. Os arquivos ou o notebook dela devem estar em um deles. Se conseguirmos pegá-los, talvez possamos argumentar com ela.

Maire mordeu o lábio, refletindo. Era arriscado, perigoso. E se fossem pegos? E se estivessem enganados e estragassem quaisquer chances de ganhar aquele dinheiro?

— Não — disse Samuel, com firmeza. — Não. Meu limite é arrombamento e invasão. Podemos tentar conversar com Fern ou simplesmente ir embora, mas não vou infringir a lei.

Camille riu, mas não havia humor na risada.

— Sério, Samuel? Depois de quase ter levado um tiro na cabeça, você está preocupado em roubar um notebook?

— Não é só isso — respondeu ele, com a voz rouca de emoção. — Se eu pudesse voltar atrás e mudar as coisas, faria diferente. Nunca teria... Nós nunca teríamos...

— Samuel — interrompeu Maire bruscamente, e ele parou de falar. Camille estava olhando para eles, seu olhar ávido por mais detalhes.

Um pensamento terrível lhe ocorreu. Talvez Camille estivesse envolvida neste jogo. Talvez todo esse papo fosse uma grande farsa. Ela sempre parecia estar dois passos à frente de todos os outros, e era ela quem plantava as sementes da dúvida em suas mentes. Maire precisava ficar a sós com Samuel e garantir que ele seguisse o combinado.

— Como eu disse — falou Camille, levantando as mãos —, não quero saber dos detalhes. Vamos procurar o notebook e os arquivos e partir desse ponto. Precisamos nos apressar.

— Por que vocês duas não vão procurar o notebook e eu vou atrás de Fern? — disse Samuel. — Talvez eu possa colocar algum juízo na cabeça dela. Ela poderia ser presa por extorsão.

— Não, ficaremos todos juntos — interrompeu Maire. Ela precisava manter Samuel por perto, apenas para garantir que ele mantivesse a boca fechada. Eles precisavam ser uma frente única. — E deveríamos encontrar o Ned — acrescentou. — Só Deus sabe o que ele está aprontando.

— Não — disse Camille. — Sugiro que deixemos ele pra lá. Ele é podre. Vocês viram as perguntas que Fern estava fazendo a ele sobre agressão sexual e NDAs. Já sabemos que ele é perigoso. Vamos nos concentrar no notebook por enquanto.

Maire precisava admitir que Camille tinha razão. Provavelmente era melhor deixar Ned sozinho por aí no momento. Ele era muito imprevisível, muito volátil. Ela olhou para Samuel. Ele só assentiu, e os três foram para o corredor. Olharam ao redor em busca das luzes vermelhas das câmeras. Eles não estavam sendo filmados por ora.

Camille os guiou pelo corredor escuro e parou em frente a uma porta com fechadura eletrônica.

— Eu vi Fern entrar e sair daqui. Acho que é o quarto dela — sussurrou. Ela encostou o cartão no painel, mas a luz ficou vermelha. Não tinha funcionado.

— Para onde vamos agora? — perguntou Maire, com o coração disparado.

Ela deveria ter apenas ido até lá, jogado este joguinho idiota, ganhado todos os desafios que conseguisse e voltado para casa com dinheiro o bastante para as despesas médicas de Dani. Ver Samuel... Não estava esperando por aquilo. Não esperava remexer sentimentos antigos. Ele não era um homem mau, assim como ela não era uma mulher má. Tinham apenas tomado algumas decisões muito ruins que os assombraram ao longo dos anos. Velhos fantasmas em busca de vingança.

— Lá embaixo — disse Camille suavemente. — Tem outra sala da qual vi Fern entrar e sair. Vamos tentar lá.

O grupo desceu depressa, mas em silêncio, os degraus de mármore, parando quando ouviu o murmúrio de vozes. Maire tinha certeza de que seriam pegos. E o que aconteceria? Será que o mundo inteiro saberia o que ela e Samuel fizeram? Ela pensou em Keely e Dani. Nunca mais a olhariam da mesma maneira. E daí se perdessem a casa? Elas poderiam encontrar outro lugar para morar. Shar ficaria feliz em abrir seu lar para elas. Ela deveria ter ficado em casa e encontrado outra maneira de conseguir o dinheiro.

Maire prometeu a si mesma que, caso saísse desta confusão, voltaria para Calico e encontraria outro emprego, com convênio médico e um bom plano de previdência. O lugar dela era em casa com as filhas.

Camille diminuiu o passo.

— É aquele ali — disse ela. — Fiquem de olho se vem alguém, e eu entro e pego o notebook.

Samuel passou a mão no cavanhaque e assentiu. Ele finalmente desistiu de fingir. Queria aquele notebook tanto quanto elas. Camille passou o cartão em frente à fechadura e uma luz verde acendeu.

— Funcionou — disse ela, com alívio. — Se o notebook estiver aí, vou pegá-lo.

— Espera — pediu Maire, agarrando a manga de Camille. — Me dá o cartão.

— Por quê? — perguntou Camille, confusa. — Vai ser só um segundinho.

— Não sabemos o que você fará quando entrar aí. Me dá o cartão — disse Maire com mais firmeza.

— Tá bom — cedeu Camille, entregando-o. — Mas não vou demorar. — Ela abriu a porta e entrou no cômodo escuro.

— O que você acha? — perguntou Samuel.

— O que eu acho? — repetiu Maire com raiva. — Acho que tem alguém ferrando a gente. Mas quem? Não tem como a Fern estar por trás disso tudo. Não sozinha. Ela mal está conseguindo se controlar.

— Então quem? — questionou Samuel. — Por quê?

Maire não sabia se poderia confiar em Samuel, mas que escolha tinha?

— Tem que ser uma pessoa em comum para nós cinco. Alguém que quer que paguemos pelo que fizemos.

— Então alguém que estava no lago naquela noite — disse Samuel. — Mas ninguém nos viu. Nem sequer estávamos por perto quando ele foi encontrado. Fomos muito cuidadosos.

— Não — disse Maire. — Não fomos. Não tomamos cuidado nenhum e acho que agora pode ser tarde demais. Já estamos mortos.

— Você acha que sabe quem é — deduziu Samuel. — Quem? — Ele agarrou Maire pelo braço com força. — Vamos lá, me conta.

— Pensa, Samuel. Só pode ser uma pessoa — disse Maire com tristeza.

— Não — disse Samuel, balançando a cabeça. — Sem chance.

Maire abriu a boca para argumentar, mas um grito ecoou.

— Fern — disse ela em vez disso. — Esse grito só pode ser da Fern.

37

A Melhor Amiga

Passado

Os pés de Maire derraparam no gelo escorregadio e ela caiu com força, rasgando a calça jeans na altura do joelho, mas Samuel estava ali e a ajudou a ficar de pé.

— Não para — ofegou ele.

O homem que eles fizeram perder o controle do carro estava atrás dos dois. Mas como? Ele havia morrido bem na frente deles, mas, de alguma forma, conseguiu se levantar e os perseguia com um cano. Ela tinha sido tão estúpida e imprudente ao arrastar Samuel para o meio da estrada e esperar por um motorista desavisado. Ela só estava tentando se exibir, tentando provar para Samuel que sabia como se divertir.

Se eles não parassem, talvez pudessem cansá-lo e ele desistiria. Maire agarrou a mão de Samuel com mais força. Ela havia perdido as luvas por aí e o peso do frasco de Damon desaparecera, mas ela não se importava. Precisavam continuar correndo. As estrelas acima estavam sendo rapidamente ultrapassadas por nuvens carregadas de neve, apagando a pouca luz disponível. Ela sentiu o gelo sob seus pés estalar e ranger. Será que aguentaria os dois? Estavam se aproximando do meio do lago e a água lá embaixo devia ter pelo menos dez metros de profundidade, além de estar terrivelmente fria. Eles precisavam continuar correndo e chegar até a fogueira onde os outros estavam, lá do outro lado. O ar frio queimava seus pulmões e suas pernas pareciam feitas de concreto. O homem ainda os perseguia?

— Não consigo — arfou Maire. — Não consigo. — Ela diminuiu a velocidade, meio que esperando que o motorista atingisse sua nuca com o cano. Ela precisava tentar conversar com ele, implorar por perdão. — Continue — disse a Samuel. — Não pare.

Samuel desacelerou com ela.

— Não vou te deixar — disse ele.

Maire se atreveu a olhar por cima do ombro e quase tropeçou. O homem estava se aproximando. Samuel agarrou a mão dela, incitando-a a correr, mas não adiantou. Ele os alcançaria.

— Sinto muito — disse Maire, parando abruptamente e se virando para encarar quem os perseguia. — Não fizemos de propósito. — O ar frio atravessou o peito de Maire enquanto ela se inclinava para a frente, com as mãos apoiadas nos joelhos, tentando recuperar o fôlego, esforçando-se para falar. — Foi um acidente.

À sua frente, a figura sombria diminuiu a velocidade para um trote e, ao se aproximar, Maire percebeu que alguma coisa não estava certa. O homem do carro destruído tinha peito largo. Aquele ali era mais alto, mais magro e usava uma touca.

Era Damon, respirando com dificuldade, de olhos arregalados.

— Que merda é essa? — arfou. Maire conseguia sentir o cheiro de álcool em seu hálito. — Acharam que ninguém descobriria?

— Não — disse Samuel, com a voz fraca. — Não foi bem assim.

— Eu vi vocês — disse Damon com desgosto. Seu olhar indo de Samuel para Maire, e vice-versa. — Vocês estão muito ferrados.

— Foi um acidente, Damon, não queríamos que isso acontecesse — começou Maire. — Nós tentamos...

— Acidente? — repetiu, incrédulo. — Chama aquilo de acidente? A Lina não vai acreditar. Eu vou contar.

Damon iria à polícia; eles seriam presos. Samuel nunca entraria para a faculdade de direito; Maire nunca iria para a escola de artes. Suas vidas estavam arruinadas. Mas haviam matado um homem. Teriam o que mereciam.

— Não, não, não — apressou-se Samuel, com as mãos levantadas em súplica. — Espera. Nós podemos explicar. Estávamos apenas zoando. As coisas saíram do controle e ele bateu. Íamos pedir ajuda, mas era tarde demais. Ele já estava morto.

Damon olhou de Maire para Samuel, com a testa enrugada em confusão.

— Morto? — repetiu. — Quem está morto?

A cabeça de Maire estava girando. Damon não tinha presenciado o acidente e a sua causa? Não vira o homem cambalear para fora dos destroços e desabar? Então, do que ele estava falando e o que tinha visto?

— Está me dizendo que tem um cadáver lá atrás? — perguntou Damon, virando-se para olhar para o outro lado do lago. — Vocês mataram um homem, porra? Pensei que só estivessem de palhaçada com a cara da Lina.

Ela podia ver o medo no rosto de Samuel, a compreensão de que Damon não vira nada e que eles simplesmente se denunciaram. Tinham sido descobertos.

— Shh — disse Samuel, bruscamente. — Escutem.

Maire aprumou o ouvido, mas tudo o que conseguia ouvir era o vento. Neve macia começou a cair em espirais preguiçosas.

Então a expressão de Samuel mudou do medo para o pânico.

— Fiquem parados — pediu Samuel, agarrando a mão dela. — Não se mexam.

Damon ainda estava tagarelando.

— Como caíram os poderosos! Esperem até todo mundo descobrir que vocês dois mataram um cara.

— Cala a boca — gritou Maire e deu um empurrão em Damon.

Ele cambaleou alguns passos para trás, os braços girando ao seu lado. Quando recuperou o equilíbrio, ainda tinha aquele olhar presunçoso e odioso.

— Ai, Maire! — disse, esfregando o ombro. — Acho que você pode adicionar agressão à traição e assassinato na sua listinha de merdas feitas hoje.

— Fica quieto — ordenou Samuel, com a voz baixa, assustada. — Tem algo acontecendo.

Foi então que ela ouviu. Uma espécie de rangido pesaroso sob seus pés. Rachaduras como teias de aranha dispararam em direção a eles; então Damon desapareceu, caindo no lago num mergulho só. Era como se um alçapão tivesse sido aberto. Ele simplesmente desapareceu.

Maire olhou para o buraco negro irregular, na esperança de ver a mão enluvada de Damon se estender para cima ou para ver uma parte de seu boné cor de vinho de Tanglefoot, mas não havia nada. Ele simplesmente se foi.

— Ai, meu Deus — sussurrou Maire. — Tá vendo ele? O que vamos fazer?

— Não sei, não sei — disse Samuel, ainda segurando a mão dela.

Uma mão em forma de garra saiu da água para agarrar a borda do gelo.

— Me ajudem — gritou Damon, sua voz rouca por causa do frio enquanto afundava novamente.

Maire olhou para Samuel e sua pergunta pairou pesadamente entre eles. Ninguém jamais saberia sobre o acidente ou o que fizeram pelas costas de Lina. Se Damon morresse, o segredo deles iria junto com ele.

Maire olhou para o abismo até não aguentar mais. Não poderia fazer isso. Enfiou o braço no buraco preto cheio de água, mas Samuel a puxou de volta. Ela olhou para ele com surpresa e decepção. Samuel estava disposto a deixar outra pessoa morrer. Ele não era quem ela esperava que fosse.

— Espera — disse Samuel. — Ele vai te puxar para dentro. Quando eu me deitar, segure meus pés. — Ela abriu a boca para questioná-lo, mas ele a deteve. — Só confia em mim, precisamos distribuir nosso peso — explicou, deitando de bruços e agarrando um dos braços agitados de Damon. — Te peguei — avisou ao outro. — Fica parado. Maire, segura meus pés. Mas, se eu afundar, vai para a margem do lago.

Maire foi para trás de Samuel, abaixando-se com cuidado até o gelo, passando as mãos em volta dos tornozelos dele e enganchando seus dedos nos cadarços das botas.

— Agora puxe! — gritou ele.

Maire puxou com toda a força.

Ela imaginou Damon os arrastando para a água, puxando-os para o fundo rochoso. Mas, para sua surpresa, o gelo não rachou e Damon, de alguma forma, agora estava com eles sobre o gelo, ofegante e tremendo.

— Precisamos chegar à margem — disse Samuel. Maire sabia que ele tinha razão. O lago poderia se abrir abaixo dos pés deles a qualquer segundo. — Precisamos engatinhar, distribuir o peso do corpo. Ele vai precisar de ajuda.

Eles rastejaram lenta e metodicamente pelo gelo, com Damon entre os dois, incitando-o a avançar também. A neve começou a cair com mais força e o vento ficou cada vez mais intenso. O frio penetrou nos jeans e no casaco de Maire até que seu corpo inteiro ficou dormente. Eles não disseram nada. Cada segundo parecia uma eternidade; por fim, chegaram aos juncos e desabaram.

— Obrigado — disse Damon, batendo os dentes. — Vocês me salvaram. Eu poderia ter morrido.

— Sem problemas — disse Samuel. — Nunca teríamos deixado você para trás.

Maire estava muito aliviada e com frio demais para responder. Em vez disso, passou os braços em volta dos ombros de Damon. Eles ficaram ali sentados por um momento, recuperando o fôlego.

— Não vou contar — garantiu Damon, ainda batendo os dentes. — Não direi nada sobre o que fizeram. Eu prometo.

Maire e Samuel trocaram um olhar. Durante a travessia do lago, Maire tinha se conformado com a ideia de que perderia tudo. Seu futuro estava acabado.

— Sobre o quê? — perguntou ela, apenas para ter certeza.

— Sobre o homem que morreu. Que estão traindo Lina — disse Damon. Seus lábios haviam adquirido um tom azulado. — Que vi vocês dois juntos. Achei que fosse morrer. Vocês poderiam ter me deixado morrer. Não vou dizer nada sobre essas coisas. Prometo.

— Obrigado — disse Samuel suavemente.

Maire não conseguia encontrar palavras significativas o suficiente para dizer a Damon o quão grata e aliviada ela estava.

— Não consigo sentir meus pés — informou Damon, choroso.

À distância, ouviram vozes. Eram Figgy, Lina e os gêmeos correndo na direção deles. Maire se esforçou para ficar de pé.

— Depressa — gritou. — Ele caiu no gelo. A gente precisa levá-lo até o carro e ir para o hospital.

Wes e Wade tiraram os casacos e os colocaram sobre os ombros de Damon. Com a ajuda de Figgy, começaram a carregá-lo até o carro.

— Vocês estão bem? — perguntou Lina, preocupada. — O que aconteceu?

— Damon caiu no gelo, mas estamos bem — assegurou Samuel. Maire concordou com a cabeça, mas não conseguiu olhá-la nos olhos. — Vai lá ajudá-lo. Nós estaremos logo atrás.

Lina mordeu o lábio, incerta.

— Tem certeza? Vocês não estão feridos?

Quando Samuel e Maire negaram com a cabeça, Lina lhes deu um abraço forte.

— Não sei o que eu teria feito se algo acontecesse com um de vocês.

Com isso, Lina saiu correndo em direção aos outros.

— O que vamos fazer? — perguntou Maire, batendo os dentes, quando Lina estava longe o bastante para não conseguir ouvir.

— Nada — respondeu Samuel. — Nunca deitamos na estrada, nunca vimos o homem bater na árvore.

— Nunca nos beijamos — acrescentou Maire.

— Certo — disse Samuel após um momento dolorosamente longo.

— Você acredita no Damon? Que ele não vai contar nada? — perguntou Maire.

— Não sei — admitiu Samuel. — Mas salvamos a vida dele, isso deve valer algo.

— Sim — disse Maire. — Deve valer. Mas e se a polícia começar a fazer perguntas? Se questionarem por que ficamos longe dos outros por tanto tempo, o que diremos que estávamos fazendo?

— Andando. Conversando. A gente se perdeu e não viu nada.

— A gente se perdeu — concordou Maire.

Samuel a olhou nos olhos, tirando os flocos de neve de seus cílios. Ela deslizou a mão na dele por apenas um instante. Elas se encaixavam perfeitamente.

Depois daquela noite, eles nunca mais se falariam, nunca mais se veriam. Maire nunca sentiria os lábios dele nos dela, nunca sentiria a pele dele contra a dela. Ela talvez nunca soubesse o que aconteceria com Samuel, para onde iria, quem se tornaria e, de todas as coisas terríveis e apavorantes que aconteceram naquela noite, essa foi a pior.

38

A Assistente

Fern tentou se desvencilhar do aperto de Ned e, com a mão livre, tateou em busca de algo que pudesse usar como arma. Mas não encontrou nada. Estava muito escuro. Ela tentou gritar, mas Ned tapou sua boca com a mão.

— Cale a boca — disse ele com os dentes cerrados. — Não vou te machucar.

Ela não acreditou nele. Por que deveria? Seu agressor a havia prendido em um lugar escuro.

— Eu só quero conversar com você longe das câmeras — explicou ele. — Não grite e eu te solto. Prometa, ok?

Fern queria gritar, espernear e lutar, mas e se ninguém a ouvisse? Ned era uma pessoa horrível, mas ela não achava que ele a mataria, não com outras pessoas por perto.

Ela assentiu e Ned deslizou a mão de sua boca e a desceu por seu queixo, parando em sua nuca. Fern sentiu um embrulho no estômago.

— Eu te conheço — disse Ned, com a respiração quente na orelha dela. — Você trabalhou para mim. — Não foi uma pergunta.

Fern assentiu, ainda com medo de falar.

— Eu te demiti. É por isso que você está fazendo isso?

Ela não respondeu. Raiva fervilhou em seu peito. Ele nem sequer se lembrava dela. Para Ned Bennett, Fern era apenas uma das muitas jovens que ele assediou.

— Acho que pode ter havido um mal-entendido entre nós. No passado, cometi alguns deslizes... — ele fez uma pausa — alguns erros. Mas eu mudei. Eu juro. O que você quer de mim? — perguntou, sua voz implorando, suplicando. — O que posso fazer para consertar as coisas?

Fern quase riu. Mas ela precisava se concentrar em sair dali, afastar-se de Ned. Os minutos estavam passando. As câmeras religariam em breve. Seu tempo estava acabando.

— Peça desculpas — disse Fern, enfim. Ela sabia que não seria o suficiente, nunca seria o bastante, mas quanto mais rápido ela conseguisse sair dali, melhor. — Peça desculpas e vá embora. Então isso acabará.

Ned deixou um suspiro escapar.

— Me desculpe — pediu. — Sinto muitíssimo mesmo. E eu realmente mudei. Fui atrás de ajuda profissional. É por isso que estou fora dos holofotes há tanto tempo. Tenho me esforçado para melhorar.

Fern duvidava daquela balela. Ele não estava se esforçando para ser alguém melhor, era mais provável que estivesse evitando problemas legais. Mas ela não podia se preocupar com isso agora. Só precisava se livrar dele para poder ir embora.

— Me desculpe — repetiu ele, parecendo mais desesperado do que arrependido.

— Tudo bem — disse Fern, embora não tenha ficado comovida com a emoção dele. — Vou pegar seu telefone e você pode ir.

— Obrigado — falou Ned, com alívio. — Obrigado.

Fern o sentiu recuar e aproveitou a oportunidade para alcançar a maçaneta, abrir a porta e sair para o corredor. Agora ela poderia ir embora.

Ela ainda precisava do cartão de acesso ao escritório. Era lá que estavam os celulares e o notebook. Olhou para o final do corredor e viu Maire e Samuel parados em frente ao escritório de Cat. O que estavam fazendo? Então ela notou: Maire segurava o cartão. Sem esperar por Ned, Fern correu pelo corredor e estendeu a mão para tirá-lo de Maire, mas ela o afastou de seu alcance.

— Só queremos pegar nossos telefones e ir embora — disse Samuel.

— Vocês não podem entrar aí — informou Fern, vagamente consciente de Ned bem atrás dela. — Os cômodos trancados são proibidos. — Maire e Samuel trocaram um olhar. — Onde está Camille? — perguntou, olhando para os dois lados do corredor. Então percebeu que Camille já estava lá dentro.

Fern não estava mais preocupada com o notebook, não no momento, pelo menos. O problema era os monitores com as imagens das câmeras. E se Camille começasse a apertar os botões e encontrasse uma mulher trancada na adega? Cat lhe contaria que estava sendo mantida em cativeiro. A vida de Fern acabaria.

Fern pegou o cartão de volta, desta vez arrancando-o da mão de Maire. Ela passou o objeto sobre o sensor e empurrou a porta. A primeira coisa que viu foi Camille sentada numa cadeira em frente à mesa de mármore de Cat. Fern olhou ao redor e foi então que ela a viu. Cat.

Cat estava sentada atrás de sua mesa, com as costas retas e as pontas dos dedos juntas pouco abaixo do queixo. Fern nunca tinha visto a chefe naquele escritório com uma aparência que não fosse impecável, mas agora ela estava completamente desgrenhada, com a aparência exausta e raivosa.

Ela havia escapado da adega. De alguma forma, Cat tinha conseguido fugir.

Cat lançou seu sorriso malicioso para Fern.

— Ah, Fern, você está aqui. Estou tão feliz que tenha se juntado a nós.

39

A Confidente

Por mais chocada que Camille tenha ficado ao encontrar Cat James sentada atrás da mesa de mármore, parecia que Fern estava igualmente surpresa.

— Cat — começou Fern —, eu sinto muito. Não quis... — Mas Cat a calou com um olhar duro.

— Quieta — retrucou ela. — Achou que eu não encontraria um jeito de sair do porão? Ah, por favor. — Cat bufou. — Você não é inteligente o suficiente para me enganar. Você se esqueceu do sistema de ventilação no teto. Levei um tempo para afrouxar os parafusos, mas, quando consegui, fui capaz de subir e escapar.

Fern pareceu se encolher diante das palavras de Cat e recuou para um canto da sala. Samuel, Maire e Ned estavam parados à porta, sem palavras.

Cat voltou sua atenção para Camille.

Quando foi a última vez que Camille tinha visto Cat? Há dois anos? Elas estavam no consultório de Camille, sentadas uma de frente para a outra, mais ou menos como agora, mas naquela ocasião o marido de Cat, Jack, estava com elas. E era Camille quem estava no controle, quem detinha o poder. Ela era sua terapeuta matrimonial. Semana após semana, Camille tinha sessões com Cat e observava a maneira como ela repreendia e humilhava o homem. A maneira como não assumiu absolutamente nenhuma responsabilidade sobre seu casamento em ruínas.

Cat tinha dado discursinhos sem parar até que Camille a interrompeu e voltou sua atenção para Jack, o marido de Cat. Camille disse a ele para ir embora, para sair daquela situação. Camille falara que não havia nada de saudável ou recuperável no relacionamento com a esposa. *Corre,* ela disse a ele. E Jack o fez. Ele se levantou da cadeira e saiu do consultório, afastando-se de Cat. Camille viu a notícia do divórcio na rede social X. *Que bom,* pensou ela. Cat James era tóxica.

— *Sfasciafamiglie* — disse Cat. — Destruidora de lares.

As garrafas de vinho. Então era para isso que serviam. Rotular cada competidor baseado em seu crime.

— Então, tudo isso... o jogo, *Um Ganhador de Sorte...* — Camille acenou com a cabeça em direção aos monitores com imagens das câmeras. — Foi tudo uma grande farsa para... o quê? Se vingar de mim porque você sente que eu te traí?

— Você destruiu meu casamento. Assim que a última sessão acabou, Jack fez as malas e foi embora. Nunca mais tive notícias dele, exceto por meio de advogados.

— Bom, o papo está legal, Cat — disse Camille, levantando-se —, mas infelizmente não sou mais sua terapeuta, então não tenho que ficar sentada e ouvir isso.

— Cat James? — perguntou Ned e Camille congelou. Ele também a conhecia.

— Ned Bennett — disse Cat suavemente. — *Degenerare.* Degenerado.

Ned encarou Cat, confuso. Então seus olhos se voltaram para Fern.

— Vocês duas pediram demissão no mesmo dia. Estão nessa juntas? Querem vingança depois de todos esses anos?

— *Por favor, né* — disse Cat, de maneira sarcástica. — De jeito nenhum Fern teria planejado tudo isso. Até você aparecer, ela pensava que outro concorrente havia sido escolhido. Ela não tinha ideia do que eu estava planejando. Você é um ser humano nojento, Ned. Vem fazendo esse tipo de merda com as mulheres há anos. Fez comigo também. E, na época, pensei que não havia nada que eu pudesse fazer a respeito, que não tinha recursos para tal. O assédio e a agressão sexual eram apenas parte do trabalho.

Mas quando descobri o que você estava fazendo com Fern... — Repulsa se espalhou pelo rosto de Cat. — Eu estava farta. Sabia que você não pagaria naquele momento, mas pensei que algum dia alguém falaria algo. Isso nunca aconteceu, então percebi que era eu... era eu quem deveria abrir a boca. E, Ned, hoje é o dia.

— Então você estava por trás do Girar, Falar, Atirar. Foi você quem carregou a arma? — perguntou Ned. — Teve um dia ruim no trabalho, há cerca de dez anos, e armou para que eu atirasse em mim ou em outra pessoa? — Ele balançou a cabeça. — Ponderado — disse sarcasticamente.

Cat riu.

— Os homens sempre acham que podem fazer o que quiserem, pois não haverá consequências. O senador é um exemplo perfeito.

— O que ele te fez? — perguntou Camille.

Apesar de não ser fã da política de Crowley, ela não achava que ele merecia ter sua vida pessoal divulgada nos noticiários.

— O que o senador me fez? — perguntou Cat. — Bem, vamos lá. Você pode não saber disso, mas comecei minha carreira como jornalista em D.C. Trabalhei muito e descobri algumas informações interessantes sobre o senador. Descobri que sua amante era uma jovem chamada Shana, que por acaso também era uma acompanhante de luxo. Eu o confrontei e perguntei se ele queria dar uma resposta para o artigo. Ele não quis. Duas horas depois, a história foi descartada, minhas anotações foram confiscadas, e eu, demitida e rejeitada como repórter. Acontece que meu editor era um grande amigo do senador Crowley. — Cat ergueu as sobrancelhas para Camille. — Então, sim, tenho um pouco de rancor dele.

Camille olhou para Fern, que estava ali, parada, boquiaberta, como se estivesse vendo a chefe pela primeira vez. Ela ainda não conseguia acreditar que Fern fosse inocente nessa história.

— Mas você enviou Fern ao meu consultório há alguns meses — disse Camille. — Ela alegava ter conhecimento de uma série de crimes, de irregularidades. Você não é tão inteligente, Cat. Eu descobri isso dois desafios atrás.

— Não era eu — sussurrou Fern de seu canto. — Eu te disse, não era eu.

— Repetindo: Fern não é tão inteligente — disse Cat, como se estivesse falando com uma criança pequena. — Ela não fazia ideia do que eu estava fazendo.

Camille se sentia atordoada. Ela tinha certeza de que Fern era Nan. Como pôde errar tão feio?

— Mas e a tatuagem de libélula? — perguntou Camille, com a voz fraca.

— Não tenho uma tatuagem de libélula — disse Fern. — Só de uma fada. Eu te disse que nunca estive no seu consultório.

— Mas e a Nan? — questionou Camille.

— Era só mais uma das suas pobres clientes — respondeu Cat.

— Eu gostaria de ir embora agora — informou Camille, levantando-se e indo em direção à saída. — Não quero mais participar disso.

Mas Cat ainda não havia terminado.

— Você não traiu apenas a mim, não é, doutora? — Cat se inclinou para a frente, com os cotovelos apoiados na mesa. — Essas pessoas foram até você em busca de ajuda e você as fez acreditar que poderia ajudá-las. Como se fosse a única capaz disso. Mas, quando ficava entediada ou quando eles ficavam sem dinheiro, você os deixava desamparados.

— Você não sabe do que está falando — disse Camille.

Como Cat poderia saber sobre o dinheiro, sobre a evasão fiscal? Ela leu a pergunta na expressão de Camille.

— Sua recepcionista foi muito prestativa. — Cat se recostou na cadeira e sorriu. — O salário dela é bem baixo, hein?

Geraldine?, Camille pensou. *A confiável e discreta Geraldine?* Camille não conseguia acreditar. Mas ela saberia sobre a pintura de Alftan, sobre os clientes que pagavam por fora, sobre a evasão fiscal, saberia sobre Travis Wingo.

— Não tente negar, Camille — disse Cat, abrindo uma gaveta, tirando uma pasta e colocando-a na mesa à sua frente. No topo havia uma aba que dizia "Wingo, Travis".

O coração de Camille acelerou. De alguma forma, Cat sabia sobre Wingo, mas quanto? Sabia como ele havia criado um apego doentio por ela? Que ele tinha invadido a casa dela, e que suas mentiras sobre ele o mataram? Que ele a pagava por fora para que Camille pudesse embolsar o dinheiro?

Camille afundou de novo na cadeira, as pernas incapazes de sustentá-la por mais tempo. Geraldine. Sua recepcionista. Cat deve ter pagado muito para ela desenterrar os podres de Camille, e havia muitos.

Acabou. Sua carreira. Ela nunca mais atuaria na área. Cat tinha dado a palavra final. Exatamente como sempre fez.

40

A Melhor Amiga

Maire não conseguiu mais ficar parada em silêncio.

— Cat? Esse é o nome que você usa agora?

Era Lina. Catalina, sua melhor amiga e namorada de Samuel.

Cat voltou os olhos para Maire, depois para Samuel.

— *Traditore. Uccisore.* Traidor. Assassina.

Ela sabia. De alguma forma, sabia o que tinha acontecido na estrada naquela noite.

— Não foi assim — disse Maire. — Foi um acidente.

Cat deu uma risadinha dura.

— Um acidente que você causou.

— Nós o teríamos ajudado se pudéssemos — disse Maire, as lágrimas que estivera segurando finalmente escorrendo. — Ele já estava morto. Não havia nada que pudéssemos fazer.

Cat apertou os lábios.

— Temo que a família desse homem não veria as coisas da mesma forma. Você o deixou jogado na neve como se fosse lixo.

— Não foi assim... — começou Maire, mas vacilou. O que poderia dizer?

— Damon te contou — disse Samuel. — Ele era a única pessoa que sabia do ocorrido.

Cat assentiu.

— Embora eu esteja um pouco chateada por ele ter levado quase vinte anos para me contar. Ele estava na cidade a trabalho e nos encontramos para tomar alguns drinques. Damon não mudou muito desde a faculdade. Ainda não consegue ficar de bico fechado quando está bêbado.

Maire não deveria ficar surpresa por Damon não ter cumprido sua promessa. Sim, ela e Samuel o salvaram do afogamento, mas era um segredo grande demais para guardar.

— Achei que Damon não pudesse me contar nada pior do que isso, mas ele tinha mais a dizer — falou Cat melancolicamente. Pela primeira vez durante aquele estranho reencontro, Maire achou que ela parecia triste. — Eu precisava de você, Maire. Depois daquela noite no lago, Samuel me largou sem nenhuma explicação, e você simplesmente... desapareceu. Fiquei arrasada. Levei anos para superar vocês dois. Maire, você era a minha melhor amiga; e, Samuel, você foi meu primeiro amor. Depois que Damon me contou que viu vocês juntos, as peças se encaixaram. Mataram um homem e então selaram o ato com um beijinho doce.

— Não — protestou Maire. — Não foi bem assim. Por favor, Lina. Eu tenho filhas. Elas precisam de mim.

— Ela não se importa — disse Samuel, ainda segurando o braço de Maire. — Ela não vai nos escutar. — Ele fitou Cat com seus olhos escuros. — Então, o que vai fazer?

— Bem, eu tinha planejado divulgar a verdade conforme cada um de vocês fosse eliminado do programa. — Cat balançou a cabeça com tristeza para Maire. — Mas o jogo obviamente acabou, então não podemos seguir com o que planejei. Porém, isso pode ser ainda melhor. Ainda posso enviar os e-mails. — Ela abriu o notebook. — Alguns cliques e o mundo inteiro saberá exatamente as pessoas horríveis que vocês são. Finalmente terão o que merecem.

Maire olhou para Samuel. *Faça alguma coisa!*, ela queria gritar. *Não deixe isso acontecer.* Ela tinha que pensar em Dani e Keely. Não ligava mais para o dinheiro. Só queria voltar para casa, para as filhas.

Samuel pareceu ler os pensamentos dela e correu para pegar o notebook, mas Cat foi mais rápida. Ela bateu a tampa, segurou o computador contra o peito e ficou de pé.

— Agora, se me dão licença, acho que terminamos por aqui — disse Cat.

— Você não pode simplesmente destruir nossas vidas assim e ir embora — gritou Maire, tentando bloquear a saída. — Por favor, Lina, podemos conversar sobre isso.

— O momento para conversar acabou faz tempo — disse Cat. — Agora sai da frente, Maire.

Maire se virou para Fern.

— Não é possível que você concorde com isso. É chantagem emocional.

— Acho que Fern está de acordo — retrucou Ned. — Ela é cúmplice de cada momento doentio deste suposto jogo.

— Doentio? — sussurrou Fern. — Depois do que você fez comigo, está *me* chamando de doente?

— Sim — disse Ned. — É exatamente o que estou dizendo. — Ele estendeu a mão na direção de Cat. — Agora, me dá a porra do notebook.

— Vai ter que me pegar primeiro — disse Cat, esquivando-se de Ned e saindo correndo do escritório.

41

PudimDeFiggy13 encarava seu celular, desejando que as câmeras voltassem a funcionar. Ela recebeu a atualização de que ninguém tinha se ferido no acidente no set e que a equipe técnica estava trabalhando para voltar o programa ao ar o mais rápido possível, mas ela mal conseguia suportar essa espera. Ela queria mais Girar, Falar, Atirar. Era tanto brutal quanto bom, em todos os sentidos. E o fato de ela conhecer o Namorado e a Melhor Amiga ajudava. Eles foram para a mesma faculdade e Figgy não era uma muito fã de nenhum deles. Os três faziam parte do mesmo grupo de amigos — ela e Maire até foram próximas em certo ponto —, mas tudo desmoronou depois que Damon quase se afogou no lago. Ela não falou com Samuel ou Maire desde aquela noite.

Figgy mal podia esperar para descobrir quem seria o próximo eliminado. Sua aposta era em Maire, mas imaginou que ela acabaria desistindo antes de ser eliminada. Maire era boa em desistir das coisas. Além disso, ela não suportaria que Maire voltasse para casa com todo aquele dinheiro.

As redes sociais já estavam bombando com rumores sobre o Executivo. Dezenas de mulheres se manifestaram alegando que Ned Bennett as havia agredido sexualmente da maneira exata que Fern descrevera: ele as chamava sozinhas para seu escritório, empurrava-as contra a parede, puxava um abridor de cartas...

Era horrível, mas Figgy estava viciada naquilo. Isso fazia dela uma pessoa ruim? Provavelmente.

Finalmente, a transmissão ao vivo voltou. Figgy praticamente gritou de animação. A princípio, nada aconteceu. A câmera ficava mudando de um cômodo vazio para outro. A biblioteca, um corredor, o salão principal, a cozinha, um pedaço do pátio onde ainda havia vidro quebrado e vinho derramado por todos os lados.

Cadê todo mundo?, Figgy digitou nos comentários.

Acho que o Executivo atirou em todos eles.

Não tem graça.

Ah, espera um pouco, acho que tem algo acontecendo.

Figgy olhou para o celular. Eles estavam certos. Tinha algo acontecendo. A câmera estava apontada para um corredor e uma porta se abriu. Uma mulher apareceu. Sua cabeça estava abaixada e ela corria pelo corredor, com algo debaixo do braço.

Quem é aquela?

O que ela está segurando? Um livro, talvez?

Por que ela estaria segurando um livro?

Os outros seguiam a mulher de perto. O Executivo, Fern, o Namorado, a Melhor Amiga e a Confidente. Figgy tentou ver melhor a nova mulher. Ela era franzina e tinha o cabelo loiro cortado em um chanel de bico. Ela estava toda vestida de branco, mas parecia estar cheia de sujeira.

Quem é aquela???

Então, Figgy se deu conta. Era Cat James, ou melhor, Lina, sua velha amiga. Lina, de Tanglefoot, com quem ela havia perdido contato depois da faculdade. Lina, que namorou Samuel e foi a melhor amiga de Maire. Lina, que se tornou a famosa Catalina James. Mas por que Lina estaria no set de *Um Ganhador de Sorte*?

MDS! Aquela é Catalina James, alguém digitou. Eu vejo os tutoriais de maquiagem dela!

Por alguma razão, todos eles estavam correndo atrás de Lina. A câmera mudou para outro corredor e seguiu o grupo enquanto eles se apressavam rumo ao salão principal. Lina hesitou, como se tentasse decidir qual direção seguir.

É ela! É sim. MDS, esse programa é incrível!

Estão perseguindo ela? Por quê?

Figgy observou enquanto Lina dava um passo para a esquerda, então um para a direita, decidindo por fim avançar em direção à escadaria principal, subindo de dois em dois degraus. O Executivo não estava muito atrás. Fern tentou agarrar o braço dele e segurá-lo, mas ele se desvencilhou, quase fazendo-a cair pelos degraus de mármore. Figgy se encolheu.

Lina chegou ao topo da escada respirando com dificuldade, ainda segurando o fino objeto prateado nas mãos. Ela agarrou o corrimão de ferro forjado, que oscilou sob seus dedos.

Acho que ela está segurando um notebook.

É mesmo! Você tem razão.

O Executivo se aproximou lentamente de Lina, e mais uma vez Fern tentou afastá-lo. Ele se virou e a empurrou, fazendo-a rolar até o chão.

Não acho que isso é parte do jogo.

Jura?! Agora é a hora de chamar a polícia.

Não se atreva. Eu quero ver o que acontece.

Ver Ned derrubar Fern pareceu enfurecer Lina e, com a mão livre, ela atacou o Executivo, dando-lhe um soco bem no queixo. A cabeça dele foi para trás, mas isso não o atrasou. Ele pegou o notebook e Lina deu um tapa em sua mão.

Samuel interveio e afastou bruscamente o Executivo de Lina.

— Pra trás, cara — disse ele. Sua voz estava abafada, tornando difícil compreendê-lo. Figgy se esforçou para ouvir.

— Samuel, olha — disse Maire, gesticulando com a cabeça para além do corrimão.

Samuel largou o braço do Executivo de maneira abrupta. No final da escada, dois cinegrafistas apareceram, seguidos por mais alguns. Eles colocaram as câmeras nos ombros e, de repente, a transmissão ao vivo focou a ação e o áudio se tornou mais claro.

— Vamos voltar para o escritório e conversar sobre isso — pediu Maire. — Por favor.

— A conversa acabou — disse o Executivo, avançando devagar. Maire tentou se colocar na frente dele, mas ele a empurrou com o cotovelo. — Sai da minha frente — rosnou.

— É isso aqui que você quer? — provocou Lina. — Então vem pegar. — Ela se apoiou na balaustrada e segurou o notebook além da beirada.

Figgy prendeu a respiração. O que havia naquele notebook?

— Cat, cuidado! — gritou Fern.

Figgy continuou prendendo a respiração quando uma parte do corrimão envergou e se soltou da base, abrindo-se como um portãozinho de jardim. Lina ia cair, mas se agarrou ao Executivo, e, após um momento incerto, parecia que os dois despencariam pelo vão. De alguma forma, recuperaram o equilíbrio e permaneceram lá em cima, abraçados um ao outro, com o notebook preso entre eles. Figgy soltou um suspiro, seu coração martelando contra o peito. Lina estava bem. Todo mundo estava bem.

A câmera deu zoom no rosto de Lina. Curiosamente, não havia alívio nem medo em sua expressão. Ela estava sorrindo, uma leve e presunçosa curvatura na boca. Então, sem aviso prévio, Lina deu um passo para fora do patamar, puxando o Executivo com ela. Juntos, os dois caíram no chão de mármore abaixo.

42

A Assistente

Fern desceu os degraus correndo e parou sobre o corpo inerte de Cat, encolhido sob o de Ned. Ambos estavam mortos. O notebook estava em pedaços, espalhado pelo salão principal. Isso não podia ser real. Ao seu redor, ouviu gritos. Alguém berrou: "Cortem as câmeras", enquanto outra pessoa respondeu: "Continuem filmando."

Lá do andar de cima, Maire, Samuel e Camille olhavam para baixo, próximos um do outro, paralisados de descrença.

Cat havia caído do patamar e levado Ned com ela. Ao vivo. Será que *Um Ganhador de Sorte* foi um ato de vingança desde o início? Cat conhecia cada um dos competidores. Intimamente. Sabia de seus segredos mais obscuros e estava determinada a revelá-los ao mundo da maneira mais pública e condenatória possível. Por quê?

À distância, ouviram-se sirenes. Alguém havia pedido ajuda. Fern passou por Alfonso e pelos outros até a entrada. Ela digitou o código que abriria os portões da propriedade.

Logo, a vila estava cheia de paramédicos, policiais e investigadores. Fern viu os competidores serem levados embora dali. Ela foi guiada até a biblioteca e ficou sentada em uma das cadeiras de couro pelo que pareceram horas. Por fim, um homem que se identificou como um investigador de homicídios se acomodou perto dela.

— Homicídio? — perguntou Fern, alarmada. — Mas eles não foram assassinados. Eles caíram.

— Somos chamados para verificar sempre que há uma morte por causas não naturais, mas acho que nossa investigação não demorará. Não é sempre que temos todo o evento gravado em vídeo. Já conversamos com as outras testemunhas, e agora eu gostaria de ouvir de você o que aconteceu.

Atordoada, Fern explicou como Ned Bennett e Cat caíram do patamar brigando pelo notebook que continha informações condenatórias sobre Ned. O vídeo de *Um Ganhador de Sorte* confirmaria isso.

Fern mentiu e disse que, embora houvesse trabalhado para Ned Bennett por um breve período, há dez anos, ela não tivera nenhuma interação real com ele, que Cat fora a vítima de seu abuso no trabalho e ela queria se vingar.

— Confiscamos o notebook como evidência. O que sobrou dele, pelo menos — disse ele. — E vamos precisar de acesso às coisas de Ned Bennett. A cena do acidente e o quarto em que ele estava hospedado ficarão interditados até que nossa investigação seja concluída. Você tem algum lugar para ficar por alguns dias?

Fern assentiu, entorpecida.

— Sim, tenho um apartamento não muito longe daqui.

— Tudo bem, então. Há alguém na família da Sra. James que precisa ser contatado? Algum parente próximo?

Fern balançou a cabeça.

— Ninguém. — O detetive ergueu as sobrancelhas, surpreso. — Mas posso cuidar dos preparativos para o funeral e avisar os amigos dela.

— Certo, então — disse o detetive, ficando de pé. — Também precisaremos que você venha até a delegacia para algumas perguntas complementares, mas creio que poderemos encerrar tudo nos próximos dias.

— Hoje à noite? — perguntou Fern. Ela estava tão cansada que não conseguia pensar direito.

— Receio que sim — respondeu o detetive, e Fern se levantou da cadeira com relutância.

Juntos, atravessaram a vila e a mente de Fern se agitou pensando no que o interrogatório no departamento de polícia poderia acarretar. E se descobrissem como Fern trancou Cat no porão? E se ela fosse responsabilizada pelo disparo acidental durante a competição ou pelas dezenas de outras coisas que deram errado?

Fern se juntou a Camille, Maire e Samuel no topo dos degraus de pedra. Observaram enquanto os veículos que transportavam Cat e Ned partiam. Não foi necessário ligar nenhuma luz de emergência ou sirene para apressar sua travessia. Um policial conduziu cada um dos sobreviventes até uma viatura diferente que os levaria à delegacia para os interrogatórios posteriores. Ninguém se despediu de Fern. Compreensível.

No carro, a caminho, Fern pensou em todas as coisas que precisaria resolver se conseguisse sair da delegacia como uma mulher livre. Tinha que ligar para a funerária e para o advogado de Cat. E havia o programa. Ela sabia que deveria fazer algum tipo de declaração. A esta altura, o mundo inteiro sabia que Cat James havia morrido, que faleceu em uma queda na propriedade e que era a mente por trás de *Um Ganhador de Sorte*. Fern não queria saber o que as pessoas estavam falando sobre a chefe, mas imaginou que não seria muito gentil. E eles nunca terminaram a competição. Não houve um ganhador.

Três dias depois, Fern voltou à vila. Parecia muito maior sem Cat ali. Tão vazia. Apesar das inúmeras vezes que Fern fantasiou que a chefe sofresse um acidente de avião ou que se engasgasse com um osso de galinha, ela nunca de fato desejou sua morte. Não de verdade. Mas agora Cat havia partido e Fern não sabia o que fazer.

Ela decidiu começar limpando a vila de qualquer vestígio dos erros dos outros competidores. Fern sabia que Cat não guardava seus arquivos mais confidenciais no escritório. Em vez disso, ela os escondia no local mais seguro da propriedade: a adega. Ela desceu os degraus de pedra, temendo ter que passar um tempo no lugar onde manteve Cat prisioneira. Fern estava tão envergonhada por isso. Usando seu cartão de acesso, abriu a porta e a manteve aberta, usando a caixa de madeira em que Cat havia se sentado durante seu confinamento. Os arquivos estavam em um depósito secreto camuflado para se misturar às paredes de pedra.

Destruir as evidências não foi tão difícil quanto pensou que seria. Fern juntou todos os arquivos impressos sobre Camille, Maire e Samuel. Ela também recuperou o celular de Cat e excluiu todos os rascunhos de e-mails sobre esses competidores. E havia coisas condenatórias contra eles. Maire e Samuel causaram a morte de um homem enquanto faziam uma brincadeira estúpida e infantil, e Camille deu um calote de centenas de milhares de dólares na Receita Federal dos Estados Unidos.

Não é que Fern não achasse que eles devessem pagar pelos crimes e transgressões; ela achava, mas eles já não tinham pagado o suficiente? Talvez merecessem uma segunda chance. Não era um direito de todos?

Se a polícia voltasse e decidisse inspecionar o resto da casa, encontraria mais evidências sobre Ned, assim como um arquivo interessante sobre Crowley. Fern se sentiu um pouco mal com isso, mas todos já sabiam sobre as atividades extracurriculares do senador — seu caso, seu filho secreto, o uso ilegal dos fundos de campanha. Se as autoridades decidissem fazer uma análise forense no telefone de Cat, poderiam encontrar mais coisas, mas Fern duvidava que isso fosse acontecer. A queda foi considerada um acidente causado por um corrimão danificado. Se Ned tivesse sobrevivido, talvez tivesse sido acusado de agressão ou homicídio culposo, mas não foi o que aconteceu, então era um caso encerrado.

Exausta, Fern deu uma olhada nos arquivos restantes. Como de costume, Cat fora organizada. Cada pasta tinha sido identificada com clareza e em ordem alfabética. *Automóveis, Bella Luce, Cartões de Crédito, Médicos, Seguros...*

Fern parou diante da pasta intitulada *Médicos*. Era incomumente grossa. Ela sempre achou que Cat fosse excepcionalmente saudável; a chefe se exercitava e comia bem. Fern nunca a ouviu mencionar a necessidade de ir ao médico, mas, pelo que viu naquelas páginas, Cat era atendida com frequência por um profissional de uma clínica em São Francisco. Ela folheou os documentos. Havia diversos exames — ressonâncias magnéticas, tomografias computadorizadas, PETs etc.

Os dedos de Fern pararam em outra folha. Era uma impressão do site Mayoclinic.org com o título "Doença de Huntington". Ela examinou o conteúdo do papel. Hereditariedade, declínio cognitivo, perda da fala e das capacidades motoras. E havia muito mais, terminando em morte.

Cat sofria dessa doença?

— Por que você não me contou? — sussurrou Fern, e uma nova onda de simpatia por Cat a invadiu.

Ninguém merecia esse tipo de dor e angústia, nem deveria ter que suportar tudo sozinho.

— Não — disse com firmeza para a sala vazia.

Ela enxugou as lágrimas. Não sentiria pena de Cat. Quanto mais Fern pensava nisso, mais ficava claro que Cat apenas a usara como um peão em seu jogo de vingança e retaliação. Aliás, esse teria sido um ótimo nome para o programa: *Vingança & Retaliação*.

Quando pensava nos últimos dez anos, tudo do que Fern conseguia se lembrar eram das horas brutais, das repreensões constantes, do salário horrível. Sua família mal falava com ela, e Fern não tinha amigos, vida social nem hobbies. Seu único propósito na vida havia sido agradar Cat James. E ela falhara. Miseravelmente. E o que ela tinha agora?

Não havia ganhadores nesta situação, certamente nenhum ganhador de sorte. Ned e Cat estavam mortos. Camille, Maire e Samuel tiveram que voltar para suas próprias vidas sabendo que alguém conhecia seus segredos mais profundos. E, para piorar, não havia dinheiro. Nenhuma herança inesperada. De todos, Fern sentia mais pena de Maire. Obviamente a mulher não era inocente — nenhum deles era —, mas sua filha ainda estava muito doente e Maire precisou voltar para Calico de mãos abanando.

Talvez essa tenha sido a punição do universo para Maire. Ela tirou uma vida e agora era obrigada a ver a própria filha sofrer. Fern afastou aquele pensamento. Não era assim que funcionava. Mas esperava que Maire e suas filhas ficassem bem. Desejava o mesmo para Camille e Samuel.

Fern devolveu o arquivo médico ao seu devido lugar no armário e continuou dando uma olhada. Não achou nada até que seus dedos pararam na última pasta, enfiada no fundo do armário lotado. Ali não era o lugar dela. Deveria ter sido arquivada com os outros Fs. Com dificuldade, ela puxou a pasta fina com seu nome na aba.

Abriu-a e começou a ler seu conteúdo. Dentro, havia apenas poucas folhas de papel. A primeira era uma carta manuscrita endereçada a ela, e datada de alguns dias atrás, pouco antes do início de *Um Ganhador de Sorte.*

13 de outubro
Prezada Fern,

Se você está lendo esta carta, tenho certeza de que tem muitas perguntas sobre os acontecimentos dos últimos dias e, muito provavelmente, estou morta. Espero que minha despedida tenha sido espetacular! Você sabe como gosto de causar impacto.

Meu plano era entrar no lago à la *Virginia Woolf — exceto que no lugar das pedras nos bolsos, eu estaria carregando meu notebook e com o estômago cheio de Zolpidem. Mas, desde que as câmeras estivessem filmando, eu realmente não me importo com como tudo acabou. Conseguimos um zilhão de visualizações?*

A esta altura, você provavelmente já descobriu que estou doente. Doença de Huntington. Não é nada bonito. E sabe o quanto gosto que as coisas sejam bonitas. De qualquer forma, estou doente, e não importa quanto dinheiro eu tenha ou quantos seguidores consegui; não há cura. Se as coisas progredissem como se era esperado, um dia eu teria uma morte terrível e solitária.

Em vez disso, preciso partir do meu próprio jeito, nos meus próprios termos. Você deve me considerar uma mulher amarga em busca de vingança de uma forma tão pública, tão impiedosa. Mas por que as pessoas não deveriam pagar pelo que fizeram? Por que pessoas como Maire, Samuel, Camille, Ned e o senador deveriam poder viver sem enfrentar consequências? Isso não é certo. Claro, eu poderia simplesmente ter dado as informações pertinentes à polícia e às pessoas impactadas, mas assim foi muito mais divertido, não acha?

Nem sempre fui assim. Antigamente, eu era tão inocente, leal e ambiciosa quanto você. Eu era apenas uma menina que se apaixonou por um menino e queria ser jornalista. Todos sabemos como isso acabou.

Sei que te fiz trabalhar muito, fui bem crítica e exigente, mas você sempre esteve à altura dessas situações. Muito bem. Agora que parti, quero que você não pare e comece a pensar nos seus próprios sonhos, nos seus desejos para o futuro. O que quer que decida fazer, seja fiel a si mesma, seja ousada e não dê para trás. Isso sempre funcionou comigo. Deixei uma coisinha para você, para te ajudar a começar. Use-a com sabedoria.

Atenciosamente,
Cat

Fern deixou a carta de lado. Catalina tinha uma doença terminal e planejou todo o fiasco de *Um Ganhador de Sorte* como seu último ato. Era inacreditável, mas também a cara de Cat. Fern enxugou as lágrimas e tirou o segundo documento da pasta.

Eu, Catalina James, maior de idade, estando em perfeito juízo e em pleno gozo de minhas faculdades intelectuais, resolvo lavrar o presente testamento, e declaro que este é meu último testamento, revogando e anulando todo e qualquer outro testamento ou codicilo anteriormente feito por mim.

Era o testamento de Cat. Fern reconheceu o executor como o advogado pessoal da chefe, que teria sido encarregado de cuidar de todos os detalhes.

Determino que todas as minhas dívidas, garantidas e não garantidas, sejam pagas o mais rápido possível após minha morte... Todo o resto e residual que concerne às minhas posses, reais e pessoais, de todo tipo e descrição e em qualquer situação, que eu possua ou exerça o direito sobre no momento da minha morte, deixo e lego na totalidade à minha leal e esforçada assistente...

O coração de Fern falhou uma batida.

Fernanda Elizabeth Espa.

Ela deve ter lido errado. Ela recomeçou do início, lendo mais devagar, absorvendo cada palavra e frase. O nome de Fern era o único beneficiário listado. Na parte inferior do documento, era a assinatura de Cat, e havia sido assinado e datado por duas testemunhas há vários dias. Era oficial.

Cat havia deixado tudo para ela — a casa e tudo em seu interior, os carros, os negócios, o dinheiro. Tudo.

Depois que todas as dívidas de Cat fossem quitadas e os impostos pagos, seu patrimônio líquido seria de aproximadamente dez milhões de dólares. Fern se recostou, atordoada. Ela não fazia ideia de que Cat a valorizava tanto assim. Nem sequer imaginava que sua chefe a considerava uma pessoa esforçada e leal. A visão de Fern ficou turva por causa das lágrimas. Dez milhões de dólares. No fim das contas, ela foi a última que restou no programa.

Fern era a ganhadora de sorte.

43

A Melhor Amiga

Seis Meses Depois

Silenciosamente, Maire fechou a porta do quarto de Dani e saiu para as luzes fortes do corredor do hospital onde sua ex-sogra a esperava. Tinha sido uma noite difícil, mas Dani dormia tranquila, a infecção que destruía seus pulmões estava sob controle no momento.

— Levei Keely para a escola e trouxe sua correspondência — informou Shar, entregando-lhe uma xícara de café e uma pequena pilha de cartas. — Voltarei para casa à tarde, assim estarei lá quando ela chegar.

Maire assentiu e olhou para a correspondência em suas mãos. *Mais boletos*, pensou, com um nó no estômago.

— Vá descansar um pouco — disse Shar. — Vou ficar com Dani.

Maire se inclinou para dar um abraço na ex-sogra, depois percorreu os corredores do hospital e pegou um elevador até o último andar. Ela atravessou uma porta que dava para um jardim ao ar livre, um local tranquilo para as famílias encontrarem um pouco de descanso dos médicos, das enfermeiras e do fardo de ver um parente amado sofrer. O hospital infantil ficava a algumas horas de distância de Calico, mas estava equipado para fornecer o melhor atendimento para pacientes pediátricos com fibrose cística.

Maire se sentou e colocou a pilha de correspondência na mesa de café à sua frente. O ar das manhãs de abril costumava ser friozinho, mas o sol brilhava com a promessa de um raro dia quente de primavera.

Shar tinha sido um presente divino desde que Maire voltou para casa depois de *Um Ganhador de Sorte*, ajudando com as meninas, nunca perguntando o que de fato havia acontecido no programa, dando a Maire tempo para se recuperar física e mentalmente. Maire vivia com medo de que seu segredo fosse revelado, de que um policial aparecesse em sua porta para falar sobre um suspeito acidente de carro ocorrido há vinte anos.

Embora Maire tenha tentado resistir ao impulso, não pôde deixar de procurar os outros na internet. Camille pareceu sair do programa relativamente ilesa. Seu podcast, *Sua Melhor Fase com Camille*, estava maior do que nunca e um contrato para um livro estava em andamento. Havia um pequeno artigo no *San Francisco Chronicle* relatando alguns problemas fiscais que a mulher enfrentava, mas seus advogados garantiram que se tratava de um descuido administrativo e que estava sendo remediado de forma adequada.

Samuel tinha voltado para Atlanta, para seu cargo de promotor público, mas estava no processo de criação de uma fundação sem fins lucrativos chamada Centro de Integridade de Procuradoria. Maire pensou em contatá-lo diversas vezes, mas ela não tinha certeza de para quê. Para falar sobre o incidente no Lago Tanglefoot? Sobre *Um Ganhador de Sorte*? Não, era melhor deixar algumas coisas para lá.

Após a morte de Ned, inúmeras mulheres se pronunciaram e contaram a mesma história angustiante. Ned Bennett era um predador, um abusador, um estuprador. Elas tinham sofrido sozinhas durante tanto tempo, mas agora encontraram uma sororidade e estavam unindo forças para combater o assédio no local de trabalho.

Quanto ao senador, sua esposa há cinquenta anos estava no processo de se divorciar dele, e qualquer esperança que ele tinha de concorrer à presidência havia desaparecido. Houve, também, muitas matérias nos tabloides sobre a amante dele, que implorou à mídia que a deixasse em paz, que deixasse seu filho em paz. Mas não deixaram.

O público queria saber mais sobre Fern Espa, o rosto de *Um Ganhador de Sorte*, do que sobre qualquer outra pessoa. Câmeras apareciam onde quer que Fern fosse: no funeral de Cat, em seu apartamento, no supermercado. Depois de um período respeitoso, Fern participou de alguns talk shows, aparecendo em todos os programas matinais das principais emissoras. A segunda temporada de *Um Ganhador de Sorte* estava em desenvolvimento. A primeira temporada teve erros, admitiu Fern, mas nessa continuação a segurança do competidor seria primordial.

Maire se serviu de uma grande taça de vinho após ouvir a notícia. A imprensa chegou a perseguir Maire e as meninas por um curto período. As equipes de filmagem que apareceram na pequena Calico foram um acontecimento, mas ela e sua família permaneceram de portas trancadas, recusando entrevistas até que o frenesi diminuísse. Tudo o que ela queria era voltar à vida normal, cotidiana, com as filhas.

Maire tinha voltado a confeccionar suas semijoias. Sua loja na Etsy se tornara mais popular graças à publicidade do programa. Mas não o bastante. Felizmente, Shar vendeu sua casa e foi morar com Maire e as meninas para ajudar a pagar as contas. Elas tiveram uma trégua do aperto, mas durou pouco. Dani teve uma recaída e ficou indo e vindo do hospital durante o inverno inteiro.

Maire tomou um gole de café e olhou para a pilha à sua frente. As contas ainda se acumulavam. Ela perderia a casa; isso era inevitável. Com um suspiro, começou a checar os envelopes. Uma conta de luz, uma de água, outra do veterinário e, claro, despesas médicas. A última carta era diferente. O envelope creme era caro, feito de papel de linho fino, mas foi o nome do remetente que fez Maire ficar alerta. *Fern Espa*.

Uma carta de Fern? Por quê? Maire abriu o envelope, prendendo a respiração enquanto retirava o cartão dobrado de dentro. Ele era feito do mesmo papel caro do envelope e trazia as iniciais *F.E.* gravadas. O que Fern poderia ter a dizer? Não se comunicaram desde aquele último dia na propriedade. Era provável que estivesse com medo de que os participantes processassem o programa ou o espólio de Cat. A mente de Maire girou quando ela abriu o cartão e outro pedaço de papel caiu no chão.

Com dedos trêmulos, Maire se abaixou para pegá-lo. Era um cheque. Um cheque no valor de um milhão de dólares assinado por Fern. Maire contou os zeros para ter certeza. Fern havia lhe dado um milhão de dólares.

Lágrimas encheram seus olhos enquanto ela lia as palavras que Fern escrevera no cartão em uma excêntrica letra cursiva:

Você teria ganhado.

F.E.

Agradecimentos

Que jornada foi escrever este livro! *Todos Estão de Olho* é bem diferente de tudo que já escrevi. A ideia para a história era grande e ambiciosa, assim como cada um dos personagens que passei os últimos anos tentando desenvolver. Também foi a primeira vez que dei um longo passo para longe do meu amado estado de Iowa e ambientei um romance quase inteiramente em outro local. Esta história foi escrita e reescrita várias vezes, e seu resultado final é quase irreconhecível se comparado ao primeiro rascunho esquisito. Sim, eu saí um pouco da minha zona de conforto enquanto trabalhava neste quebra-cabeça em forma de livro e, sim, adorei praticamente todos os momentos disso.

Agradeço à minha editora sempre paciente, entusiasmada e que sempre me apoia, Erika Imranyi, por nunca desistir de mim. Agradeço também a Nicole Luongo, cujas ideias e sugestões foram certeiras. Meu muito obrigada a todos da Park Row, HarperCollins e Harlequin, incluindo as equipes de marketing, vendas, arte e produção, e à minha maravilhosa publicitária, Emer Flounders.

Minha agente e amiga, Marianne Merola, que está comigo desde o início. Dez livros lançados e ainda estamos aqui, firmes e fortes. Sou muito grata pelas palavras sábias, pela amizade e por sempre acreditar em mim.

Agradeço a Amy Feld, uma leitora-beta que me deu opiniões inestimáveis, e a Nina Petrelli, que teve a gentileza de compartilhar suas experiências com fibrose cística. Ela é uma verdadeira guerreira. Este é um dos primeiros romances que não tive o privilégio de ter a ajuda do ex-delegado Mark Dalsing. Mark faleceu durante a escrita deste livro e sentirei muita falta de seu conhecimento, gentileza e senso de humor. Tenho tantos amigos próximos e distantes a quem agradecer. Nora e Sara, aprecio muito ambas. Kimberly Belle e Kaira Rouda — o Clube de Autoras Assassinas — têm sido muito divertidas, e o fato de eu poder sair com vocês e conversar sobre tudo relacionado à matança (ficcional, é claro) torna as coisas ainda melhores.

Sou grata pela minha família todos os dias. Agradecimentos infinitos a Scott, Alex, Annie e RJ, Gracie, meus irmãos e irmãs, e à minha querida mãe. Infelizmente, meu amado pai faleceu quando eu estava terminando de escrever *Todos Estão de Olho*. Tive muita sorte de poder chamar essa alma adorável e gentil de pai e saber que ele sempre estará cuidando de mim.

Este livro foi impresso nas oficinas gráficas da Editora Vozes Ltda.,
Rua Frei Luís, 100 – Petrópolis, RJ.